台灣館②

逗陣 學台語

台灣文化東山再起

李榮武 編著

文興出版事業

自 序

　　眼看鄉土文化漸漸在台灣各角落落地生根，發芽茁壯，加上報章各學校的鄉土文化教學、社區母語研究班一一成立，給了母語帶來新希望，他不僅呈現一種語言文化再次的蛻變，也展現出母語文字多樣與多元，其字裡行間的細緻都能讓每個人深深去揣摩與探索，甚至也能讓大家在其當中了解到它的逗趣、滑稽，生動的諺語、詩句的對唱、四句聯和七句聯…樣樣都把它語言文字化，由此更能顯現母語的價值觀。這一切期望能帶給「母語」往後有更多人認識它，而都能很順的朗朗上口，隨心所欲，運用自如在任何場合。

　　兩年前的「佮台語熟似」出書奠定了我對母語的使命感，之後再進一步的去了解，與多方面的吸收有關母語一些書籍，造就了自己於兩年後的今日「逗陣學台語」的誕生。但望這本書能帶給大家有不一樣的「母語」新認知，而也更盼望有志一同，往後能有更多人來共同為咱們的「母語」多盡一些心打拼。

李學武 于95年11月 筆

縣 長 序

　　研究台語（母語）文字，是要進一步了解先人智慧結晶的思維所在，以讓現今人能更普及文字的意涵，深植民心，啟發對「母語」文字的認同與使命，延續予後代子子孫孫，飲水思源的概念，也讓有心學習者多了解一下先人的智慧文化是長年累月的精髓，它歷經的「起承轉合」是何等的可貴。

　　最近我看到鄉土文化，一些有心推動者正如火如荼的在各角落萌芽，尤其看到榮武兄的「逗陣學台語」這本書的誕生有如雨後春筍般，一股新的氣流浮現，期望他能帶給「母語」正面的新指標，祝成功。

高雄縣縣長　楊秋興

謝　序

　　台語，是母親的話語；是在母親的襁褓裡、背巾上，牙牙作聲的語言；台語，是「台灣」這位偉大的母親，孕育一代又一代後生的語言…，就像母親悄悄傳承其畢生智慧一樣，在那個隱晦不明的年代，悄悄的傳承了老祖宗的文化和智慧，其所蘊含的人情世故、風土民情、鄉土文化、在地歷史，皆是如此的意味深長，怎能不說他是一種「聰明」的文字？這樣充滿智慧的語言應該延續，它是傳承台灣文化最好的媒介；它是台灣文化最好的傳承。

　　在李老師身上，我看到了台灣文字的韌性和草根性；它不被時代洪流覆沒，反而綻放出更瑰麗的花朵；它不需要官方的正式系統，卻在這塊土地紮根久行。李老師無師自通，卻對台灣文化的傳承不遺餘力，從其書中的台語短文、即興詩句，不難看出其對台與文字的深厚造詣和文學素養，其對台灣文化真灼的情感和熟識，更在其台語諺語和台語故事中處處可見。在他身上，我看到了台灣文化揚起了帆舵，預備航向更久遠的未來。

　　「逗陣學台語」是引領你進入台語殿堂的工具書，也是引領你一窺台語奧妙世界的導覽書，更是豐富你台灣文化涵養的典藏書，更是我身為教育現場工作者，必須自我充實的語言書，而李老師傳承的精神，更是我在教育工作現場必須延續的。

國小教師　謝瓊華

胡 序

　　鄉土語言的推動，帶動台灣語言發展的多元性，而台語則於其中逐漸發光發熱。台語，對於生長在鄉村小鎮的我而言，並不陌生，是我與人溝通時經常使用的語言之一，亦是我與家鄉的牽繫。

　　忘了何時開始，於家鄉每每巧遇李叔叔，他總會與我聊聊研究台語的心得感想，並且熱情地與我分享他新作詩文或是極具趣味的台灣諺語，除了讓我對於台語有更深一層的認識之外，他時而激昂，時而感性的神情，流露於對台語文化的熱愛，並投注大量心力於其中，那種不斷拓展學習與成長的堅毅精神，是令人深感敬佩之處。

　　因為李叔叔的鑽研，這本書集結他對於研究台語的結晶，我們可以從「音標認識」瞭解台語音標，進而奠定學習台語的基礎，接著，在「台語短文」中閱讀以漢字所寫成的台語文章，並認識台語文化，以及其與家庭教育的脈絡關係，再者，「台語詩句」中有李叔叔的幾篇台語新作，和四句聯，能夠閱讀出台語的況味，而「台語故事」裡頭則是介紹一些台灣社會中風俗民情的由來，而能更加熟悉台灣的文化。

　　「台灣諺語」，則是收集耳熟能詳的台灣俗諺，最後，「華語和台語對照表」以華語例句為範本，輔以台

與漢字和音讀對照。而於各篇章裡，幾乎都會介紹關於阿蓮的風土民情，足見語言不僅與家庭教育息息相關，亦與社會文化有著不可抹滅的關係，更顯而易見的是，李叔叔對於此書的用心，而使得此書內涵充滿多樣性。

　　翻閱本書，除了讓人能夠學習台語之外，能夠對於台灣文化有基本的瞭解，我想，當大家為了要跟上國際潮流而努力學習英語之際，亦當學習台語，加強國語，才能對於自己本身的文化有所認識，也才能站在自己的文化基礎上，放眼世界，歡迎大家一起來學台語！

　　　　　　　　　　胡佳雯　謹誌 2006.9 於台北

羅 序

　　文化的傳承是一代接著一代，同樣地區域間的文化也跟著彼此間的交流而互相了解；相互交流當中，存在著許多相異點，會造成誤解與磨擦，但是就因為這些誤解與磨擦，讓彼此間更加瞭解。

　　探究一地的文化淵源，的確非常有趣，商因於夏禮，其損益可知也；周因於商禮，其損益可知也，文化愈研究，愈容易找出其關聯性。

　　榮武兄，近些日子，於我了然於心，藉此希望能更著力於資料的整理，讓生活於這片土地的人們，更加了解這片土地。

　　　　　　　　國立臺灣大學 中文系

　　　　　　　　　　羅慶章

目　錄

第一單元

第二單元

第三單元

一、音標認識

當我「伊台語熟似」這一本書誕生之後，發音是用通用併音法，但到第二本書出現為了順應潮流→也為了符合台語的特性，以目前最常用的音標系統有二種：一是教會的羅馬音，一是教育部於一九九八年元月九日公告的「台灣閩南語音標系統」簡稱TLPA。而第二本書是TLPA音配合注音符號而成。

一、台語音與國語音ㄅㄆㄇ對照表：

ㄅ	ㄆ	万	ㄇ	ㄉ	ㄊ	ㄌ	ㄋ	ㄍ	ㄎ	π	°π	ㄏ	( )	ㄗ	ㄘ	ㄙ
p	ph	b	m	t	th	l	n	k	kh	g	ng	h	j	c	ch	s

ㄚ	ㄛ	ㄜ	ㄝ	ㄞ	ㄠ	ㄢ	ㄣ	ㄤ	ㄥ	ㄧ	ㄨ（泉州腔）		°ㄚ	
a	oo	o	e	ai	au	an	n	ang	ng	i	μ	er	ir	ann 鼻化韻

泉州腔er（國際音標是ə）如炊粿（cherl ker^2）ir（國際端標是1）如魚（hir^5）：如「過（ker^3）去（khir^3）」。nn是鼻化韻，如紅豆「餡」（ann^7，月餅裡的佐料）。

二、台語聲調

台語有七個聲調，用「五點制」與例字表示：

陰平	陰上	陰去	陰入	陽平	陽上	陽去	陽入
弓	龔	供	菊	強	龔	共	局
英	永	應	益	螢	永	用	浴
莊	總	壯	作	藏	總	狀	族
萬	挽	謾	訕	蠻	挽	慢	密
金	錦	禁	急	扲	錦	妗	及

骨架是八聲，但第二和第六聲一樣，所以是七調。但台語聲調順念有「平上去入」各分陰陽，共八聲，那麼一般的教學以目

前都用阿拉伯數字來代表數，予讓讀者好記如：骹（ㄎㄚ¹ khal¹），燒（ㄒㄧㄛ¹ sio¹），誓（ㄗㄨㄚ⁷ cua⁷），人（ㄌㄤ⁵ lang⁵）。

三、台語韻母

（一）單母音：

a（ㄚ）　　e（ㄝ）　　i（一）　　oo（ㄛ）　　o（ㄜ）　　u（ㄨ）
阿　　　　下　　　　伊　　　　烏　　　　呵　　　　污

（二）雙母音：

ai（ㄞ）　　au（ㄠ）　　ia（ㄧㄚ）　　io（ㄧㄜ）　　iu（ㄧㄨ）
悲（哀）　　茶（甌）　　（耶）蘇　　　山（腰）　　（優）點

ua（ㄨㄚ）　　ue（ㄨㄝ）　　ui（ㄨㄧ）
洋娃娃　　　　講（話）　　　　（威）風

（三）三母音：

iau（ㄧㄠ）　　uai（ㄨㄞ）
（妖）怪　　　　（歪）哥

（四）鼻化母音：

enn（ㆥ）/inn（ㆪ）　　uainn（ㆩ）　　ann（ㆩ）　　iann（ㆩ）
紅（嬰）仔　　　　　　（關）門　　　　紅豆（餡）　　兵（營）

uann（ㆩ）　　　onn（ㆧ）　　　ionn/iunn（ㆩ/ㆪ）
馬（鞍）　　　　　（好）奇　　　　鴛（鴦）

（五）聲化母音：

m（ㄇ）　　　ng（ㄥ）
阿（姆）　　　播（秧）仔

（六）陰聲入聲：（陰聲的入聲是hˀ）

ㄐㄧˀ（Ziˀ）　　eh（ㄝˀ）　　ah（ㄚˀ）　　oh（ㄜˀ）　　ㄊㄨˀ（ㄨˀ）　　ueh（ㄨㄝˀ）
大（舌）　　　　災（厄）　　　菜（鴨）　　放（學）　　（托）懸　　　（劃）撥

iah (ㄧㄚ˙) uah (ㄨㄚ˙) ioh (ㄧㄜ˙)

兵(役)　生(活)　西(藥)

（七）陽聲及入聲收尾：

m → p　im (ㄧㄇ)　ip (ㄧㄅ˙)　am (ㄚㄇ)　ap (ㄚㄅ˙)　iam (ㄧㄚㄇ)

　　　　聲(音)　拜(揖)　尼姑(庵)　(壓)力　(閹)雞

　　　　iap (ㄧㄚㄅ˙)

　　　　(葉)先生

n → t　In (ㄧㄣ)　it (ㄧㄊ˙)　an (ㄢ)　at (ㄚㄊ˙)　ian (ㄧㄢ)

　　　　原(因)　第(一)　平(安)　(拗)斷　烏(煙)

　　　　iat (ㄧㄝㄊ˙)　uan (ㄨㄢ)　uat (ㄨㄚㄊ˙)　un (ㄨㄣ)　ut (ㄨㄊ˙)

　　　　(閱)讀　(冤)仇　百(越)　(溫)度　(熨)衫

ng → t　ing (ㄧㄥ)　ik (ㄧㄍ˙)　ang (ㄤ)　ak (ㄚㄍ˙)　iang (ㄧㄤ)

　　　　(永)久　利(益)　(翁)婿　把(握)　(雙)手

　　　　ong (ㄛㄥ)　ok (ㄛㄍ˙)　iong (ㄧㄛㄥ)　iok (ㄧㄛㄍ˙)

　　　　興(旺)　(惡)人　中(央)　教(育)

二、台語短文

一、序

漢文是台語兮（せ⁵e⁵）原始母語，用漢文字 俬（_{khah}khah⁴）台語文字化，即是文字顯現兮一个（せ⁵e⁵）崁站，一个過程兮轉換。身為一个台灣人，姆（m³ㄇ³）定（diah⁴）愛會曉（hiau²）講台語，嗎（ma³）愛會償（dan²）用台語唸出聲，用漢字寫出母語，用咱兮喙（chui²）講出每一字兮話（台灣語）即（zit⁴）著（do¹）是台語特色兮所在。所以伊只要咱那講會出喙，伊（i¹i¹）著攏（long¹）總有字通（thang¹）寫，遮（ciah⁴）著倘（thang³）別種語言無全（kang⁵）兮所在。比例：舥荢（bu¹一i⁷長芽）燤芳（khan²pan¹：煮菜第一步驟加調味料）、穑豆仔（sit⁴dau⁷：除去豆殼邊緣）、跐起（ci² chuah⁸：浮燥）、醉酟酟（zui² gian⁷gian⁷：醉得不醒人事）佈迸（si³sauh⁴：趕緊）掭掭咧（ne⁵ne⁵le³：衣服洗後掛起來）、含饊（ham⁷sau¹，真酥脆）、敪喙鬚（chuah⁴chui²ciu¹：拔鬍鬚）、撑（kang⁷：大欺小）……等。所以台語姆（m³ㄇ³）定干焗（kan⁷dah⁴）有伊兮特色，甚至抑有足多元化兮音調。

我是台灣土生土長，自細漢雖然是受華語教育恆（hoo³）伊影響足深，但是我勻（wu⁵）仔不斷攏徜台語脫离儥（be⁷）開關係。其實我足執著，台語文化伊徜家庭教育佮（khah⁴）序大人日常生活文化有直接兮關係，所以使得我想 要（beh⁴）甲台語寫恆好，講恆好兮因素。足濟（ze²）人無了解台語兮進前，攏認為台語是足深足穤學（bai²

ㄜˊo^1，難學），其實呰（ㄐㄧ zi^1）種攏是毋到兮觀念，用咱日常兮話甲台語文字化，甚之甲台語寫出來，即只不過是一點點決頭爾爾（ㄋㄧㄚˊ nia ㄋㄧㄚˊ nia），「決頭」二字按（ㄢˊan^1）咱平常兮諺語，俏談兮話、台語歌、四句聯或者人佮人開港，只要卡甲注意，著攏學會到，尤其咱逐工所講兮話（台語）並無青疏，更加是咱尚密切兮語言，聲聲句句攏會曉講，袂（ㄅㆤ be^7）曉寫實在是足遺憾。所以在此我對大聲講一句：即是咱兮母語為啥咪逐家呣去伊學。

註釋：

兮＝的。伨＝和。个＝個。毋＝不。會曉＝知道。嘛愛＝也要。儅＝可。喙＝嘴。即＝這。著＝就。伊＝它。攏＝都。樋＝可以。遮＝這裡。徜＝和。無仝＝不同。干焗＝僅僅。恆＝給。勻仔＝也。繪＝不會。佮＝與和。覅＝要。足濟＝很多。呰＝這種。爾爾＝而已。按＝自。袂＝不。

二、母　語

咱兮（ㄝˊe^5）母語（漢語）是按（ㄢˊan^1）大陸福建南爿（ㄆㆪˊphi^5）所講兮話語抑（ㄚˋyah^4）得是平常所講兮閩南語所演變過來。迄（ㄏㄧˋhit^4）當時兮祖先徙（ㄙㄨㄚˊsua^2）過來臺灣從（ㄗㆲˊzong^5）定居伫（ㄉㄧˊdi^2）遮（ㄐㄚˋzah^4）。母語從自按（ㄢˊan^1）爾（ㄋㄧˊni^1）落塗（ㄊㆦˊthoo^5）生湠（ㄊㄨ㱟thua^{n2}），到即（ㄐㄧˋzit^4）嗎（ㄇㄚˋma^1）兮年閣抑差不多有四百外冬仔。伫呰（ㄐㄧˋzit^4）兮過程遭遇到在語言上沖擊所受兮影向（ㄏㄧㆲˋhiong^2）勻（ㄨˋwu^5）仔足濟（ㄗㆤˋze^2）。比例：佮（ㄍㄚˋkah^4）原住民接續，然其後荷蘭人、西班牙、清朝、日本、國民政府（北京

語），加上外國文化「英語」攏（ㄌㄥ¹ long¹）總影向到，使（ㄙㄨ¹ su¹）得臺灣語文佇各方面ㄢ轉（ㄉㄥ¹ dng¹）頭幹（ㄨㄚ⁴ wat⁴）角佮（ㄍㄚ⁴ kah⁴）腔調從徜（ㄊㄢ³ than³）大陸ㄢ閩南語有足濟無相朅（ㄒㄧㄤ⁵ shing⁵）。所以咱應該 恆（ㄏㄛ³ hoo³）。母語一个（ㄝ⁵ e⁵）正名號做「台語」。抑著是一（ㄐㄧㄊ⁸ zit⁸）咚（ㄉㄥ¹ dong¹）今ㄢ台灣話（福佬話），而呣（m³ㄇ³）是曇（ㄏㄧㄥ⁵ hing⁵）時ㄢ閩南語。

「台語」目前佇咱台灣有一個（ㄝ⁵e⁵）特色會曉（ㄏㄧㄠ² hiau²）講閩南語ㄢ人佔有百分之八十，甚之北部佮南部腔調著有一點仔無仝（ㄍㄤ⁵ kang⁵）。「人」北部念ㄐㄧㄣ⁵（zin⁵），南部念ㄌㄤ⁵（lang⁵）。「環」北部念ㄏㄨㄢ⁵（huan⁵），南部念ㄎㄨㄢ⁵（khuan⁵），前者偏泉州腔，後者偏漳州腔。泉州語起源佇（ㄉㄧ² di²）四世紀，漳州語起源佇（ㄉㄧ² di²）7～10世紀。話ㄢ起落過程，有早、慢、佮（ㄍㄚ⁴ kah⁴）興、式微、佮前、後ㄢ風俗習慣誠令仔有足大ㄢ差別。

泉州佮漳州人自按唐山過來台灣到最近一百外冬來隨著交通發達、人口大量集中都市、泉漳通婚、語文漸漸互相混合為ㄢ勻（ㄨㄨ⁵ wu⁵）仔有一寡無仝，南部卡偏漳州腔語調卡輕音，中北部卡偏泉州腔調卡重音，只不過是轉音ㄢ眉角爾（ㄋㄧㄚ¹ nia¹）爾，共款攏是漳泉ㄢ混合，大陸南部叫做廈門話，臺灣號做台灣話 欲（ㄅㄝ⁴ beh⁴）詳細甲了解起來，會儅（ㄉㄤ² dang²）用一句號做「全爸無全母」來甲表示。

註釋：

ㄢ＝的。按＝從，ㄐ＝邊。個＝他們。抑＝也。迄＝那。

徙＝遷移。從＝自。佇＝在。遮＝這裡。按爾＝這樣。
塗＝土。生淡＝漫延。即碼＝現在。年閣＝年限。告＝這
種。影向＝影響。匀仔＝也。佮＝和。攏＝都。使＝致
使。轉＝旋。斡＝轉。徜＝和。無相禑＝不一樣。恆＝
讓。个＝個。一晗今＝現今。唔＝不。曩＝那時。會曉＝
會。無仝＝不同。佇＝在。爾爾＝而已。欲＝要。會偆＝
可以。

三、母語的定義

台語是咱日常㩼（deh^8）講兮（e^5）話，抑（$yiah^4$）是歷代祖先或者是甲誌（di^2）兮爸（pe^7）母（bu^2）所㩼講兮佮（$khah^4$）互相傳達消息兮話。伊不但是咱兮橋樑，甚之是代代文化兮香火，人傭（$thang^1$）人密切上交流兮脈，而促成兩方互動兮點，達到涵意兮肯定進到互相兮依賴佮關係。遮（$ziah^4$）著是母語伊足特出兮所在，甚至任何代誌所繪（be^7）比評質兮，所以母語帶（dua^3）恆（hoo^3）咱發揮語言上無限兮空間。

隨著社會兮變千，各階層佮各族群攏（$long^1$）好親像㩼認親邻（hit^4）一款，揩（$chue^2$）個（in^1）兮根，揩個兮母語，有如雨後春筍邻一般。所以咱愛了解母語兮泉源是文化兮原動力，文化兮脈根，抑隨伊兮生淡（$thua^{n2}$）而延伸（$chun^1$）。逐家所看有到兮，各族群母語最近一一搬上台面，有媒體兮教學，社區陸陸續續兮教學，甚之小學、大學抑不斷有台語文學教導，遮抑恰實證明一个（e^5）國家行（$khia^{n5}$）入民主化兮好現象。

所以有語言兮運用，致使按語言中會當揩出足濟唔

（m³ㄇ³）知兮思維，而去甲了解佮悟出人腦海內密碼智慧兮領域，好像香火一崁（ㄎㄚㆬ¹ kham¹）站、一崁站溦落去，流傳落去發揮甲無法度擋（ㄉㆲ² dong²）兮境界。所以母語徛（ㄉㆤ⁸ deh⁸）任何一族、一个體，著永永遠遠佮咱作伙，致使乎足濟人認定伊是老母中兮老母。

註釋：

> 徛＝在（助動語，正在進行的動作）。兮＝的。抑＝或者；還。誌＝己。爸＝父親。母＝母親。佮＝和。㑑＝可以。遮＝這裡。繪＝不能，不會。帶＝帶給。恆＝給。攏＝都。鄰＝那（那個）。揢＝找、尋。個＝他們。溦＝瀰漫、漫延、繁殖。伸＝展（伸張）。行＝走。个＝個。唔＝不。擋＝阻。徛＝在（他在工作）。崁＝高起的點（一般多用於地名如：赤崁樓）。

四、為著母語逐家來拍拚

經過一段時間，按（ㄢ¹ an¹）完全無了解，然其後兮（ㆤ⁵ e⁵）詶（ㆠㄚㆷ⁸ bah⁸）伊（ㄧ¹ yi¹）或者是在特殊兮場所甲探討，暗暗仔去甲認識佮（ㄎㄚㆷ⁴ khah⁴）接觸。在即（ㄐㄧㆵ⁴ zit⁴）个（ㆤ⁵ e⁵）過程中，深深感覺誠（ㄐㄧㄣ¹ zin¹）無奈，身為台灣人，知覺竟然無足濟人對台灣話誠伶（ㄌㄧㄣ³ lin³）仔（ㄚ² a²）甲了解，甚之有心研究兮勼（ㄨ⁵ wu⁵）仔無濟（ㄗㆤ² ze²）。甲誌（ㄉㄧ² di²）兮文化，甲誌兮母語，概會輪落甲皆（ㄐㄧㆵ⁴ zit⁴）種兮地步。市面上歌冊、報紙、雜誌（ㄗㄧ² zi²）所寫兮台語或者台語文，詳細甲看起來，誠濟台語並無像咱所了解兮迒（ㄏㄚ⁴ hiah⁴）標準，攏用華語文來合（ㄏㄚㆴ⁸ hap⁸）音台語話，為（ㄨ⁵ wu⁵）兮抑有直接用華語翻作台語音，所以目前市面上兮台語會僭（ㄉㄢ² dan²）用一句話

來甲表示號做「五音雜陳」遮（ㄐㄚㆷ zziah⁴）是恰恰實實兮代誌，即已經是一件足大語言脫節化兮歹現象。

台灣兮族群真複雜，語言上抑（ㄧㄚㆷ yah⁴）足多元化，加再各族群兮文化佇（ㄉㄧ di²）有心人士努力下（ㄏㄚㆷ hah⁴）好像樹黹笋（ㄅㄨ bu¹—ⁿ⁷iⁿ⁷；發芽）。政府推動鄉土文化正如火如荼，台語、客話、原住民發展甲有個（ㄧㄣ in¹）兮電視台，遮攏是一種突破，抑好里加哉各族群經過一番努力佮拍拼甲有今仔口兮漸漸生湠（ㄊㄨㆩ thuaⁿ²），政府政策兮配合（ㄅㄚㆴ bap⁸）之下（ㄏㄚ ha²），鄉土文化抑已經伐（ㄏㄨㄚㆷ huah⁸）出第一步，真是「好頭彩」。

講甲遮咱每一个人更加愛「悟」解文化兮珍貴，絕對膾（ㄅㆤ be⁷）使怄（ㄏㆦ hoo³）母語式（ㄙㄨㆤ sue¹）微落去。愛知影一个族群當中文化兮保存是外呢（ㄋㄧ ni¹）仔重要。比例以色列即个國家，亡國二千外年，雖然無國家兮存在，但是個兮序大人番吋細小，別項會使無，文化一定愛永永遠遠留落去。一直甲1948年獨立建國。當今有以色列著是個祖先有足堅持，個文化兮代代傳兮福報。由遮兮例咱更加愛拍拼為文化為咱兮母語，逐家作伙閱（ㄉㄠ dau²）陣來盡一點心，以後乎咱兮囝囝（ㄍㄧㆩ kiaⁿ² ㄍㄧㆩ kiaⁿ²）孫孫呣（m³ㄇ³）干焗（ㄍㄢ kan¹ ㄉㄚㆷ dah⁴）會曉（ㄏㄧㄠ hiau²）講，甚之抑佫（ㄍㄜㆷ koh⁴）會曉寫，按（ㄢ ¹an¹）呢甲有法度恆歷代兮祖先得到誠正兮安慰。

註釋：

按＝從。兮＝的。訓＝認識。伊＝它。佮＝和。即＝這。个＝個。誠＝真。伶仔＝更。徑＝在。勻仔＝也。甲誌＝自己。呰＝這種。迋＝那。為兮＝有的。償＝可以。遮＝

這裡。抑＝也。佇＝在。個＝他們。生湠＝薪火相傳。伐＝跨。𣍐＝不會。恆＝給。式微＝暗淡無光。呢仔＝多麼。鬥陣＝在一起。囝囝＝子子。毋＝不。干焦＝僅有。會曉＝知道。佫＝又。

五、毋（m³ㄇ³）通（ㄊㄤ¹thang¹）怨嘆命 穤（ㄅㄞ²bai²）

人兮（ㄝ⁵e⁵）命格攏（ㄌㄥ¹long¹）無仝（ㄎㄤ⁵kang⁵），有人一出世序大人著甲個（ㄧㄣ¹in¹）兮逐項代誌或者各種物件著甲款甲足著全（ㄗㄥ⁵zng⁵）。即種人一般所講兮是帶（ㄉㄨㄚ³dua³）財庫來出世。細漢兮時一開始得攏無食到苦，甚之序大人恆（ㄏㄜ³hoo³）伊兮寄金薄仔偆（ㄘㄨㄣ¹cun¹）足濟錢，所以錢項兮代誌無恆伊擔（ㄉㄚㄇ¹dam¹）心到。尤其樓仔厝登記甲幾若間，出門攏有司機 啲（ㄉㄝ⁸deh⁸）接送。毋（m³ㄇ³）免驚會吹到風曝（ㄆㄚㄎ⁴phak⁴）到日，更加毋驚沃（ㄚㄎ⁴ak⁴）到雨。食（ㄐㄧㄚ⁸ziah⁸）頭路靠關係，抑（ㄧㄚ²ya²）免驚中途工（ㄎㄤ¹khang¹）課（ㄎㄨㄝ²kue²）從（ㄗㄥ⁵zong⁵）蹺（ㄆㄧㄨ¹piu¹）去。好康兮攏是伊兮，穤兮序大人擔（ㄉㄢ¹dan¹）。諺語講：落土時，八字命。抑有人啲 講，天罡（ㄍㄥ¹kong¹）伯仔足早著（ㄉㄜ¹do¹）甲伊兮命格安搭（ㄉㄚ⁸dah⁸）好勢啦。

逐（ㄉㄚㄎ⁴dak⁴）家甲想看嘜（ㄇㄞ⁷mai⁷）咧，命格好歹難道個祖公仔坮（ㄉㄞ⁵dai⁵）佇（ㄉㄧ²di²）好額（ㄎㄧㄚ⁸kiah⁸）人山，有靈聖、有甲　保庇。相信即種命逐家眠夢著攏覕（ㄅㄝㄏ⁴beh⁴）望看會到袂（ㄅㄝ⁷be⁷）。毋（m³ㄇ³）過俗語啲（ㄉㄝ⁸deh⁸）講：一人一種命，命命天註定。物件佫（ㄎㄜ⁴koh⁴）卡濟用久得會了；井仔水久得會焸（ㄉㄚㄏ⁴dah⁴）會儅（ㄉㄢ²dan²）時仔咱甲想看曠（ㄇㄤ

mai⁷），干烔一直靠命靠勢，彼（$_{\tau}^{t}$ he¹）嘸是逐家人得會到兮，其實哪無邻（ㄈ' ni¹）个福氣佮（$_{\tau}^{5}$ khah⁴）命兮話，匀（$_{t}^{5}$ wu⁵）仔足快著會消失去。所以愛共同一个意識，恨命莫怨天。

咱愛存到一個信念，嘸（m³ㄇ³）偅（$_{t}^{t}$ thang¹）無肉怨人大尻（ㄎ' kha¹）川（$_{t}^{5}$ chng¹）；怨嘆兄弟食炒飯。家誌來拍（ㄆ' pha²）拚，得到兮成果卡實際，抑卡踏實、抑卡有成就感，甚之抑卡知影一粒米一滴汗兮道理。嘸偅一直欣羨人兮命來比較咱兮命，按（' an'）爾（$_{\tau}^{5}$ mi¹）著是滅自己兮志氣助他人（$_{5}^{4}$ zin⁵）兮威風。

俗語俤（$_{t}^{5}$ deh⁸）講，讓人一步著是恆（$_{t}^{5}$ hoo²）家誌（$_{5}^{5}$ di²）有退路。無嫌人穿破鞋人著燴（$_{t}^{5}$ be⁷）嫌汝（$_{5}^{5}$ li²）穿草鞋。人（$_{5}^{4}$ zin⁵）生在世、命、格無相（$_{\tau}^{T}$ sing⁵），尊重對方好命，提醒家誌認命。搰（$_{t}^{5}$ kut⁸）力做，著會好運來，愛認命；人俤（$_{t}^{5}$ deh⁸）講：好田地，不如好子弟，遺囝（$_{Y}^{n2}$ kia^{n2}）千金，不如教囝一藝，即是一件足好兮啟示，抑是序大人對囝（$_{Y}^{n2}$ kia^{n2}）仔一種足好兮教示。甚之愛恆個按（ㄅ' an'）細漢著知影，命是天註下（$_{t}^{5}$ lo²）來兮，嘸是逐家攏得會到兮。任何代誌愛有使命感佮（$_{5}^{5}$ khah⁴）責任感，干烔（$_{t}^{5}$ dah⁴）一直俤（$_{t}^{5}$ deh⁸）想好命是嘸對兮，好命嘸是永遠燴（$_{t}^{5}$ be⁷）變，著歸工覡（$_{t}^{5}$ beh⁴）食嘸討趁（$_{t}^{5}$ than²），嘛（ㄇ' ma¹）會；一代儉（$_{5}^{5}$ kham¹）腸躡（$_{t}^{5}$ ne²）肚兩代看錢那迌（$_{t}^{5}$ too⁵）三代當（$_{t}^{5}$ dng²）囝賣姆（$_{t}^{5}$ boo²），由遮（$_{Y}^{4}$ ciah⁴）後擺（$_{Y}^{5}$ bai²），若是佫（$_{t}^{5}$ koh⁴）看人命好，嘸免欣羨

人，唔管是好抑是穤（bai²）別人兮代誌，隨人愛任命，人活到卡會自在，捐（kut⁸）力拍拚甲是咱兮永遠。

註釋：

　　唔＝不。通＝可。穤＝壞。兮＝的。攏＝都。仝＝同。個＝他們。著仝＝十全。帶＝攜帶。佮＝和。恆＝給。偆＝剩。擔心＝憂慮。偙＝助動詞，正在進行的動作；伊（他）在工作。曝＝曬。沃＝淋、澆。食＝吃。抑＝也。從踪＝就失業。擔＝挑。著＝已。安搭＝安置。逐＝大。看嘜＝看看。坮＝埋。佇＝在。好額＝富有。麨＝要。袂＝不會。佫＝再。邠＝那。匀仔＝也會。通＝可。尻川＝屁股。按爾＝這樣。誌＝自己。膾＝不會。汝＝妳。無相＝不同。捐力＝勤勞。囝＝男（男性專屬字）。囡＝女（女性專屬字）。按＝從。干焗＝只有這樣。趁＝討生活。嘛＝也。儉＝節儉。蹺＝腳尖著地。塗＝泥土。當＝抵債。姆＝太太。遮＝這裡。如：咱遮的菜市場。後擺＝下次。捐＝勤。天罡＝天公。（北斗星的另名）用於步罡踏斗。

六、是濟囝（kiaⁿ²）濟福氣唔（m³ ㄇ³）是濟牛踏無糞（bun²）

　　阮（kun³）兜（dau¹）兮（e⁵）兄弟姊妹足濟，查（za¹）伙（boo¹）兮占多數。邠（ni¹）當時時常聽到厝邊頭尾偙（deh⁸）講，恁（lin²）兄弟仔（a²）迄（hiah⁴）爾（ni¹）仔濟，恁序大人會恆（hoo³）恁食（ziah⁸）倒去。卡早是農業社會足無償（dang²）趁（than²）食，尤其對一个（e⁵）散（san²）赤（ciah⁴）兮

家庭來講，實在是一大（ㄉㄞ tai⁷）兮負擔（ㄉㄢ dam¹），阮阿桑（ㄙㄤ sang²）曾經訓（ㄅㄚ bah⁸）共（ㄎㄤ khang⁷）講過；阮著（ㄉㄜ to¹）戇（ㄍㄛㄥ kong⁷）戇仔（aㄚ²）飼，個（ㄧㄣ in¹）著會戇戇仔（ㄚ²a²）大；天罡（ㄍㄛㄥ kong¹）疼戇人（ㄌㄤ lang⁵）。所以戇人是有戇福兮。不妨（ㄏㄥ hong⁵）逐家來甲想看曝（ㄅㄞ pai⁷）兮，一點仔著無唔對，眼時前兮甘苦，那麼後介終有一工會出頭天，起碼（ㄇㄚ ma²）嘛（ㄇㄚ ma¹）卡鬧熱。諺語講兮：濟囝濟福氣，唔是濟牛踏無糞。一點仔著無過分，一切著愛拄（ㄉㄨ du¹）壽扦壽。

晟囝兮過程卡實恆序大人帶來足大兮負擔佮（ㄎㄚ khah⁴）壓力，鄒當時好里加哉（ㄗㄞ cai²）個足搰（ㄍㄨ kut⁸）力又佫（ㄎㄜ koh⁴）拍拚，歸工（ㄍㄤ kang¹）佇（ㄉㄧ tit²）田園作穡（ㄒㄧ sit⁴）從（ㄗㄧㄥ ziong⁵）來唔訓（ㄅㄚ bat⁸）有任何怨言，一心一意著是為到麭（ㄅㄝ beh⁴）晟（ㄑㄧㄢ cian⁵）阮遮兮囝（ㄍㄧㄣ kin²）仔。三頓（ㄉㄥ dng²）攏是蕃薯菜、蘿菜、韭菜、菠稜仔菜配蕃薯簽（ㄑㄚ cham¹）。平常時麭（ㄅㄝ beh⁴）有魚佮（ㄍㄚ kah⁴）肉儅食著有拄到節慶、拜拜或者厝內有請人客兮時陣（ㄗㄨㄣ zun¹）中有儅食好料兮。困苦兮生活，即（ㄗㄧ zit⁴）嘛（ㄇㄚ ma¹）我兮腦海內印象猶（ㄧㄠ iau²）佫（ㄎㄜ koh⁴）足深兮。做囝兮阮其實抑會儅了解勾（ㄨ wu⁵）仔足認份。所以每介哪（ㄋㄚ na¹）放（ㄆㄤ pang²）學（ㄜ o¹）或者有放假，幫贈抾（ㄎㄜ kho²）柴，抾刺仔籽（ㄐㄧ zi²）佮鋤（ㄍㄨ kut⁸）樹薯、薑黃轉來厝頭前兮稻埕（ㄉㄧㄚ dia^{n5}）曝（ㄅㄚ pak⁴）恆燗（ㄉㄚ dah⁴）裝恆好，賣一寡（ㄎㄨㄚ kua^{n2}）錢銀參添（ㄊㄧ ti^{n1}）厝內兮費用。時間外當中抑有去枝仔冰店撥（ㄅ

buah⁴）枝仔冰→3支 五角轉（兇²dng²）來厝邊頭尾賣或者佇
（勿²di²）過年時去籤（勾¹kam¹）仔店撥糖仔餅（勺ㄚ²biaⁿ²）倒
（勿²do²）轉來乎囡仔朋友抽糖仔餅，所趁（ㄊ²than²）兮抑是
恆序人參添（ㄊㄧ¹tiⁿ¹）倘（ㄊㄥ⁷thng⁷）買新衫、褲穿過年。每一介
（勾²kai²）兮壓歲錢2-3箍（ㄎ¹khoo¹），一個散赤兮家庭兮囡
仔有按（ㄅ¹an¹）爾（ㄋㄧ¹ni¹）阮著足（ㄐㄧㄡ⁴ziok⁴）知足仔。

散赤家庭大漢起來兮囡仔，卡知影序大人兮輕重，對序大
人兮要求抑卡獪（勺²be⁷）赫（ㄏㄧㄚ⁴hiah⁴）濟，卡會堪（ㄎㄢ¹
kham¹）得食苦。踚（兇¹dng¹）當有一介厝內非常欠錢兮時，
去甲米店賒（ㄒㄧㄚ¹cia¹）米，邱（ㄏㄧ¹hi¹）个店頭家口氣足穩大聲
著講，攏恁（ㄌㄧㄣ²lin²）即家口仔締賒米；散甲鬼著啥敢倚（ㄨㄚ²
wa²）；又佫講我替恁足見笑。自邱介了後佫有一介阮阿桑佫
叫我去麩賒米，有頂一捯（勿²dau²）兮經過，我誠是啥敢佫去
仔，歹聲咳兮口氣恆我永遠著記凋（勿²diau⁵）凋，阮阿桑不得
已從叫阮小弟去賒，然其後兮過程，我得無過問⋯⋯。想起迄
（ㄏㄧ¹hi¹）當時兮家境過兮生活誠是硬（ㄍㄝ⁷keⁿ⁷）拗（ㄠ²au²）硬
勁（勿ㄣ³deⁿ³）過三頓誠是困苦無比。

諺語 講：三年一閏好穤（勺²bai²）照輪。加再阮阿桑佮
阿母慢慢仔晟阮，到一晬（勿dong¹）今阮攏大漢仔，攏有趁錢
兮能力仔，即嘛厝邊頭尾呵咾締講；誠是濟囝濟福氣。卡早兮
苦換到即嘛兮好命，誠是先苦後甘。厝邊頭尾兮人又講；恁兜
兮大大細細攏捯（勿²dau²）賺錢仔，恁倆位序大人會使清榮
仔，啥免佫（ㄍ⁴koh⁴）做苦工、做穡（ㄒㄧ⁴sit⁴）頭。其實人一生
中曲折離奇變化無常兮，所以濟囝濟福氣當中，勻（ㄨ⁵wu⁵）

仔愛加上囝（ㄍㄧㄣ⁵ kin⁵）仔個會曉（ㄏㄧㄠ² hiau²）想，甚至个（ㄍㄛ⁵ ko⁵）个無學歹，甲有法度恆人好兮風評。俗語：前世人燒好香，累積下（ㄌㄛ² lo²）來兮果，序大人甲有法度出到好囝孫。

註釋：

阮＝我們。兜＝家。兮＝的。查倳＝男孩。邙＝那。徛＝在。囝＝子（專用於男孩）。唔＝不。無糞＝無肥料。恁＝你們。迁爾＝那麼。恆＝給、讓。食＝吃。儅＝所在、地方。趁＝討生活。个＝個。散赤＝窮光蛋（家境不好的家庭）。一大＝一種。負擔＝壓力。阿桑＝父親（日本語音）。訓＝認識。共＝曾。著＝就。戇＝傻傻。伵＝他們。天岊＝天公伯。戀人＝憨厚老實。不妨＝未免。起碼＝最基本。嘛＝也。拄＝遇、碰見。佮＝和。好里加哉＝還好。捐力＝勤勞。佫＝又（又佫＝又是）。歸工＝整天。佇＝在。作穡＝工作。從＝從來。唔訓＝不曾。覅＝要。晟＝扶養。囡＝女（女孩專用）。穤＝壞。三頓＝三餐。蕃薯簽＝曬乾的蕃薯（用菜擦處理過經日曬乾謂之）。時陣＝時候。即嘛＝現今。猶＝還。匀＝也很。哪＝有。抾＝撿木柴。刺仔籽＝山上出產屬豆科的一種一般是做飼料用。鋤＝剞。稻埕＝農家門前廣場處理專門曬農產品）。曝＝曬。焗＝乾。一寡＝一些。參添＝參雜或參予。撥＝轉手。轉＝回。籤仔店＝雜貨店。糖仔餅＝糖果和餅干。倒＝回來。補貼＝彌補。徜＝和。每一介＝每一次。箍＝元。按爾＝這樣。足＝很。繪＝不會。赫＝那麼。堪＝耐力夠。蹭＝身藏。賒＝欠。倚＝靠近。捯＝次。迵＝住。迄＝那。ex：那一日，那個。硬＝質密度高。拗＝勉強撐過。硬勁＝出了很大的力。一眸＝當今。閣＝再（同佫的意思）。會曉＝會的。積下＝累積。攏捯

＝都在幫忙。

七、人（ㄌㄤ⁵ lang）兮（ㄝ⁵ e⁵）心

一（ㄐㄧㆵ⁸ zit⁸）个（ㄝ⁵ e⁵）人（ㄌㄤ⁵ lang⁵）一（ㄧ¹ i¹）生（ㄒㄧㄥ sing¹）一（ㄐㄧㆵ⁸ zit⁸）開始著（ㄉㆦ do¹）像一（ㄐㄧㆵ⁸ zit⁸）張白紙，無烏（ㆦ¹ oo¹）點、無缺（ㄎㄧ³ khi³）角，無雜儳（ㄌㆰ⁷ lam⁷）。一般所講兮得是清清白白（ㄅㆤ⁸ beh⁸、ㄅㆤ⁸ beh⁸）。

人（ㄌㄤ⁵ lang⁵）兮成長（ㄉㄧㆲ diong²）過程。个（ㄍㆦ² koo²）人（ㄌㄤ⁵ lang⁵）接觸（ㄑㄧㆦ⁴ ciok⁴）兮環（ㄎㄢ⁵ khan⁵）境塑造出特有兮個性即是人佮（ㄎㄚ⁴ khah⁴）別種動物無全（ㄍㄢ⁵ kan⁵）款（ㄎㄢ² khan²）兮所在。所以人兮心親像海底兮針足歹搦（ㄗㄨㆤ² chue²）歹掠（ㄌㄧㄚ² lia²）一个無形兮物件。

所以人（ㄌㄤ⁵ lang⁵）抑是一（ㄐㄧㆵ⁸ zit⁸）種無好鬥（ㄉㄠ² dau²）陣（ㄉㄧㄣ⁷ din⁷）兮動物。逐（ㄉㄚㆶ⁴ dak⁴）項著覕（ㄅㆤ⁴ beh⁴）爭，逐種著覕計較（ㄎㄠ² khau²），甚至抑會用計謀陷害人，想空想縫爭權、奪利，真濟攏（ㄌㆲ¹ long¹）是為到伊甲誌，而往往袂去顧濾別人兮死活。所以人真是天生得是自私兮。「人無自私，天誅地滅」自古以來兮名言。

致使心是深而難測，捉而難彫（ㄉㄧㄠ⁵ diau⁵），哪像「胡溜」滑溜鰍（ㄎㄨㆵ⁴ kut⁴、ㄌㄧㄨ² liu²、ㄒㄧㄨ³ siu³），飄渺（ㄇㄧㄠ⁷ miau⁷）難定（ㄉㄧㄚⁿ⁷ dia^{n7}），真難馴（ㄙㄨㄣ³ sun³）服。人是高智慧兮動物，抑目怪順從心攏靠伊兮判斷力。

總而言之，心是人兮主宰，伊是人（ㄐㄧㄣ⁵ zin⁵）體兮「馬達」，操控一个人（ㄌㄤ⁵ lang⁵）兮運轉（ㄉㆭ² dng²）佮（ㄎㄚ⁴ khah⁴）

調節性命兮總脈頭，左右人（ㄌㄤˊ lang⁵）一生兮運佮命。所以心是每个人（ㄌㄤˊ lang⁵）一世人（ㄌㄤˊ lang⁵）兮隨身寶。

註釋：

一个人＝一個人。一生＝一世。一開始＝起頭。著＝就。無烏點＝沒有污點。無缺角＝無缺損。無雜儳＝沒亂參雜。个人＝個人。人佮＝人和。無全款＝不相同。歹揣＝難找。歹掠＝難捕。鬭陣＝相處。逐＝每。欲＝要。攏＝都。甲誌＝自己。難牚＝停擺，捉不住。胡溜＝泥鰍。滑溜驪＝非常滑。飄渺＝輕飄然。難定＝難確定。難馴＝無法順從。運轉＝旋轉。佮＝和。一世人＝一生。

八、先苦而後甘

世局變千，萬事變化，早昣（ㄉㄨㄥ dong¹）時（ㄒㄧˊ si⁵）逐項代誌，攏（ㄌㄨㄥˊ long¹）是序大人主意，甲一昣今換甲囡（ㄍㄧㄣˊ kin²）仔個（ㄧㄣ in¹）徛（ㄉㄟ deh⁸）做主人（ㄌㄤˊ lang⁵）。序大人遂（ㄙㄨㄚ sua²）著（ㄉㄛ do¹）愛倘（ㄊㄤ thang³）囡仔參詳代誌。卡早兮囡仔那倕（ㄒㄧㄨ siu^n¹）欲（ㄅㄝ beh⁴）應喙（ㄘㄨㄧ chui²）應舌著會哄（ㄏㄥˊ hong⁵）講狡（ㄍㄠ kau¹）怪囡仔無大無細，序大人著會講「囡仔人（ㄌㄤˊ lang⁵）有耳無喙（ㄘㄨㄧ chui²）」。

按（ㄢ an¹）一（ㄐㄧ zit⁸）个（ㄝˊ e⁵）問題來甲探討，即（ㄐㄧ zit⁴）嘛（ㄇㄚˊ ma¹）兮社會整个變甲誠（ㄐㄧㄣ zin¹）令仔濟，抑（ㄧㄚ yah⁴）恆（ㄏㄛ hoo³）人措手不及，從（ㄗㄥˊ zong⁵）感覺足無奈。愛了解這个年代兮家長對囡仔教育方面兮付出攏（long¹）無計較，一心著是欲（ㄅㄝ beh⁴）晟（ㄑㄧㄢ cian¹）囝（ㄍㄧㄚ kia^n²）。甚之皆（ㄐㄧ zit⁸）幾十年來兮教育政策大改變，造成甲

競爭力足嚴重，囡仔歸日呀（m³ ㄇ³）是讀冊著是補習，阿無就是爽（ㄙㄥ² sng²）電腦，或者守（ㄐㄧㄨ² ziu²）佇（ㄉㄧ² di²）網咖，即攏是足穤（ㄅㄞ² bai²）兮現象。即已經失去囡仔個（ㄧㄣ¹ in¹）兮童年佮（ㄎㄚˋ khah⁴）大漢囡仔個兮活潑青春年華。所以一直感覺即代兮少年郎以後何去何從，入社會了後又嘜（ㄅㄟˋ beh⁴）按怎通（ㄊㄤ¹ thang¹）別人比評，嘜按怎拍拚起攏是問題。時代改變甲前一階段享受，後一階段甲知是苦兮開始。有人（ㄌㄤ⁵ lang⁵）啼（ㄅㄟ⁸ beh⁸）講人生是「先（ㄒㄧㄥ¹ sing¹）苦後甘」尚介好，而唔通先享樂守一个歹兮觀念；時到時燒（ㄉㄥ¹ dng¹）無米甲煮蕃薯簽（ㄑㄧㄚㄇ¹ ciam¹）湯。其實即个思維是唔到兮，「時到」即二字有卡欺騙甲誌，應該是「加在」按（ㄢ¹ 'an¹）呢（ㄋㄧ¹ ni¹）著卡踏實。所以有苦甲有甘遮（ㄐㄧㄚ⁴ ciah⁴）是千真萬確，無啥咪通（ㄊㄤ¹ thang¹）懷疑兮。

註釋：

> 早晬時＝以前。攏＝都。甲一晬冬＝到目前。囡＝女（女孩專用）。個＝他們。啼＝在。續＝卻。愛徜＝愛和。倘＝過份。嘜＝要。喙＝嘴。哄＝讓。狡＝頂皮。按＝從。个＝個。即嘛＝現在。誠＝很。抑＝會。恆＝讓給。從＝卻。晟＝扶養。囝＝男（男孩專屬）。皆＝這。唔＝不。爽＝玩。守＝顧著。佇＝在。穤＝壞。佮＝和。通＝可。燒＝埋伏，藏。簽＝干（經太陽曬乾的蕃薯）。按爾＝這樣。遮＝這裏。

九、內（ㄌㄞ⁷ lai⁷）門（ㄇㄥ⁵ mng⁵）（羅漢門）

最近誠（ㄐㄧㄣ¹ chin¹）令仔（ㄌㄧㄣ⁷ㄚ² lin⁷ a²）恆（ㄏㄛ³ hoo³）逐（ㄉㄚㄍˋ dak⁴）家熟似兮（ㄝ⁵ e⁵）一个（ㄝ⁵ e⁵）庄骹（ㄗㄥ¹ㄎㄚ¹ zng¹ kha¹），

首先勻仔（ㄣ wun⁵ ㄚ²a²）愛了解縣政府推動文化節兮活動推動甲足高調，從（ㄐㄩㄥ ziong⁵）原是一個足偏僻兮草地埔頭，按短短期間內推廣出去乎全國兮人攏（ㄌㄛㄥ long¹）知（ㄗ zai⁷）影「宋江陣」是即（ㄐㄧ zit⁴）個所在尚特色，全國尚介濟，陣容尚堅強兮一个文化鄉。

伊會僧（ㄉㄤ dang²）講佇（ㄉㄧ di²）旗山一帶，屬于早期兮一个文化發源地，地形抑（ㄚ yah⁴）足特殊，欲（ㄅㄝ beh⁴）入去有四條通道，親像四个門；一條旗山入，一條往台南府城，另外一條是通往台南縣南化鄉佮（ㄍㄜ ko²）一條是往田寮鄉（高雄縣），歷代祖先鄉（ㄏㄧㄤ hiang⁵）時甲伊（ㄧ i¹）號做羅漢門。鄉（ㄏㄧㄤ hiang⁵）時抑（ㄚ yah⁴）是四鄉八鎮求學兮一個好所在，加上鄉內名勝古蹟佮（ㄍㄚ kah⁴）奇觀美景，促成伊兮先天條件。佮先人多方努力創立早期文化鄉培養誠（ㄐㄧㄣ zin¹）濟在地佮（ㄍㄚ kah⁴）外地愛好文學兮人，帶（ㄉㄨㄚ dua³）恆（ㄏㄜ hoo³）個（ㄧㄣ in¹）足濟學習兮機會，遮（ㄐㄧㄚ ziah⁴）足達直咱（ㄌㄢ lan²）去甲呵（ㄜ o⁷）咾（ㄌㄜ lo²）。

雖然是一个小埔頭姆（m³ ㄇ³）過，四箍（ㄎㄜ khoo¹）輪轉（ㄌㄣ len² ㄉㄥ dng²）攏（ㄌㄛㄥ long¹）是群峰羅列，雲海漂泊，重重沓沓（ㄉㄧㄥ ding⁵ ㄉㄧㄥ ding⁵ ㄊㄚ thah⁸ ㄊㄚ thah⁸）親像帝（ㄉㄝ deh⁸）杳羅漢，假使按（ㄢ an¹）頂懸甲看倒落（ㄌㄜ lo²）好像四隻伏龍覕（ㄅㄧ bi²）跙（ㄉㄧㄠ diau⁵）咧（ㄌㄝ le³），亦（ㄚ ya²）達時想欲（ㄅㄝ beh⁴）飛兮架勢，著是地形特殊，足早就嘸縣誌列為「高縣八景之一」。

鄉界起點按「內東村」西邊地號「烏山」南起「烏山頭」

延長到「木柵山」橫縱內門西邊佮（ㄍㄚˋ kah⁴）台南縣隔界景色攏足媠（ㄐㄧㄛˋ ziok⁴ ㄙㄨㄧˊ sui²）往東邊徛（ㄎㄧㄚˊ kia⁷）懸看落（ㄌㄜˊ lo²）抑（ㄚˊya²）會僫（ㄉㄤˊ dang²）看到內門全景，南西會僫直看甲嘉南平洋一望無際「山尾埤」頂懸青春嶺是內門尚懸兮景點海拔406公尺，最近已開墾大約4公里兮長度山頂嶺道沿路抑會僫講是台南縣佮高雄縣兮隔界線。

內門「八景」包涵「紫竹生春」「七星墜地」「石門聳翠」「銀屏獻瑞」「龍潭吐霧」「虎岫生風」「將軍卓立」「金交獨座」每一个（ㄝˊe⁵）景點攏（ㄌㄤˋlong¹）有倜（ㄣ¹in¹）兮特色。八景以奉祀（ㄙㄞ˘ sai³）三百三十外冬兮觀音古佛，紫竹寺「紫竹生春」為中心。佇（ㄉㄧˊ di²）乾隆三十四年福建省水師提督～吳必達～贈「紫竹生春」古匾（ㄅㄧㄢˊ bian²），根據記載紫竹寺已建寺差不多三百外冬仔兮歷史。主神觀音佛祖誠（ㄐㄧㄣˊ zin¹）令（ㄌㄧㄣˊ lin⁷）仔徛（ㄉㄝˋ deh⁴）靈聖，有求必應，普渡眾生，个个信徒足虔（ㄎㄢˊ khan⁷）心。佇康熙年間，傳說香爐會飛兮事蹟，誠令當地人嘖嘖稱奇，自按（ㄢ¹an¹）爾（ㄋㄧ¹ni¹）一傳十，十傳百，加上神威無邊，佛法普及化，香客不斷，香火興旺甲一晻（ㄉㄤˋ dong¹）今。

寺後向北方「七星塔」斗柄正好指向「紫竹寺」聽老一輩講起；日據時代日本人企圖覕（ㄅㄝˋ beh⁴）破壞台灣人兮宗教信仰，迄（ㄏㄧ¹ hi¹）當時佇（ㄉㄧˊ di²）台灣逐跡（ㄐㄧㄚˋziah⁸）放火燒佛像，「七星塔」曏（ㄏㄧㄤˊ hiang⁵）時抑險險（ㄏㄧㄢˊ hiam²）恆（ㄏㆦ˘hoo³）日本人啟（ㄌㄨˊ lu⁷）掉，講抑（ㄧㄚˋyah⁴）奇怪，每次按旗山糖廠調來一台火犁仔車 覕剷（ㆵthua^{n2}）掉著有神蹟出現，機械無緣無故或者人無張持總無爽快，迄時兮日本人不得不從

（宗 zong⁵）放棄工作。庄民對遮突如其來兮事故抑感覺足莫名其妙佮（較 khah⁴）奇曷（較 khah⁴）七星古塔總變成個兮精神寶塔。前幾年台三線尾仔點休息站，佇（弟 di²）七星塔範圍兮正路邊，起（起 khi¹）一間「七星塔休憩中心」拄（拄 du¹）好內門唯一加油站斜對面，有按迌（hah⁴）去兮遊客，不妨順續（sah⁴）去踅（踅 seh⁸）踅（踅 seh⁸）行行（行 kiaⁿ⁵）咧（咧 le³），附近兮紫雲宮（吳公真仙－保生大帝）侁（cit⁴）佗（佗 tho⁵）佗咧（咧 le³）意義抑（抑 yah⁴）佫卡好。

「龍潭吐霧」位罟佇（弟 di²）東埔村東南方「龍潭」頂懸兮山脈好像一隻遊龍徑（deh⁸）反（反 bing²）來反去，程（thin⁵）仔覕（覕 bi²）起來，程仔著佫（佫 koh⁴）出現，沿湍（thuah⁸）到潭兮邊仔，龍爪抱碉（dian⁵）咧長期兮水勢沖變甲成一堀（kut⁸）青蘢（ling⁷）龍兮潭。每到雨期透早，潭底著會噴出霧氣，親像龍喙（chui²）吐珠，彼（hi¹）个影像足媠（sui²）款。

「虎岫生風」位置佇（弟 di²）內東村東方，當地兮人甲號做「虎頭山」，山明水秀，景緻卡實𣍐（be⁷）歹，虎兮頭抑有人講是虎穴，內門鄉公所甲伊（伊 i¹）列為第七公墓。唯一一直甲即（zit⁸）嗎（ma¹）一點仔遺憾（ham²）地理仙兮公認是一遮（ziah⁴）地理足好，一寡（kua˥ⁿ）鄉民甲過往兮親人烏（oo¹）白㾀（dai⁵）整个山頭挵（long³）甲亂七八糟，加在聽講鄉公所欲（beh⁴）規劃起（khi²）一棟現代化兮納骨塔，遮是當地人兮大期待。

「銀屏獻瑞」位置瑞山村南邊號做「馬頭山」遠遠甲看過

去直覺天地兮奧妙，簡直「鬼斧神工」，地形足親像一隻活靈靈兮寶馬倚（ㄎㄧㄚ khia⁷）佇群山尚頂懸兮所在，目睭抑會僋（ㄉㄢ dan²）直看到內門田寮、旗山地點抑（ㄧㄚ yah⁴）好像三鄉鎮兮大界址，而且是內門正南邊兮一座天然吉祥獻瑞兮屏風。

「將軍卓立」位置佇內南村北方，號做「將軍山」好像一個威風凌凌兮將軍霸（ㄅㄚ bah⁸）守門關，目前是油庫兮所在地。

「金交獨座」位置佇東埔村東北方，曩（ㄏㄧㄤ hiang⁵）時一直甲目前攏叫做「金交椅」，地形三面攏是山，中央一片平洋，兩爿（ㄅㄧㄥ ping⁵）像椅仔兮手索（ㄙㄛ soo¹）後壁有倚（ㄨㄚ wa¹）靠誠（ㄐㄧㄣ zin¹）是好像一條（ㄌㄧㄠ liau⁵）穩如泰山兮「金交椅」。

「石門聳翠」位置佇石坑村中心，座南向北兮天然火山岩一塊石倚（ㄎㄧㄚ khiah⁸）佇（ㄉㄧ di²）當中，東門溪按中央流過，天成兮石門奇景。甚之內埔兮南海紫竹寺也是一個景點。

「雁門煙雨」是內門尚嫷（ㄙㄨㄧ sui²）兮天然景緻，位置佇內東村西南方鹹水埔二層行溪水路有經過迒（ㄏㄧㄚ hiah⁴）地形足自然嫷，群山排列，峰峰相（ㄒㄧㄛ sio¹）黏，雨水長年累月甲遮（ㄐㄧㄚ ziah⁴）兮地形沖洗變甲親像雕刻邻（ㄏㄧ hi¹）一般，甚之天然奇嶺恆（ㄏㄛ hoo³）濛濛兮霧氣罩（ㄉㄚ dah⁴）牢（ㄉㄧㄠ diau⁵）咧（ㄌㄝ le³），尤其山地勢好像雁鳥成群排列筛（ㄉㄝ deh⁸）飛兮架勢，所以甲有「雁門煙雨」兮名號。

以上內門兮四方八達佮（ㄎㄚ khah⁴）八景甲踅（ㄙㄝ seh⁸）一遍續（ㄙㄨㄚ suahⁿ⁴）落換來介紹「萃文書院」位置佇觀音亭國小隔壁，設立在清朝嘉慶十七年（1812年）地方人士貢生游化等

3～4人發起尊崇孔子佮（ㄎㆁ khah⁴）諸賢，而來發展地方教育一直到道光廿四年佫（ㄍㄜ koh⁴）由董事貢生黃玉華等擴建，然其後聘請教師教學，吤（ㄏㄧ hi¹）當時兮內門、田寮、美濃、新化、歸仁、旗山、關廟、杉林兮子弟陸續前來求學，造成吤（ㄏㄧ hi¹）時興旺一段誠（ㄐㄧㄣ zin¹）長兮時間，抑（ㄚ yah⁴）促成彼時想欲（ㄅㆤ beh⁴）求學兮一个（ㆤ e⁵）足好兮所在。所以內門文化教育會當講是彼時兮鄉里尚早興辦兮（ㆤ e⁵）一間書院。即遮（ㄐㄚ ziah⁴）兮進前，佇（ㄉㄧ di²）乾隆年間得勻（ㄨㄣ wun⁶）仔栽培足濟人士，像游性公考取貢生後來封五品名氣響於一時。後來游大謨、黃玉華、游思賢等先民攏是考到貢生、監生，然其後抑有武生蕭為旋、張廷璋。秀才劉岳、劉店、張綜進、林克昌、劉美，由遮得會償（ㄉㄢ dan²）了解吤（ㄏㄧ hi¹）時陣內門是地靈人材禮（ㄐㄧㄠ ziau⁷）全（ㄗㄨㄢ zuan⁵），兮一个文化鄉。

　　講甲岵（ㄐㄧ zit⁸）个（ㆤ e⁵）階段木柵兮「寡婦鐘」全國唯一「黑色禮拜五」著繪（ㆠㆤ be⁷）使無提起，位置倚（ㄨㄚ wa¹）近台南縣南化鄉。伊兮典故流傳佇（ㄉㄧ di²）早期漢民族為了欲（ㄅㆤ beh⁴）趕走原住民佔有開墾兮「隔界」，從（ㄗㄧㆲ ziong⁵）甲圍籬（ㄌㄧㄣ lin⁵）仔圍起來。全國足濟（ㄗㆤ ze⁷）所在勻仔，號做「木柵」岵个名。漢人甲籬（ㄌㄧ li⁵）仔搭（ㄘㄨㆤ chue⁷）適當兮所在設一个「瞭望台」觀察敵人兮影遮，只要發現來敵，敲鐘示警。得是按（ㄢ an¹）捺（ㄋㄧ ni¹）然後鐘哪（ㄋㄚ na¹）響一聲，庄內著會一个壯丁無病而終，恆（ㄏㆦ hoo³）當地兮人從公認伊是一粒不（ㆠㄨ bu²）吉利兮鐘，全庄經過討協兮結

論，要甲鐘拔（bua²）落來。自按爾（ni¹）甲伊园（kng²）佇（di²）木柵教會鎮壓，怪事從無佫（koh⁴）發生，電視「台灣奇案」訓（bah⁸）演過戲齣。

有來到木柵按捺（ni¹）內門兮308高地順道走一巡（zua⁷）迸（hiah⁴）視野一望無際，佇高雄縣佮（khah⁴）台南縣隔界，好親像一遮（zia¹）仙境，景緻足特殊，有閑閑（ying⁵）甲踅（seh⁸）踅咧，會乎恁感覺無枉費一巡工。

幹（wat⁸）頭轉來光興村鴨母寮抑（yah⁴）著是「鴨母王」朱一貴祠伊麨（beh⁴）反清復明起源地。台灣歷史上足轟動兮一介反清復明兮事變，按高雄縣內門鄉開始戰火，「成者為王，敗者為寇」尚好兮見證，歷盡276冬一直到民國87年止正式落成，內門佫再加添一遮有歷史教化意義兮觀光勝地。

最後提起「實踐大學」，成立差不多十外冬，小小兮埔頭著有大學帶（dua³）來恆（hoo³）當地兮人有無限兮發展性佮（kah⁴）繁榮，隨到文萃書院後佫（koh⁴）再次兮教育復興，會儯（dan²）恆內門兮脈根不斷生湠（thua^{n2}），遮會使講得是全鄉兮福氣。

註釋：

誠＝真。令仔＝另。恆＝給。逐＝大。兮＝的。个＝個。庄骹＝鄉下。匀仔＝也要。從＝自。攏＝都。知影＝知道。即＝這。會儯＝可以，佇＝在。麨＝要。佫＝又。曩時＝那時。甲伊＝將他。抑＝也。佮＝和。佣＝他們。遮＝這裡。咱＝我們。呵咾＝誇獎。呣＝不。四箍輪轉＝周圍。重重沓沓＝層峰相疊。佇＝在。按＝從。倒落＝下去。覕颺咧＝藏起來。亦＝也。足嬌＝很美。徛＝站。看

落＝看下。會儅＝可以。奉祀＝祀奉。外冬＝外年。古匾＝古時的木匾。誠令仔＝真是有。按爾＝這樣。甲一暝冬＝到如今。迄＝那。逐跡＝每個地方。翲時＝那時。險險＝差一點點。戡＝剷平。要劏＝要剷除。不得不縱＝不得不就。庄民＝鄉民。奇曷＝稀奇。起一間＝蓋一間。拄＝剛好。有按迁去＝有從那兒去。不妨＝不免。順遂＝順便。踅踅＝到處兜著。行行咧＝走一走。佚佗咧＝遊玩。反來反去＝翻來翻去。程仔＝一會兒。覗＝躲藏。沿淡＝綿延不斷。抱絪＝抱住。一堀＝一口。青蘢蘢＝深藍色的水。喙＝嘴。甲伊＝將它。即嘛＝現在。一遮＝一個（地方）。一寡＝一些。烏白＝亂。坮＝埋（埋葬）。拼甲＝弄的。起＝蓋。徛＝站。抑會儅＝也可。峰峰相黏＝層層相連。霸＝把。兩片＝兩邊。手索＝扶手。倚＝靠。一條＝一張。甲遮＝將這。邠＝那一般。罩絪咧＝蓋住。甲踅一遍＝給逗一圈。迳落＝接下去。即遮＝在這。勻仔＝也。禙全＝周全。峇个＝這個。從甲＝就將。足濟＝很多。搭＝找。按捊＝這樣。哪＝如果。不吉＝不吉利。拔落來＝拿下來。自按爾＝就這樣。囥＝放。無佫＝沒再。一迊＝一趟。迁＝那裡。一遮＝一處。閑閑＝有空閒。甲踅踅＝就逗一逗。斡＝迴旋。帶＝帶給。生淡＝香火薪傳。

十、人體的名稱（國語和台語對配）

頭殼（ㄊㄠ˙ thau⁵ ㄎㄚ˙ khak⁴）＝頭。

頭鬃（ㄊㄠ˙ thau⁵ ㄗㄤ˙ zang¹）＝頭髮。

目眉（ㄅㄚ˙ bak⁴ ㄅㄞ˙ bai⁵）＝眉毛。

目睭（ㄅㄚˋ bak^4 ㄐㄧㄨ ziu^1）＝眼睛。

耳仔（ㄏㄧ hi^{n7} ㄚˊa^2）＝耳朵。

喙（ㄘㄨㄧˊ chui^2）＝嘴。

鼻廣（ㄆㄧ phi^{n7} ㄍㄛˊ kong^2）＝鼻子。

鼻空（ㄆㄧ phi^{n7} ㄎㄤ kang^1）＝鼻孔。

喙鬚（ㄘㄨㄧˊ chui^2 ㄑㄧㄨˋ ciu^1）＝鬍鬚。

喙顊（ㄘㄨㄧˊ chui^2 ㄆㄟˊ phe^2）＝臉頰。

喙齒（ㄘㄨㄧˊ chui^2 ㄎㄧˋ khi^2）＝牙齒。

喙脣（ㄘㄨㄧˊ chui^2 ㄉㄨㄣˊ dun^5）＝嘴唇。

鬢邊（ㄅㄧㄣ pin^2 ㄅㄧㄣ bin^{n7}）＝太陽穴。

下頦（ㄝˇe^3 ㄏㄞˊ hai^5）＝下巴。

頷頸（ㄚ am^{n7} ㄍㄨㄣˊ kun^2）＝脖子。

肩胛頭（ㄍㄧㄥˊ king^1 ㄍㄚˋ ka^2 ㄊㄠˊ thau^5）＝肩膀。

胳下空（ㄍㄨㄝˋ kue^2 ㄝˊe^2 ㄎㄤ khang^1）＝腋下。

骹脊骿（ㄎㄚˊ kha^1 ㄗㄚˋ zah^4 ㄆㄧㄚ phia^{n1}）＝背部。

龍骨（ㄌㄧㄥˊ liong^7 ㄍㄨˋ kut^4）＝脊椎。

飯匙骨（ㄅㄥˊ bng^7 ㄒㄧˋsi^5 ㄍㄨˋ kut^4）＝肩胛骨。

尾䏶骨（ㄅㄟˋpeh^8 ㄉㄢˊ dan^5 ㄍㄨˋ kut^4）＝尾椎。

腰尺（ㄧㄛ yo^1 ㄑㄧㄛˊ cioh^4）＝胰臟。

腰子（ㄧㄛ yo^1 ㄐㄧˋ zi^2）＝腎臟。

尻川顊（ㄎㄚ kha^1 ㄑㄥˊ chng^1 ㄆㄟˊ phe^2）＝屁股。

骱邊（ㄍㄞ kai^{n1} ㄅㄧㄣ bin^{n7}）＝腹股溝。

胸坎（ㄏㄧㄥˊ hiong^7 ㄎㄚˊkham^2）＝胸骨。

腹肚（ㄅㄨㄚ bua^1 ㄉㄡ doo^2）＝肚子。

肚臍（ㄉㄡ doo^1 ㄗㄞ zai^5）

羼屌（ㄌㄢ lan^3 ㄐㄠ ziau^2）＝陰莖（男性生殖器）。

羼脬（ㄌㄢ lian^3 ㄆㄚ pha^1）＝睪丸（陰囊）。

膣毴（ㄐㄧ zi^1 ㄆㄞ pai^1）＝女子生殖器。

骹（ㄎㄚ kha^1）＝腳。

大骨腿（ㄉㄨㄚ duah^4 ㄍㄨ kut^4 ㄊㄨㄧ thui^2）＝大腿。

骹肚（ㄎㄚ kha^1 ㄉㄡ doo^2）＝小腿。

骹骬碗（ㄎㄚ kha^1 ㄨ 'wu^1 ㄨㄚ wa^{n2}）－腳腕。

骹指頭（ㄎㄚ kha^1 ㄐㄧ zing^1 ㄊㄠ thau^5）＝腳指頭。

骹膣骨（ㄎㄚ kha^1 ㄉㄤ dang^5 ㄍㄨ kut^4）＝脛骨。

後骭（ㄠ au^3 ㄉㄧ di^{n1}）＝腳後跟。

骹盤（ㄎㄚ kha^1 ㄆㄨㄢ puan^5）＝腳盤。

指甲（ㄗㄞ zai^1 ㄎㄚ khah^4）。

手骨（ㄑㄧㄨ ciu^1 ㄍㄨ kut^4）＝胳膊。

手後臼（ㄑㄧㄨ ciu^1 ㄠ au^7 ㄎㄨ khu^7）＝胳膊肘子。

手幹彎（ㄑㄧㄨ ciu^1 ㄨㄚ wat^8 ㄨㄢ wan^1）＝肘窩。

尾子指（ㄅㄟ peh^8 ㄗㄞ zai^{n3}）＝小指頭。

無名指（ㄅㄡ poo^5 ㄇㄧㄚ mia^5 ㄗㄞ zai^{n2}）。

骹目仔（ㄎㄚ kha^1 ㄅㄚ bat^8 ㄚ a^2）＝腳關節。

骹毛（ㄎㄚ kha^1 ㄇㄥ mng^5）＝腳毛。

手蹺（ㄑㄧㄨ ciu^1 ㄎㄧㄠ khiau^1）＝手關節。

三、台語詩句

一、大崗山（國語發音）

　　三百許公尺的身段，浩瀚談不上，雄偉說不起，英姿擠不上名號，整座山是花崗岩塑身，靜靜的橫躺在那廣闊的大地上，卻獻上無窮空間與地表。人是毫不客氣的佔有地表每個角落，廟宇林立，蟠騰圖居。龍眼樹的茂盛、蜜蜂的各立門戶，使整座山形成了一幅自然奇特的景觀，也成了人人皆知頗富盛名的佛教聖地。給了無數人留下難以計數的足蹟與倩影，整座地表尋不著落寞與孤單。

　　令人難以想像「大崗山」原是一座不起眼的山頭，卻如此橫躺於此不知億年、千萬年、或是百萬年演化至今，似生龍活虎般，時時伴隨萬物而長相左右於人們的心目中，甚至也給了萬物有那無限擁有發揮而享用那自然的一切，也塑出至高無上的風格予人們需索和運用。

　　名氣的遠傳於全國各角落決非於偶然，卻也無盡的給了阿蓮、田寮兩地的居民，永遠永遠共享其美名，永垂不朽，萬古流芳，於這塊土地上。

註釋：

　　「山」會帶給人目中有物，物中而生象，而往往就會有山中奇景。有那完好的景緻，目中竄入萬物，心情會隨著一凹一凸一陷起起伏伏，半飄而舒服。

　　「大崗山」以前是個名不叫座、髒不納垢的小山頭，卻經一段不很長的工夫「山不轉路卻轉」變成了名聲遠傳的名山，也附上佛教聖地之名。我一向很喜歡它的存在，有空常上去逛逛而登高一呼，視野遼闊，一覽無餘，盡在眼底，真有美不勝收的感受，有空不妨一遊。

二、瀑布（國語發音）

(1)萬濺齊發　千弦其動　眾馬奔騰　湍流滾滾

(2)澎湃之音　響徹雲霄　遙眺景緻　無所不動

(3)喧嘩之聲　天籟附和　天神共鳴　歡聲處處

(4)人間樂地　遊客佳所　相攜相持　一窺悠境

(5)不在話下　不虛此行　不妨一遊

註釋：

　　尋覓心中的清靜，心靈上的附屬，享受大自然，醞釀出一股無中生之有之容之，而浸潤在那大地包裹裏。人往往就是喜於貼進其中，予得到「無」中的一種寧靜與舒適。想像人是多麼苛求萬物中神韻所流露出自然與自在，不在是有形中的吵雜和浮濫。

　　所以正當步入瀑布的境界，不知不覺就有飄飄然，有如踏在水氣的上方悠遊滾滾洪流，深入其中，穿梭在那湍流奔騰的領域陶醉於千弦之音的譜曲當中，如此的情景灌頂於身，別有一番感受，真是處人間樂地，人人嚮往的好地方。

三、阿蓮（國語發音）

(1)踏出一心堂　觀望巷街路　街中大樓立　排排似相似

(2)試問何家樓　個個是鄰居　南朝大崗山　北向二行溪

(3)東面隔異鄉　西迎汪洋海　生活農為本　處處水果香

註釋：

　　道出「阿蓮」「一心堂藥局」東西南北的面面觀。讓讀者能解析縣誌小鄉里鄰之間非常有互動性，有人情味、和睦相處的佔多數，彰顯鄉下的好，有情、有愛兩者常有的互惠，也就讓一些城市的人所感受不到的情份。

　　甚而從此篇看到風景怡人、美不勝收、身入其境會有留

漣忘返的情懷與感受。當地水果出名，也都能從耳語知悉，尤其每當產收，遊客都會聞香下馬，捨銀納購，滿載而歸直呼不虛此行。

四、台灣是咱（lan^2）兮（e^5）母親

(1)蕃薯湠（thua^2）荸（i^{n2}）恆 阮活

　　一藤一藤岢（deh^4）下（lo^2）塗（thoo^5）骹

　　阿母苦心用骹（kha^1）律（cia^1）

　　恆阮一工一工慢慢仔大

　　溫暖照顧咱遮（cia^1）兮蕃薯仔囝（kia^{n2}）

(2)阮兮生佮阮兮活

　　汝是阮兮依倚（wa^1）

　　一爬（phe^5）一步佮（khah^4）一伐（hua^2）

　　攏（long^1）是汝甲阮養（yu^{n2}）晟（cia^{n5}）

　　一暝（dong^1）今甲有法度倚（khia^7）佇（di^2）遮

(3)慈母疼惜兮心

　　蔭（yim^3）下（lo^2）阮兮心肝

　　恆（hoo^3）阮暗暗仔（a^2）知影

　　阿母恆阮是真實兮疼

　　阿母獻出是無限兮拼

(4)恆阮安穩兮生活

　　浮佇阮腦海內

　　著（do^1）是有汝兮付出

　　粒粒蕃薯佇塗骹（kha^1）

　　大聲叫出台灣啊！台灣啊！

　　汝是阮尚偉大兮母親啊！

註釋：

咱＝我們。

兮＝的。

峇＝以物壓物，紙會飛佮峇咧（紙會飛拿東西把它壓住）。

塗骹＝地上。

芛＝幼芽、羽芛（發芽）。

徛＝在。

湠＝繁殖、漫延、滲透沿染通「澶」。

遮＝這裡。如咱遮菜市仔裡（我們「這裡」菜市場裡）。

囝＝兒女，專指兒子同「囡」稱呼小孩子；囝仔。囝兒：
　　兒子。

倚＝依附。

爬＝地上爬行。

佮＝連接詞「和」。

一伐＝跨出、腳踏出。

攏＝都。

養＝養育、收容。

晟＝成就、養育、教導。晟養（養育）。

一晡今＝如今，目前。

徛＝站立；徛講臺。徛起：起居。待泅：直立深水中，身
　　體保持不沉。

佇＝「佇，久立也」因久立引伸而有「在」某處之義。

蔭＝處在遮陽而陰涼之處；蔭白（沒麗太陽的）。蔭親情
　　；蔭肉。

恆＝給予。

著＝就。

骹律＝農具的一種；置於牛肩上的器具。

溜掠＝靈活。

五、自汝（ㄌ²li²）告別了後（葡萄哪熟兮時）

(1)自從汝告別了後

一切狀況著變仔（ㄚ²a²）

汝兮形影

是阮思慕兮起源

(2)自從汝告別了後

目頭漸漸結

汝兮形影

佇（ㄉ²di²）阮懷念兮心

(3)汝骹（ㄎㄚ¹kha¹）踏過兮塗（ㄊ⁵thoo⁵）墆（ㄆㆤ⁸pheh⁸）

佇我兮（ㆤ⁵e⁵）夢中轉（ㄉㆭ²dng²）踅（ㄙㆤ⁸seh⁸）

有誰知影

咱（ㄌㄢ²lan²）倆人兮朋友情

(4)汝無抌（ㄊㆤ⁸theh⁸）走兮油燈

照亮到我兮心

有誰了解

阮（ㄍㄨㄣ²gun^{n2}）孤單兮滋味

註釋：

佇＝「佇，久立也」。因久立引伸而有「在」某處之義。

汝＝你。

骹＝腳。等於北京話的腳。通常寫成骹，但多數用腳讀為
　　ㄎㄚ。骹同跤。現行用法跤多用於跌跤，為了避免混淆
　　。請勿用跤，讓骹、跤各有所司。

塗＝土；泥土。

墆＝土塊。耕起的田土稱「塗墆」。

兮＝的。

轉踅＝旋轉。「田野風起，左右亂踅」西廂記。

咱＝我們。

搣＝拿。手咧搣茶杯仔（手在拿茶杯）。

阮＝我。阮兜（我家）。阮茨（我的家）。

哪（ㄋㄚˋ na^1）＝「哪」同「那」，通常疑問詞多寫「哪」，如「哪以？」同「何以？」。「豈以？」（怎麼會）「何以如此」台語是「哪以安呢」。

六、山頂兮山路

(1)親像九彎十八斡（ㄨㄚˋ wat^8）

　　來往兮人是無斷站

　　隨著先人兮骹（ㄎㄚ kha^1）跡（ㄐㄧㄚˋ ziah^4）

　　跈（ㄏㄢ￣ ha^{n7}）過誠（ㄐㄧ zin^1）濟人兮記持（ㄉㄧ di^5）

　　刻下（ㄌㄛ˙ lo^2）足濟人兮性命

(2)親像九彎十八斡

　　路是彎彎佮（ㄎㄚˋ khah^4）蹺（ㄎㄧㄠ khiau^3）蹺

　　伊（ㄧ i^1）從（ㄗㄥˋ zong^5）恆（ㄏㆦ hoo^3）人佇（ㄉㄧ di^2）

　　目睭（ㄐㄧㄨ ziu^1）前消失

　　回想曏（ㄏㄧㄤˋ hiang^5）時過往兮教訓

　　佇腦海內浮浮沉沉兮幻想

(3)好像躘（ㄌㄧㆲ liong^2）直兮大轉斡

　　一晘（ㄉㄛ￣ don^1）今甲拉（ㄎㄧㄨ khiu^2）直

　　搬（ㄅㄢ ban^7）開到伊兮胸崁（ㄎㆰ kham^2）

　　按（ㄢ an^1）內門（ㄇㆭ mng^5）直達旗山

　　雕（ㄉㄧㄠ diau^1）刻出足媠（ㄙㄨㄧ sui^2）兮好身材

註釋：

斡＝轉、拐；轉彎。拐角；斡角。轉回來；斡倒轉。

程＝量詞、回、次、趟，我一程過一程攏揣無伊（我一次
又一次找不到他）。

覕＝躲避、匿藏；走去覕（跑去躲藏起來）。

現＝現來，現食（馬上就吃）現今（如今）。

跡＝痕跡、足跡。

骹＝腳。跤＝跨過；跤過水溝（跨過水溝）。造字「跤」
，兩足張開成倒「ㄚ」，讓人從「ㄚ下」穿過或跨過
溝，岸物等。所造字由「足ㄚ」構成。

誠＝真。

持＝記憶力、刁持（故意做的），張持。

蹺＝彎曲；拗蹺（折彎）蹺骹。

伊＝他。

從＝就，因而。

恆＝給。

轉向＝轉方向……轉目標。

佮＝和。

佇＝久立；引伸而有「在」之意。

躘＝幼兒走路。亂踢；滾躘。用腳踢開，掙扎擺脫。

一晬今＝如今；或是當今。

掰＝撕開。用手兩邊大力使力。

胸崁＝胸骨。

按＝自。

內門＝地名，高雄縣「內門」鄉，以前稱羅漢門。

雕＝為雕刻，扪為扪彎、打扮：扪伊嬌嬌、扪一領西裝，
兩字請勿用錯。

嬌＝美；漂亮，美麗。

目＝眼。量詞，等於「節」之意；三目甘蔗。

七、漂撇（ㄆㄧㄠ⁷ hiau⁷ ㄆㄜ² phe²）兮（ㄝ⁵ e⁵）查（ㄗㄚ¹ za¹） 仸（ㄅㄜ¹ poo¹）人

迄（ㄏㄧㆵ⁴ hit⁴）个（ㄝ⁵ e⁵）查仸人誠（ㄐㄧㄣ¹ zin¹）漂撇

油食（ㄐㄧㄚ⁸ ziah⁸）粿（ㄍㆤ² ke²）時常捌（ㄉㄧㄠ⁷ diau⁷）甲鵤（ㄑㄧㆦ¹ cio¹）鵤鵤

風度翩（ㄆㄢ¹ phan¹）翩（ㄆㄢ¹ phan¹）

氣勢萬千

文學尚巔（ㄉㄧㄢ¹ dian¹）

語言頗（ㄆㆦ¹ phoo¹）啟（ㄌㄨ¹ lu¹）斯（ㄙㄨ¹ su¹）啟（ㄆㄢ² phan²）

人（ㄌㄤ⁵ lang⁵）人呵（ㆦ¹ o¹）伊（ㄧ¹ i¹）是紅半天

註釋：

撇＝本領，才幹，無半撇，有一撇。

兮－的。羅馬字作ㄝ⁵e⁵，黃勁連作「兮」。

查＝作為單音詞或複音詞的第一音節，兩音可互通，而作 為複音詞。

迄＝那。例「迄日」（那一日）、「迄个」（那個）。

个＝個。單位詞，是「個」的簡寫。例：二个囝仔。

誠＝真。

食＝吃、飲食。

粿＝米或麵粉製的食品。粿仔條。甜粿。

捌＝捌甲嬌嬌（裝扮的很漂亮）。

鵤＝雄性動物發情或性慾旺盛。

仸＝查仸人。男人係可為「人父」之人，人傍從父形聲兼

會意。一音節為例外。例：台語說男人（查伙人）。

翩＝本指飛鳥。借稱風流年少。史記平原君列傳：「平原
　　翩翩濁世之佳公子也」。

巔＝山頂。但此是指高峰。

頗＝頗多。頗好的頗。台語常說嶄然；嶄然仔嫷（很美）。

敊＝推。坊間文獻可找到用「攄」；攄，「舒也」布也。
　　推來推去，力爭、辯論、口抵口不相讓。

斯＝文質、懂禮貌。

敁＝撥開。「攴」舉手做事；將物撥，「扁」一邊就是敁
　　（撥開），形聲會意。

呵＝誇。

伊＝他。

八、繪（ㄏㄢ^5 han^5）肚（ㄉㆦ^2 doo^2）敊（ㄌㆴ^7 lu^7）
＝（方向盤）

(1)圓圓佫（ㄍㆦ^2 ko^2）空心

　逐（ㄉㄚ^4 dak^4）个形體攏無珙（ㄍㄤ^5 kang^5）

　轉（ㄉㆭ^1 dng^1）斡（ㄨㄚ^8 wat^8）佇（ㄉㄧ^2 di^2）咱（ㄌㄢ^2 lan^2）兮
　（ㄝ^5 e^5）手中

　舞動到伊（ㄧ^1 i^1）兮身軀

　一段一段向（ㄏㄧㆲ^2 hiong^2）前行（ㄍㄧㄚ^{n5} kia^{n5}）

(2)誠（ㄐㄧㄣ^1 zin^1）有（ㄉㄧㄥ^7 ding^7）篤（ㄉㄚㄨ^4 dauh^4）兮心

　倒（ㄉㆦ^2 do^2）手撚（ㄌㄧㄢ^2 lian^2）出到期待

　正手醞釀到未來

　伊恆（ㄏㆦ^3 hoo^3）人帶來希望

　焄（ㄔㄨㄚ^7 chua^7）人向光明兮大路

(3)圓圓佫空心

　駛出人兮頭一步

　掀開鼎蓋兮一撮（ちヲ^2 choo^2）光

　向（$\cdot\pi^2$ng^2）望攏是屬（エヲ^4 siok^4）於甲誌（カ^2 di^2）兮

　順著咱所求兮方向盤

註釋：

　逐＝每；逐冬（每年），逐個（每個）逐家（大家）。

　仝＝整、同;仝桌（整桌、同桌）坊間文獻，造字「仝」
　　　，「全工」以全為烹符從工聲工部。

　轉＝返回；倒轉（回去）。協調，轉圜例：代轉　直。

　斡＝轉、拐；斡彎，斡角；斡倒轉。

　佇＝說文：「佇，久立也」，因久立引伸而有「在」某處
　　　之義。

　兮－「的」老母：羅馬字作e^5（ㄝˋ），黃勁連作「兮」。

　伊＝他。

　向＝朝。

　誠＝真。

　倒＝「正」的相對，即「背」；倒面（背面）。「右」的
　　　相對，即「左」；倒手。

　撚＝鑽進去使成孔，撚兩孔；撚螺絲。

　恆＝給；我恆你一本冊（我給你一本書）。衫恆風吹去（
　　　衣服給風吹走）。

　焄＝本義是母雞帶領小雞，以翅毛掩護小雞，使其取暖。

　一撮＝一束；聚攏起來。

　向＝盼、期待。

　屬於＝物件攏是續依別人兮（東西都是屬於別人的）。

　誌＝自己。

給＝綁緊，用手給咧（手抓，不可太緊）。

肚＝肚臍。

攲＝推著，攲頭鬃（修剪頭髮）。造字「攲」，支部從呂聲；呂的造形兩口中間一豎相抵觸，加上支為舉雙手做事，雙手推物或兩口相抵，推來推去，力爭、辯論、口抵口不相讓。

給肚攲＝日語音轉換過來的；方向盤。

咱＝我們。

有篤＝牢靠、結實。

九、玉蘭花

(1)規欉兮（ㄝ⁵ e⁵）生張真（ㄐㄧㄣ zin¹）普通

蕹（ㄚ⁷ am⁷）蕹兮葉縫

四界攏（ㄌㄥ long¹）有覕（ㄅㄧ² bi²）蜩（ㄉㄧㄠ⁵ diau⁵）兮花房

迁（ㄏㄧㄚ hiah⁴）一欉

遮（ㄐㄧㄚ ciah⁴）一欉

抑有規葩（ㄆㄚ phah⁴）兮花筒（ㄉㄤ⁵ dang⁵）

按葉縫時常看會到人

(2)規欉恰實是真普通

哪有意願兮人

伊（ㄧ¹ i¹）袂烏白揀（ㄍㄧㄥ king¹）人捧

花蕊陣陣芳（ㄆㄤ phang¹）

逐家著（ㄉㄛ do¹）足輕鬆

伸手甲伊挽（ㄅㄢ² pan²）

順便著免佫（ㄎㄛ koh⁴）等

(3)普通人人愛兮花蕊

淺黃敆（ㄍㄚㆴ kap[8]）色兮花蕊

一蕊二蕊誠（ㄐㄧㄣ zin[1]）餲（ㄒㄧㄚ sia[n5]）人

有人抑得靠伊捧（ㄆㄤ phang[5]）

交流道骹（ㄎㄚ kha[1]）佮（ㄍㄚㆷ kah[4]）車站

一絚（ㄍㄨㄚ kua[n7]）一絚 徛（ㄉㆤㆷ deh[8]）振動

俷（ㄒㄧㄨ siu[n5]）慢恁（ㄌㄧㄣ lin[2]）得等無縫

註釋：

規欉＝整棵。真＝很。蒝蒝＝茂盛，濃密。四界＝到處。攏＝都。覕㧢＝躲，匿藏，匿藏。迊＝那。遮＝這。規苞＝整串。呣－不。伊－他。揀－挑剔，刁難。芳－香。著＝就。挽＝採。佮＝又。敆＝會、合；縫合。

餲＝用東西誘惑人引起欲望，而想「食成），造字形聲會意。

骹＝腳。俷＝慢、緩。恁＝您們。

一絚一絚＝一串一串。量詞相當於「串」字。如一絚香蕉。

十、思念著故鄉兮阿母

(1)親像有聽到阿母 徛（ㄉㆤㆷ deh[8]）叫

佇（ㄉㄧ di[2]）耳空內兮（ㄝ e[5]）聲音

彼（ㄏㆤ he[1]）甘是阿母（ㄅㆦ poo[2]）兮叫聲

囝（ㄍㄧㄚ kia[n2]）兒兮不孝無法度佇（ㄉㄧ di[2]）汝（ㄌㄧ li[2]）兮身邊

阿母最近唔（m[3]ㄇ[3]）知有勇健嘸（ㄅㆦ poo[5]）

(2)遠遠哪（ㄋㄚ na[1]）有阿母 徛（ㄉㆤㆷ deh[8]）叫

是熟似兮聲音

佇（ㄉㄧ di[2]）耳空內一直攏有聽到

是嘸（m³ㄇ³）是阿母 徛（ㄉㄟ dch⁸）想汝兮不孝囝

汝著愛好好仔保重喔！

(3)思念到阿母汝兮形影

日日兮掛念帶來內心兮思慕

汝兮背影時常佇（ㄉㄧ¹ di²）阮兮腦海內

浮浮沉沉入夢中

永遠帶到慈祥兮笑容

註釋：

徛＝在。助動詞，正在進行的動作；伊徛做工課（他正工
　　作）與「徑」義同音不同。「徛」連續時常變輕聲。

兮＝的。

彼＝音hel，那。如「彼是紅的，這是白的」。（那是紅
　　的，這是白的）。

阿母＝母親。

囝兒＝專指兒子。同「囡」稱呼小孩子；囝仔。

佇＝說文：「佇，久立也」，因久立引伸而有「在」某處
　　之義。

汝＝妳。

嘸＝不。

嘸＝可、有。

哪＝（ㄋㄚ¹ na¹）＝「哪」用「那」通常疑問詞多寫「哪」
　　。如「哪以？」用「何以？」「豈以？」（怎麼會）
　　「何以如此？」台語是「哪以安呢」。

十一、臺灣是一个（ㄝ⁵e⁵）好所在

(1)一條蕃薯

無彎無蹺（ㄎㄧㄠ¹ khiau¹）佮（ㄎㄚ⁴ khah⁴）無崎（ㄍㄚ⁵ kia⁵）

雖然是卡（ㄎㄚˋ khah⁴）狹（ㄨㆤˇ weh⁸）少（ㄒㄧㄛˋ sio¹）可（ㄎㄨㄚˋ khua¹）

滴足濟祖先兮（ㆤˇㆤˇ e⁵）汗

四界（ㄍㆤˋ ke³）攏（ㄌㆲˋ long¹）有個（ㄧㄣˋ in¹）兮影跡（ㄐㄧㄚˋ ziah⁴）

(2)一條蕃薯

嘸（m³ ㄇˋ）侗（ㄊㅏㆭˋ thang¹）儅（ㄉㆲˋ dong²）做繪（ㆠㆤˋ be⁷）

峱（ㄉㄠˋ dau⁵）菓

伊（ㄧˋ i¹）是天然一塊寶

只要努力著（ㄉㄛˋ do¹）見果

甲有今仔口即（ㄐㄧ zit⁴）爾（ㄋㄧˋ ni¹）好

(3)囝（ㄍㄚ kia^{n2}）孫希望

遂（ㄉㄚˋ dak⁴）家來疼惜臺灣

認真拍（ㄆㄚˋ pah⁴）拚有永遠

物（ㄇㄧˋ mih⁸）件飽滇（ㄉㄧ di^{n7}）有將來

囡（ㄍㄧㄣ kin^{n2}）仔（ㄚˋ a²）細（ㄒㄧ si³）小（ㄙㆤˋ se²）食繪（ㆠㆤˋ be⁷）空

註釋：

个＝音 e⁵，單位詞，是「個」的簡寫。例：二个囡仔。

蕃薯＝學名甘藷，俗稱地瓜。多年生草本，有長柄葉，塊根多肉，通常為橢圓形，兩端稍尖，色或紅或白，味甘，供食用或製澱粉，莖葉嫩者亦可食。

蹺＝指彎曲；拗蹺（折彎）蹺骹。

狹＝窄小寬廣。

少可＝少許，一些。

四界－四處，四周。

囝＝兒女。例：囝兒。專指兒子。同「囡」稱呼小孩子；
　　囝仔。

足濟＝很多。

兮＝的。

攏＝全，都是。

佀＝他們。

唔＝不。

俑＝可以；俑做唔俑做（可不可以做），俑去（可以去）
　　。坊間文獻都用「通」或「噇」字。通，通過、通知
　　、洞曉、通暢；噇，形聲字，兩字都沒有「可」義。
　　所以造「俑」字。

伊＝他。

即爾＝這麼。即；有「此」的意思。即攏或作即每。爾－用
　　　在「安爾」一詞，意指這樣；敢安爾（這樣嗎）。

逐＝每；逐冬（每年），逐個、逐家（大家）。

拍拚＝打拚，奮發向上。

物件＝物品，東西。

滇＝湖名；滇池。充滿，填滿；水滇（潮水漲滿）流滇（
　　潮水流滿）。

繪＝同「袂」字；不會。

十二、阿爸阿母辛苦恁（ㄌㄧㄣˊ lin²）喔！

(1)有一日兮（ㄝˊeˊ e⁵）早時仔，天色拄（ㄉㄨˋ 'tu¹）仔好光

　　阿桑（ㄙㄤˋ san²）佮（ㄎㄚˋ khah⁴）阿母騎到自輦（ㄌㄧㄢˊ lian²）車

　　離開阮（ㄍㄨㄢˋ kuan^{n1}）兜（ㄉㄠˋ dau¹）

　　去田園作穡（ㄒㄧˋ sit⁴）頭

(2)有一日兮早時仔，天色拄仔好光

　　倆位序大人佫（ㄍㄜ² ko²）去作穡仔

　　阮兄弟仔抑相（ㄒㄧㄜ¹ sio¹）招去抾（ㄎㄧㄜ⁴ khioh⁴）柴

　　順續（ㄙㄨㄚ⁴ suah⁴）割蘙（ㄧㄥ² ying²）菜佮韭（ㄍㄨ¹ ku¹）菜

　　轉來厝鬥（ㄉㄠ² dau²）煮飯菜

(3)有一日兮下（ㄝ¹ e¹）晡（ㄅㄜ¹ bo¹）時仔，天色足昏（ㄚㆬ² am²）仔

　　阿桑佮阿母甲轉（ㄉㆭ² dng²）來

　　阮甲問？

　　個回答講：穡頭無作煞呣（m³ ㄇㄧ³）願轉來兮

(4)阮攏 綿（ㄉㆤ⁸ deh⁸）想無條件兮奉獻佮（ㄎㄚ⁴ khah⁴）付出

　　倆位序大人（ㄌㄤ⁵ lang⁵）為著（ㄉㄜ³ doo³）厝內大細

　　無暝（ㄇㄧ⁵ mi⁵）佮無口

　　顧飽三頓（ㄉㆭ² dng²）認真拍拚

　　恁誠（ㄐㄧㄣ¹ zin¹）是咱兜尚偉大兮父母！

註釋：

　　恁＝你們。

　　兮＝的。

　　拄＝碰巧，遇到，剛好。

　　阿桑＝父親（依日語音調轉變過來）。

　　佮＝和。「佮、合也」。外地大多說kah作連接詞用「和
　　　」的意思。

　　輦＝以步代車稱步輦（步行）腳力好；勢輦，輦轎。

　　阮兜＝我們的家。

　　穡＝泛指農事、做穡、收成農作物。左傳（務穡勤公）。

佫＝又。

阮＝我們。

相招＝相邀。

抾＝持、取、捧。「抾」佫寫成「佉」。

蕹菜＝空心菜。旋花科草本植物，莖中空葉心形或是橢圓，喜濕地，繁殖力強。嫩株可食，是普通蔬菜。

韭菜＝同「韮」字。菜名。百合科多年生草本，葉叢生，細長而扁，略有辛味，色青綠，可供食用。

鬮＝湊合；鬮骰。

下晡＝申時日光明盛為申時，晡，即下午三時至五時。半天（頂晡、下晡、一晡）。

轉來＝回來，回家。

毋＝不。

徛＝在。

序大人＝雙親。

為都＝為了。都是、尚且；連他都能。連小孩都可以。

瞑＝閉上眼睛；瞑目。昏暗的；昏瞑又讀眊例：青瞑。

三頓＝三餐。佃＝他們。誠＝真。

昏＝晚上、夜晚。

煞＝音（ㄙㄨㄚ⁴ suah⁴），結束、停止；你煞毋知。算了、罷休（煞煞去）。

十三、故鄉兮（ㄝ⁵e⁵）月娘

(1)光光兮月娘

汝甲有聽到阮（ㄍㄨㄣⁿ¹ kunⁿ¹）徛（ㄉㄝ⁸ deh⁸）叫

叫出月娘汝兮名

汝甲知影

阮故鄉兮月娘是尚介圓

(2)故鄉兮月娘

　　好像慈祥兮母親

　　近近倚（$兮^1$ wa^1）佇（$カ^2$ di^2）汝（$カ^2$ li^2）身邊

　　汝甲知影

　　汝是阮故鄉尚溫純兮月

(3)天頂兮月娘

　　照落內心兮思慕

　　阮時常想到汝

　　汝甲知影

　　抑（$一^ⁿ$ yah^4）是故鄉兮月娘尚介光

註釋：

　　兮＝的。阮＝我們。

　　阮一我們。

　　佇＝助動詞；在。意指正在進行的動作；伊佇做工課（他
　　　　正工作）。

　　倚＝仗恃；倚勢凌人。把身體靠著某處；倚門而望。倚年
　　　　（接近過年的時候）。

　　佇＝說文：「佇、久立也」因久立引伸而有「在」某處之
　　　　義。

　　汝＝妳。

　　抑＝或是，變調成為高調。例：你要吃咖啡，抑是要喝茶。

十四、若是 赴（$万世^4$ beh^4）去內門

(1)若是赴去內門

　　二月文化節陣頭尚濟

　　車輛园（$尤^2$ khng^2）甲無地下（$會^2$ he^2）

親像國外嘉年華會

(2)若是覅去內門

　　尚好是探查詳細

　　行（ㄍㄧㄚ kia⁵）行踅（ㄙㆤ seh⁸）踅咧

　　古蹟廟佮（ㄎㄚ khah⁴）三○八地

(3)準備覅去內門

　　尚好是好天兮時節（ㄐㆤ ze²）

　　四界（ㄎㆤ ke³）佚（ㄑㄧ cit⁸）佗（ㄊㄜ tho⁵）佗咧

　　足濟（ㄐㆤ ze²）所在是風景地

(4)若是去到內門

　　個（ㄧㄣ in¹）攏（ㄌㆲ long¹）足歡迎逐家

　　愛空腹去貯（ㄉㆤ deh⁴）

　　煮食（ㄐㄧㄚ ziah⁸）是全國尚有名第（ㄉㆤ de⁷）

註釋：

覅＝要；表示想要做某件事的意志；我覅讀冊。

陣＝陣頭（陣痛）。

兮＝的。

囥＝放；置。

四界＝到處。

佚佗＝遊玩；華佗，三國時名醫佗人。委佗：雍容自得貌。

足濟＝很多很多。

行行＝走一走。

踅踅＝到處逛逛。「踅」本義做為「旋倒」解（見集韻）。
　　　「田野風起，左右亂踅」西廂記。踅來踅去，「只見
　　　這西門慶又在門前兩頭來往踅」。見水滸傳廿五回。

個＝他們。攏＝都、全。

貯＝裝。

恁＝你們。

煮食＝烹飪。

佮＝說文：「佮、合也」古端kap，今音kah，外地大多說
　　kah作連接詞用「和」的意思。

十五、輕鬆佮逍遙

(1)風一陣一陣 偛（deh^8）吹

　　霧氣輕輕仔飛

　　佇（di^2）迄（hit^4）兮（e^5）山硞（khok^4）踅

　　（sch^8）仔踅

　　會當時仔覕（vih^4）咧會當時仔掀（hian^3）咧

　　吹出到塗（thoo^5）骹（kha^1）兮清白

(2)風一陣一陣偛吹

　　鳥仔吱吱 吷（ku^1）吷偛飛

　　享樂佇（di^2）大自然地

　　樂暢（thiong^3）佇迄（hit^4）片兮樹林（na^5）下（e^2）

　　聊天開港傳達到個（in^1）兮情話

(3)風微（pi^1）微仔 偛（deh^8）吹

　　一寡（$\text{kua}^{\text{n}2}$）距（beh^4）山客

　　揣（chue^7）到個（in^1）兮心花

　　借風恆（hoo^3）平常時兮鬱悶順風吹

　　清洗到個內心兮污穢（we^3）

註釋：

　　偛＝在。

徙＝遷移、移動、徙茨（移動房子）。

踅＝逛逛。踅來踅去（到處走一走）。

佇＝在。迄＝那個、那裏。兮＝的。嘸＝不。

硞＝堅固之物的相擊聲；硞一聲。由形聲引申形狀。

覕＝躲藏、匿藏，走去覕（跑去躲藏起來讓人找不到）。

吷＝鳥叫聲。

暢＝愉快、興奮。

樹林＝森林。

迄片＝那整面。

心適＝樂趣。

一寡＝一些，若干；加食一寡（多吃一些），一寡人（有一些人）。

揣＝找、尋。個＝他們。恆＝給，予。

跨＝指跨過，跨過水溝（跨過水溝）。

个＝音第5音，單位詞，是「個」的簡寫。例：二个小孩。

跙＝向高處爬。跙樓梯（爬樓梯）。跙懸跙低（爬上爬下）。

十六、四句聯仔

歡歡喜喜大家起

有心作伙學台語

發揚文化咱自己

趁（ㄊㄢˇ than³）早起身尚合（ㄏㄚ hap⁸）理

〔大家起＝大家一起來。咱＝我們。趁早＝盡早。尚合理＝最合理〕

△非常高興大家一起來，有心共同學母語，發揚文化，人人有責，盡早行動合時宜。

林（na^5）投（dau^5）開花白咧（le^3）紗（se^1）

甘蔗開花頒（dam^2）落（lo^2）溪（khe^3）

逐（dak^4）家（ke^7）飼大攏（$long^1$）愛嫁

唔（m^3）傯（$thng^1$）失戀跳落溪

〔林投＝溪畔或是海邊都看得到的一種花。白咧紗＝雪白
　透亮。頒＝垂、往下彎。落溪＝下溪、朝溪。逐家＝大
　家。攏＝都。唔＝不。傯＝可。〕

△林投開花白的像雪一般的雪白。在溪畔開花的甘蔗很自
　然就是會面朝溪下垂，人也是順道而行男大當婚女大
　當嫁。那麼不要為了小小失戀就想不開。

含笑拍（pa^2）莓（mui^3）大細蕊，

鴨母落田雙骸（kha^1）開（kui^1），

阿娘生緣免生媠（sui^2），

八字會合拆袂（be^7）開（$khui^1$）。

〔含笑＝花的一種，灌木，小喬木。葉互生，有柄。花腋
　生，有香蕉的芳香味，花蒂和花瓣都是六個，黃白色，
　邊緣紅色。可煉芳香油，可參入茶葉做香料。拍莓＝花
　莓由暴開到完全開花的過程，稱之。雙骸開＝鴨母下田
　時，兩腳都打開，若無就會跌倒。袂開＝就不可能被打
　開。〕

△描述男女若有緣，加上八字有合，而男歡女愛就拆不散
　他（她）們。

六骸（kha^1）四翼（sit^8）是田嬰（yi^{n1}），

飛懸（$kuan^5$）飛低無相（sio^1）敨（phe^{n1}）。

褒（bo^1）來阿（o^1）去無相（sio^1）罵，

相（$siong^3$）驚後壁食（$ziah^8$）到羹（khe^{n1}）。

〔骹＝腳。翼＝翅膀。田嬰＝青蜓。懸＝高。無相＝彼此沒有。相戕＝不佔對方便宜。褒＝誇獎。阿＝迎和、讚美。食＝吃。羹＝食品裏芡粉用湯煮成的羹狀食物。〕

△青蜓是6支腳4支翅，常高低不停的飛著，彼此常鬥嘴不對罵，但彼此是互相有節制、禮讓，怕的是太激烈而失控一方就怕吃虧。

芋（oo^1）葉貯（de^1）水一粒珠，

蓬船過海半爿（$bing^5$）趄（chu^1）·

江洋大海命哪（na^1）灰（hu^1），

快快樂樂平安敁（lu^1）

〔芋葉＝蔬類植物，葉大，地下莖成塊狀，可吃。貯＝裝，充填。爿＝木材剖成兩半左半邊叫爿。趄＝歪斜。「昨夜个翠被濃香薰蘭麝，敧枕把身軀兒趄」見西霜記，夢驚哪灰＝物質燃燒的灰燼。敁＝推。禮物敁來敁去不收，斜坡或從高向下推落。杉仔從山坡敁落去山腳〕。

△遠洋出海，命有如木材遇上大火，隨時會變成灰燼，所以求個平安，快樂回家。

人甲號做大帥哥

出門攏（$long^1$）有人甲呵（o^1）

氣派相當差不多

缺點干燜（dah^4）真嚕嗦

〔號做＝叫做。攏＝都。甲呵＝誇獎。干燜＝僅有。〕

△是一個標準型的大男人，很多人都常讚許他，真是相當
　不錯，唯一的缺點是很龜毛。

阿娘想尪（**尢**¹ang¹）仰（**巜ㄤ**⁷ kang⁷）佫（**巜ㄛ**⁴ koh⁴）顛

一工（**巜ㄢ**¹ kan¹）一工哪（**ㄋㄚ**¹ na¹）擤（**ㄑㄧㄥ**³ cing³）煙

目屎一搵（**ㄨㄣ**⁵ wun⁵）直直漣（**ㄌㄧㄤ**³ liang³）

唔（m³**ㄇ**³）知何時心會堅

〔尪＝俗作偶像及尪婿（丈夫）的「尢」，錯誤。尢的本
　字是「翁」。仰＝發楞。佫＝又。顛＝身體歪斜，腳步
　不 ‧ ‧ ‧工＝整日，哪噲＝反覆捏鼻使勁山鼻涕。目屎
　＝眼淚。一搵一搵＝沾濕再沾濕。漣＝涕淚交流的樣子
　。會堅＝會定下心來。唔知＝不知。〕

△娘子等待郎君的歸來，盼望的心情忐忑不安，每到夜晚
　眼淚直流真不知什麼時候心靜下來，能恢復以往太平的
　生活。

捧（**ㄆㄤ**⁵ phang⁵）茶相（**ㄒㄧㄛ**¹ sio¹）請隨个（**ㄝ**⁵ e⁵）敬

郎才玉女天生成

尪（**尢**¹ang¹）姆（**ㄅㄛ**² boo²）姻緣月老定

恭喜富貴萬年興

〔捧＝用手端著。个＝個。尪＝先生。姆＝妻子（太太）
　。〕

△端出茶很虔誠的個個請喝茶，郎才女貌，夫妻的姻緣月下
　老人老早就給定好的，茶賀祝喜萬年富貴，千年興旺。

娘家（**ㄍㄚ**¹ ka¹）收聘無嫌濟

唔（m³ ㄇ³）管畚（ㄅㄨㄣ² pun²）箕（ㄍㄧ¹ ki¹）抑（ㄧㄚˋ yah⁴）飯篱（ㄌㄜ⁷ le⁷）

好穤（ㄅㄞ² pai²）攏（ㄌㄛㄥ¹ long¹）繪（ㄅㄜ⁷ be⁷）揸（ㄙㄚ¹ sa¹）去賣（ㄆㄜ⁷ pe⁷）

尪（ㄤ¹ ang¹）姆（ㄅㄜ² boo²）趁（ㄊㄢ³ than³）錢歸布袋

〔娘家＝新娘的家。唔＝不。畚箕＝盛土或廢物的器具。抑＝或者；還。飯篱＝竹製器具，有網狀漏水孔，用湯水中撈食物。穤＝壞。攏＝都。繪＝不會。揸＝亂抓；揸攏無（抓不到要點）。趁＝賺。貯下＝無處放（意思是很多）。尪姆＝夫妻。〕

△新娘家對禮聘不嫌多，甚至連畚箕和飯篱也無所謂，好與壞都是不會拿去賣，新郎自然就什麼都很順而賺大錢。

露水粒粒滴塗（ㄊㄛ⁵ thoo⁵）骹（ㄎㄚ¹ kha¹）

天光日照無筛（ㄉㄝ⁸ deh⁸）揸（ㄙㄚ¹ sa¹）

囝（ㄍㄧㄣ² kin^{n2}）仔（ㄚ² a²）遠遠叫阿爸（ㄅㄚ¹ pa¹）

伊（ㄧ¹ i¹）是一个（ㄝ⁵ e⁵）無羼（ㄌㄢ⁷ lan⁷）脬（ㄆㄚ¹ pha¹）

〔塗骹＝地上。筛揸＝可觸摸、捉、抓。囝仔＝小孩子。伊是＝她是。一个＝一個。無羼脬＝無L.P的人（就是女的）。〕

△小孩子大清早就起來玩耍，而在那遙遠遙遠的地方喊叫著爸爸而她是那父親的小女兒唅。

透早罩（ㄉㄚ⁴ dah⁴）霧（ㄆㄨ⁷ pu⁷）無筛（ㄉㄝ⁴ deh⁴）看

誤解菜菰（ㄎㄛ² koo²）失一半

霧清囡（ㄍㄣ kin^n2）仔（ㄚ a^2）四界（ㄍㆤ ke^2）散

大人送（ㄙㄨㄚ suah^4）來嫌無伴

〔罩＝蠓罩（蚊帳）。霧＝霧氣。淁＝擋住渣滓。囡＝小孩
　子。蓋＝以泥沙燒製即沙子。四界＝四處。送＝卻。〕

△一大早霧氣太重，把整個彌漫的看不見，一時還誤以為
　菜圃怎麼突然間剩下一半，一直到霧散了連個小孩也沒
　有，此時大人確體會出獨自在家真有點無聊。

冬至好食圓仔（ㄚ a^2）丸

金門退伍回台灣

厝內大細澎湃傳（ㄊㄨㄢ thuan^5）

長篙竹炮攊（ㄉㄛ dioh^4）懸（ㄍㄨㄢ kuan^5）懸

〔圓仔＝湯圓。厝內大細＝家裏的大小。澎湃傳＝準備豐
　富的一餐。攊－拉；拉高。懸懸＝高高的。〕

△冬至時分到了，家裏大小都準備了湯圓，也正好孩子從
　金門退伍回來的時候，全家高興得一直在準備好的料理
　請兒子大吃一頓，放個鞭炮慶祝一番。

拍（ㄅㄧㄚ pia^2）拚將來心有譜

激極趁（ㄊㄢ than^2）錢來㤙（ㄔㄨㄚ chua^7）姆（ㄅㆦ boo^2）

嬡（ㄇㄞ mai^2）恆（ㄏㆦ hoo^3）厝內大細苦

無暝（ㄇㄧ mi^5）無日性命賭

〔趁＝賺，賺錢。㤙＝娶。本義是母雞帶領小雞，以翅毛
　掩護小雞，使其取暖。引導、帶領；㤙路、㤙姆。嬡＝
　別，莫、不要，表勸止。恆＝給。厝＝家。大細＝大小
　。無暝無日＝整天整夜。〕

△一直打拚工作目的內心是有盤算的，甚而積極是為了能
　成家立業，也得讓家裏大小不要吃到苦頭，所以才整天
　忙個不停。

歸工激甲無代才（ㄗㄞˋ zai⁵）

嬎（ㄅㆤˋ beh⁴）食（ㄐㄧㄚˊ ziah⁸）米糧無半台（ㄉㄞˋ dai⁵）

恆（ㄏㆦˋ hoo³）姆（ㆠㆦˋ boo²）驚甲呣（m³ ㄇˊ）轉（ㄉㆭˊ dng²）來

勞師動眾鑱（ㄑㄧㆬⁿˊ cimⁿ⁵）咚（ㄉㆲˊ dong⁷）嗾（ㄎㄞⁿ khaiⁿ³）

〔歸工＝整天。激甲＝裝成一付。無代才＝不規矩；坐沒
　坐姿、靜不下來。嬎＝要；表示想要做某件事的意思。
　天　落雨（天將下雨）。食＝吃。無半台＝都沒有。恆
　＝給。姆＝太太。呣＝不。轉來＝回來。鑱＝樂器石的
　一種，咚嗾＝打響的聲音。〕

△整天裝做坐沒坐姿站沒站姿，想要吃個東西什麼多沒有
　，太太看到這種情形認為先生已無可救藥，先生再用多
　熱鬧的場面要她回來還是不要。

新娘粧（ㄗㆭˋ zng¹）甲媠（ㄙㄨㄧˊ sui²）媠媠

尫（ㄤˋ ang¹）疼尪惜敁（ㄌㄨˊ lu²）骹（ㄎㄚˋ kha¹）腿

乎伊永遠免擔水

一年四季（ㄍㄨㄧˋ kui³）像花蕊

〔粧＝打扮。媠媠媠＝非常的漂亮。尫＝先生。敁＝推。
　坊間文獻可找到用「攄」舒也、布也，毫無推之意，不
　適用。造字「敁」支部從呂聲；呂的造矛兩口中間一豎
　相抵觸，加上支為舉雙手做事，所以為「推」。骹＝腳
　。（等於北京話的腳）；骹同跤，現行用法跤多用於跌

跤，為了避免混淆，請勿用跤，讓「骹」「跤」各有所
司。〕

△新娘子打扮的非常漂亮，先生很疼愛太太彼此常駕鴦洗
，也不讓太太過操勞，幸幸福福過一生有如花永遠漂亮
可愛。

新娘溫（ㄨㄣ wun¹）仔伐（ㄏㄨㄚ huah⁸）過埕（ㄉㄧㄚ dia^{n5}）

手捧（ㄆㄤ phag⁵）甜茶敬親晟

開喙（ㄘㄨㄧ chui²）一聲叫阿娘

夯勢入內大步行（ㄍㄧㄚ kia^{n5}）

〔溫溫＝慢慢。伐＝跨，邁；伐過戶碇，埕＝閩南、台灣
把庭院叫埕或曬物場。捧＝端；用手端著；捧茶。喙＝
嘴。行＝走。〕

△新娘子慢慢跨步通過庭院，手裏端著調製的甜茶敬請親
戚，高興大叫一聲婆婆（阿娘），有點太大聲深感不好
意思，大步躲入房間內。

娘仔（ㄚ a²）生媠（ㄙㄨㄧ sui²）好女才

玉頓（ㄆㄨㄝ phueh⁸）紅唇（ㄉㄨㄣ dun⁵）柳葉眉

賀喜四字合（ㄏㄚ hah⁸）現在

入門富貴進丁來

〔娘仔＝新娘子。媠＝美；漂亮（媠的本字。女從隋，本
義美，適合美ㄙㄨ）。例：媠人無媠命。頓＝臉頰典屁股
部份的整片肌膚。唇＝嘴唇，邊沿，碗唇。合＝適當，
配。〕

△新娘子人長的漂亮又賢淑，粉嫩的臉頰紅潤的嘴唇又有

那柳葉般的眉毛。「恭賀喜慶」四字很合適現代，如此
這般只要娶入門來會大富大貴帶來相當的好運。

新娘天生好命底

帶恆（ㄏㆢˋ hoo³）新郎親像馬

做到生意人人買

萬事足順攏（ㄌㄤˋ long¹）獪（ㄅㆤˊ be⁷）挈（ㄑㆤˋ che²）

〔恆＝給。攏＝都、全部。獪＝不能、不會，獪來（不會
來）。挈＝掩來挈去；結束關係。〕

△新娘子命底天註定，會帶給郎君健壯的像一匹好馬，做
起事來順心如意，一帆風順不會有挫折。

工（ㄎㄤˋ khang¹）課（ㄎㆤˋ khe³）欲（ㄅㆤˋ beh⁴）做相（ㄒㄜˋ sio³）

挨（ㆤˋe¹）推（ㄊㆤˋ the¹）

歸箍（ㄎㆦˋ khoo¹）激（ㄍㄧˋ kik⁴）恆（ㄏㆦˋ hoo³）像蠔（ㆦ˙o⁷）

飪（ㄉㆤˋ deh⁴）

好康到箸（ㄉㆤˋ deh⁸）愛欲（ㄅㆤˋ beh⁴）濟（ㄗㆤˋ ze²）

姆（m³ ㄇˋ³）愛分到無半个（ㆤˋe⁵）

〔工課＝工作。欲＝要。相＝互相。挨＝擦、抓，一磨，
擠；挨入去。推＝推開，辭。箍＝圈型的邊沿；目箍、
嘴箍。激＝憋氣、空悶、凝聚。恆＝給、予。蠔飪＝用
牡蠣加蕃薯粉炸成的。箸＝在。濟＝多。姆＝不。个＝
個。〕

△要工作都互相推辭，整個身體裝作軟綿綿，那麼好份的
一來到他卻要分多一點，甚而很會計較分少。

新郎揣（ㄘㄨㆤ² chue²）到好娘躂（ㄌㆤ² le²）

援（ㄏㄨㄢ⁷ huaⁿ⁷）家伶（ㄌㄧㄥ¹ lin¹）俐（ㄌㄧ⁷ li⁷）伊（ㄧ¹i¹）有底

恩愛鬥（ㄉㄠ² dau²）陣（ㄉㄧㄣ⁷ din⁷）攏（ㄌㆲ¹ long¹）獪（ㆠㆤ⁷ be⁷）假

白頭（ㄊㄧㆦ⁵ thio⁵）偕老（ㄋㆦ² noo²）透（ㄊㄤ² thang²）頭（ㄊㄠ⁵ thau⁵）尾（ㆠㄨㆷ⁸ vuh⁸）

〔揣＝找，覓。娘躂＝精明、活潑。援＝主持、管理。伶俐＝很有一套。伊＝她。鬥陣＝在一起。攏＝都。獪＝不會。白頭偕老＝從頭到老很恩愛。透頭尾＝很平順到終了。〕

△新郎找到好妻了，管理家庭有　套，恩愛相隨，白頭偕老終其一生。

日時仔（ㄚ²a²）用心苦勞

昏（ㄚㆬ² am²）時仔四界（ㄍㆤ³ ke³）佚（ㄐㄧㆶ⁴ cik⁴）佗（ㄊㆦ⁵ tho⁵）

有良心做事尚好

覅（ㆠㆤㇷ⁴ beh⁴）食（ㄐㄧㄚ⁸ ciah⁸）飽著（ㄉㆦ¹ do¹）免驚無

〔日時仔＝白天。昏時仔＝晚上。四界＝四處。佚佗＝遊玩；風景區玩玩。覅＝要。食＝吃。著＝就。〕

△白天專心工作，晚上就放鬆心情到處逛逛，凡事良心做事是人人稱讚，那麼如此一般要吃個飽是絕對不成問題的。

穤（ㄅㄞ³ bai³）康覅（ㆠㆤㇷ⁴ beh⁴）做相（ㄒㄧㆦ¹ sio¹）挨（ㆤ¹e¹）推（ㄊㆤ¹ the¹）

好康來到挖（ㄛ¹oo¹）規（ㄎㄨㄧ khui¹）个（ㄝ⁵e⁵）

現實社會蓋討債（ㄗㄝ² ze²）

良心做伙無外濟（ㄗㄝ⁷ ze⁷）

〔穗＝不好的，壞的；穗戴誌（壞事情）。嫑＝要。相挨推＝互相推辭。到俤＝來到。挖＝用手掏取；挖鼻子（挖鼻孔），挖窟（挖池塘）。「挖」與「挖」同義，但「挖」沒有「ㄛ¹」的讀音。規个＝整個。討債＝浪費。外濟＝不很多。〕

△做起不好的工作都互相推辭，那麼好的一來都想搶多一點。目前這種現實的社會很多人很浪費，實際的有良心的不是很多。

做人（ㄌㄤ⁵ lang⁵）實際人人呵（ㄛ¹o¹）

是橫是直著（ㄉㄛ¹ do¹）相（ㄒㄧㄛ¹ sio¹）褒（ㄅㄛ¹ po¹）

骹（ㄎㄚ¹ kha¹）踏實地嬡（ㄇㄞ² mai²）哩（ㄌㄧ⁷ li⁷）囉（ㄌㄛ⁷ lo⁷）

做事清楚獪（ㄅㄝ⁷ be⁷）歪（ㄨㄞ¹ wai¹）哥（ㄍㄛ¹ ko¹）

〔做人＝做人做事。呵＝誇獎。著＝就。相褒＝互相讚美。骹＝腳。嬡＝不要，不可。哩囉＝嘮叨。獪＝不會。歪哥＝貪別人便宜，設計他人。〕

△做事實際又不含糊的人會很受人稱讚，人與人相處多說好話，務實又不嘮叨，處事清清楚楚而從不佔別人便宜人人稱許。

新郎牽到新娘手

尪（ㄤ¹ang¹）姆（ㄅㄛ² boo²）恩愛到永久

免著（ㄉㄛ¹ do¹）煩惱（ㄌㄛ² lo²）靠銑（ㄑㄧㄥ² cing²）手

歸家大細好溜（ㄉㄨ lu¹）溜（ㄉㄨ lu²）

〔尪＝先生。姆＝妻子、太太。著＝就。惱＝苦，悶悶不
　樂。銑手＝比喻靠關係、套交情。溜溜＝比喻無事、萬
　事順。〕

△夫唱婦隨恩愛永久，就不必煩惱有任何變化，全家大小
　萬事興。

新娘嫁恆（ㄏㄛ hoo³）囝（ㄍㄧㄚ kiaⁿ²）婿（ㄙㄞ sai²）倌（ㄍㄨㄢ
kuanⁿ¹）

尪（ㄤ ang¹）姆（ㄅㄛ boo²）互相（ㄒㄩ siong¹）有靠山

卡（ㄎㄚ kha¹）繪（ㄅㄝ be⁷）嚕（ㄌㄛ loo³）到咱（ㄌㄞ lai¹）心肝

茨（ㄘㄨ chu²）內大細（ㄙㄝ se²）繪（ㄅㄝ be⁷）孤單（ㄉㄨㄚ duaⁿ¹）

〔恆＝給。囝婿倌＝女婿。尪＝先生。姆＝太太。互相＝
　彼此。卡繪＝比較不會。嚕＝煩。咱＝我們。茨內＝家
　裏的。大細＝大小。繪＝不會。孤單＝無依無靠。〕

△新娘子嫁到郎君家，夫妻彼此有依賴恩愛，就不會有心
　煩鬱悶，家裏面大小有依靠。

鉛（ㄧㄢ yan⁵）粉撒（ㄧㄚ ya⁷）恆（ㄏㄛ hoo³）捧（ㄆㄤ phong³）

捧塊（ㄧㄣ in¹）

金銀財庫滿茨（ㄘㄨ chu²）間

卡（ㄎㄚ ka¹）免逐（ㄉㄚ dak⁴）工（ㄍㄤ kang¹）拚佫（ㄎㄛ koh⁴）

抾（ㄍㄧㄥ king¹）

輕輕鬆鬆過一生

〔鉛粉＝金屬鉛的粉。撒＝「灑」滿地。恆＝給。捧捧塊

＝彌漫四處。茨間＝滿屋都是。卡－較。逐工＝每天。
佫＝又。恆＝拉緊。〕

△媒人婆鉛粉灑滿屋內，帶來金銀財寶滾滾入，往後不用
拚得死去活來，一生可就會輕鬆過日。

鴛鴦相（ㄒㄧㄛ¹ sio¹）焄（ㄗㄨㄚ⁷ chua⁷）倆（ㄌㄧㄛㄥ⁷ liong⁷）雙歸（ㄍㄨㄧ¹
kui¹）

尪某恩愛致（ㄍㄧㄥ⁷ king⁷）作堆

囝（ㄍㄧㄣ² kin²）仔細小笑微（ㄅㄨㄧ¹ bui¹）微（ㄅㄨㄧ¹ bui¹）

厝內和氣財源開

〔相焄＝相攜相持。倆雙歸＝成雙回來。尪某＝夫妻。
致＝肩併肩。囝兒大小＝兒子大小。厝內＝家裏。〕

△夫唱婦隨，回了家夫妻彼此互相禮讓，家裏大小過著幸
福美滿的生活。

姑娘有心我會知

昏（ㄚㆬ² am²）昏囥（ㄎㄤ² khang²）佇（ㄉㄧ² di²）心底內

兩（ㄋㆭ⁷ nng⁷）人（ㄌㄤ⁵ lang⁵）心中有意愛

緊甲媒人倩（ㄑㄧㄚ² cia²）轉（ㄉㆭ² dng²）來

〔昏昏＝暗暗、藏著。囥佇＝放在。兩人＝彼此。倩＝請
。轉來＝回來。〕

△小姐內心蘊藏愛意我是知道的，但一直說不出口，還好雙
方都有點默許，乾脆快把媒人邀請到府上來共商大事。

媒（ㄇㄞ² mai²）綈（ㄉㆤ⁸ deh⁸）哄（ㄏㄛㄥ⁵ hong⁵）講足擧（ㄑㄧㄚ⁵ qia⁵）
椵（ㄎㆤ⁵ ke⁵）

萬項代誌（zi^2）知進退（the^2）

人著（do^1）艙（be^7）有閑（$ying^5$）仔（a^2）話

揹（kua^{n7}）佇（di^2）喙（$chui^2$）內覕（pih^4）相

（sio^1）揦（$chue^7$）

〔嫒＝不要。佫＝又。哄講＝別人講。攑根＝自找麻煩。
代誌＝事情。進退＝伸縮。著＝就。艙＝不會。閑＝閒
。揹＝垂手提物。佇＝在。喙＝嘴。覕相揦＝捉迷藏。
〕

△不要再讓別人說多管閒事，凡事要知進與退，才不留得
他人閒言閒語，甚而常掛在他們的口中。

頂港卡（kha^1）實有名聲（sia^{n1}）

下港不只有出名（mia^5）

攏（$long^1$）靠逐（dak^4）家來甲晟

唔（$m^3 \, \Pi^3$）是甲誌（di^2）著（do^1）輸贏

〔卡＝確。名聲＝聲望。不只仔＝不只有。攏＝都。逐＝
大。唔＝大。甲誌＝自己。著＝就。〕

△北部確有相當的知名度，南部也名符其實有地位，其實
這都是靠大家把拉拔起來的，而不是自己就能有多大的
本領。

動作表演足古錐（zui^1）

親像猴 徛（deh^8）跙（peh^8）樓（lau^5）梯（$thui^1$）

伊（i^1）佫（koh^4）兼徛（deh^4）歕（pun^5）雞（ke^7）胿（kui^1）

通人（$lang^5$）笑甲喙（$chui^2$）開（$khui^1$）開（$khui^1$）

〔古錐＝滑稽。哪＝有點。徛＝在。跙＝爬。梯＝樓梯。
伊＝他。佫＝又。佇＝在。歕雞　＝吹牛，講大話。喙
＝嘴。開開＝合不攏嘴。〕

△雜耍動作很滑稽，有點像猴子爬樓梯，也兼吹個大牛，
人人看了開懷大笑。

芋（oo^7）粿（ke^2）民間有底（de^1）柢（di^3）
為到顧全好名譽

欲（beh^4）食（$ziah^8$）著（do^1）愛抾（zah^4）箸
（di^7）去

嘸（m^7）通（$thng^1$）捾（kah^4）滒（siu^{n5}）用手
拿（ni^1）

〔芋粿＝蔬類植物，地下莖成圓或橢圓狀做成粿。底柢＝
基礎穩固、品質相當好。欲＝要。食＝吃。著＝就。抾
＝持帶、挾帶；帶（抾便當）。碗箸＝碗和筷子。嘸＝
不。通＝可。捾滒＝手不安份，順手或隨意帶走。甲誌
＝自己。〕

△用芋仔做的粿在民間有相當的知名度，為了要顧全好的
名譽，要吃的話一定要順帶筷子與碗去，而不要太隨便
用手拿而敗壞自己的德性。

曏（$hiang^5$）時禁止台灣話
恆（hoo^3）咱（lan^1）凝（$qing^{n5}$）甲袂（peh^4）

蓋（kha^2）被（phe^7）

政策改變學兼背

台語足緊攏（$long^1$）總會

〔曩時＝從前。恆＝給。咱＝我。凝甲＝非常生氣。袂＝
不。蓋被＝蓋棉被。攏＝都。〕

△從前是禁止說台語的，真讓人氣的直跺腳，還好目前政
策已改變了，只要有心學它很快就可朗朗上口的。

青草藥材哪（na^1）覕（beh^4）好

攏總出在台灣島

優良藥材重效果

繪（bc^7）使靠喙（$chui^2$）徛（dch^4）阿（o^1）咾
（lo^2）

〔哪覕好－如果要好。攏－都。繪－不會。喙－嘴。徛－
在。阿咾＝讚美、迎合。〕

△好的藥材都是出在台灣本島，優良的是重效果，而不是
靠一張嘴在讚美。

男有情女抑（yah^4）有意

相（sio^3）褒（bo^1）相觸（dak^4）佇（di^2）心蒂
（di^3）

註生娘孃（ma^2）捘（dau^2）保庇（pi^2）

恆（hoo^3）個（in^1）永遠走落去

〔抑＝也還。相褒＝互相誇獎。相觸＝由獸角相抵觸而引
伸各種觸犯。佇＝在。心蒂＝心裏面。註生娘孃＝註生
娘娘。捘＝幫忙。保庇＝保護。恆＝給。個＝他們。〕

△男女有情有意，打情罵俏在心底，註生娘娘來保佑，讓
　他們永遠情意綿綿。

良心做事卡（ㄎㄚˋ khah⁴）永久

萬項代誌（ㄐㄧˋ zi²）嬤（ㄇㄞˋ mai²）靠酒

骹（ㄎㄚˋ kha¹）踏實地拚佫（ㄍㄜˋ koh⁴）守

嬤（ㄇㄞˋ mai²）哄（ㄏㄛㄥˋ hong⁵）看破咱（ㄌㄧㄢˋ lian¹）骹手

〔卡＝比較。代誌＝事情。嬤＝不要。骹＝腳。佫＝又。
　哄＝給人。咱＝我們。〕

△實實在在較永久，凡事辦事不要以酒代酬勞，腳踏實地
　有拚有守，就不會有別人輕視我們。

咱（ㄌㄧㄢˋ lian¹）甲金粉撒（ㄧㄚˋ ya²）乎（ㄏㄛˋ hoo³）行（ㄍㄧㄚˋ kia^{n5}）

新娘趕緊做阿娘

厝內大細（ㄙㄝˋ se²）愛伊（ㄧˋ i¹）晟

一工（ㄍㄤˋ kang¹）一工著穩贏

〔咱＝我們。撒乎行＝灑出去。大細＝大小。伊＝她。一
　工＝一天。〕

△我們把金粉灑出去，新娘子很快就會做母親，隨後家的
　大小都要靠她養活，一天一天過的很自在。

是好是穗（ㄅㄞˋ bai²）講好話

趺（ㄊㄧˋ thi¹）趺（ㄊㄧˋ thi²）揆（ㄊㄨˋ thu¹）揆（ㄊㄨˋ thuh⁴）囥（ㄎㄥˋ
khng³）心地

虛心作伙全（ㄐㄧㄠˋ ziau¹）問題

誠心鬥（ㄉㄠˋ dau²）陣卡（ㄎㄚˋ khah⁴）有底

〔穤＝壞。軼軼揆揆＝語無倫次。园＝放。全＝很多。閤
　＝相處。卡＝比較。〕

△盡量都講一些好話，很難說出的乾脆就放在心裏，人與
　人虛心相處的是不會長，真實相處的才是永永遠遠。

物件甜是甜物物（勺ㄨ˙put^8）物（勺ㄨ˙put^8）

蠓（ㄅㄤˋbang^1）虫食（ㄐㄧㄚˋziah^8）甲無半嗍（ㄙㄨˋsuh^4）

避免蠓蟲來佫（ㄍㄜˋkoh^4）囫（ㄏㄨˋhut^4）

逐（ㄉㄚˋdak^4）家食（ㄐㄧㄚˋziah^8）甲肥呐（ㄌㄨˋluk^4）呐（ㄌㄨˋ
luk^4）

〔物件＝東西。甜物物＝非常甜的。蠓蟲＝蚊子。食＝吃。
　無半嗍＝光光光。佫＝又。囫＝完整、完備地；狼吞虎嚥
　。例：囫圇吞棗＝吃東西時沒有經過咀嚼就整顆吞下。逐
　＝人。食＝吃。肥呐呐＝人肥；肥的像大肥豬。〕

△東西非常的甜，蚊蟲來襲很快就會被吃光光光，為了避免
　蚊蟲的光顧或是再度的光臨。大家吃的都能肥肥胖胖。

昔（ㄒㄧˋsi^5）人拍（ㄅㄚˋpa^2）鼓有時錯

骹（ㄎㄚˋkha^1）步踏差啥（ㄒㄧㄚˋsia^{n1}）人無

萬項代誌（ㄗㄧˋzi^2）有福報

倘（ㄒㄧㄥˋsiong^3）驚逐（ㄉㄚˋdak^4）家呣（m^{3}ㄇˋ）去做

〔昔人＝以前的人。骹＝腳。啥人＝誰。倘驚＝最怕。逐
　家＝大家。呣＝不。〕

△多麼熟練的技巧打鼓照樣會有錯，做人處事的步法也難
　免會有差錯的，其實任何事只要有心去做都會有回報，
　唯一就是怕我們不去做。

戇（ㄍㆲ kong⁷）神戇神無精神（ㄒㄧㄣ sin⁵）

轉（ㄉㆭ dng¹）來踅（ㄙㆤ seh⁸）去無靈魂（ㄏㄨㄣ hun⁵）

蹓（ㄨㄣ wun¹）置（ㄉㄚ dah⁴）壁角無偆（ㄘㆭ chng¹）勻（ㄨㄣ wun⁵）

逐（ㄉㄚ dak⁴）家風（ㄏㆲ hong⁷）伊（ㄧ i¹）像暈船

〔戇神戇神＝呆滯、神智不定。無靈魂＝行屍走肉般。蹓
　＝頹臥或癱坐。置＝在。無偆勻＝動也不動。逐家＝大
　家。風伊＝都在說他。尚鋆唇＝木納。〕

△都裝做一附無精打彩，怎麼旋轉走動有如木頭人，頹臥
　在牆角動也不動，大家都說那種人真是太木納了。

新娘囝（ㄍㄧㄚ kia²）婿（ㄙㄞ sai³）行（ㄍㄧㄚ kia⁵）出來

廳門斗頂柴（ㄘㄞ cai⁷）旺梨（ㄌㄞ lai⁵）

日日旺旺圇（ㄌㄧㄣ lin²）歸排

囝（ㄍㄧㄣ kin²）仔（ㄚ a²）細小出秀才

〔囝婿＝女婿。行＝走。柴＝置。旺梨＝鳳梨。圇歸排＝
　排排旋轉。囝仔＝小孩。〕

△新娘新郎從裏面走出來，一團和樂的日子順便於大廳門
　檻上擺了鳳梨也代表著好事旺旺才氣來而帶給全家大小
　好運來。

來食（ㄐㄧㄚ ziah⁸）新娘一杯茶

恆（ㄏㆦ hoo³）伊（ㄧ i¹）二年生三个（ㆤ e⁵）

厝（ㄘㄨ chu²）內大細穿皮鞋

歡頭喜面蹎（ㄑㄧㆬ cim²）骹（ㄎㄚ kha¹）蹄（ㄉㆤ de⁵）

〔食＝吃。恆＝給。伊＝他。三个＝三個。厝內＝家裏面
　。躃＝跳著走路。躃骹蹄＝腳尖伸的高高狀。〕
△來喝新娘一杯，好讓她二年生三個小孩，家裏大小生活
　過的安穩，歡天喜地來回跳著走路。

穤（bai^2）戲誠（zin^1）是勢（kau^5）拖（$thua^1$）棚
即（zit^4）做續（sua^2）咧（le^3）幾落暝（me^5）
逐（dak^4）家看甲喘（$chun^1$）嘭（phe^{n1}）嘭（phe^{n5}）
忍耐佫（koh^4）看嚶（yi^{n1}）嬰（e^3）骰（de^{n3}）
〔穤＝壞。誠＝真。勢＝很會。拖棚＝拖延。即做一　做。
　煞咧＝連續。逐家＝大家。喘嘭嘭＝氣喘如牛。佫＝又。
　嚶嬰骰＝撇悶氣。幾落暝＝好幾個晚上。〕
△戲情做的難看卻又臭又長，一做卻做了好幾晚，客人看了很
　難再看下去，為了顧全主人面了，忍耐再忍耐的看下去。

摸（$bong^7$）心肝想看嘜（mai^7）
烏（oo^1）白做是無應該
人 徛（deh^4）做天徛安排
橫心毒幸（$hing^7$）抓來刣（$thai^5$）
〔摸＝接觸、撫摸。想看嘜＝想想看。烏白＝亂做事。徛
　＝在。毒幸＝黑心腸。刣＝殺。〕
△輕輕摸胸部思索一下，胡作非為是不應該，人的啟程轉和
　都是天公伯在安排的，橫心肝毒心腸是會被抓去殺頭的。

姻緣哪（na^1）到莫延遲
繪（be^7）使延緩（wun^7）過子時

天註良緣著（勿ㄛ¹ do¹）認知

嗯（m⁷ㄇ⁷）儅（ㄊㄤ¹ thang¹）糊塗搡（ㄙㄤ² sang²）佫（ㄍㄛ⁴ koh⁴）

辭（ㄒ⁵ si⁵）

〔哪到＝如一到。莫延遲＝不要存疑。繪＝不能。延緩＝減
　緩。著＝就要。嗯儅＝不可。搡＝推。佫辭＝又推辭。〕

△姻緣附會不能再遲，更不能超過子時（晚11點～晨1點
　），天註姻緣要認知，時機一來更不要推又辭而要把握
　良機。

娘仔（ㄚ²a²）入門好家教

做得家事手頭勢（ㄍㄠ⁵ kau⁵）

逐（ㄉㄚ⁴ dak⁴）項代誌（ㄐ² zi²）伊（一¹i¹）著（勿ㄛ¹ do¹）操

尫（ㄤ¹ang¹）婿（ㄙㄞ³ sai³）阿（ㄛ¹oo¹）伊好家後（ㄠ³au³）

〔娘仔＝新娘子。手頭勢＝很會理家務事。逐項＝每一種
　。代誌＝事情。伊＝他。著＝都。尫婿＝先生。阿伊＝
　讚美他。好家後＝好妻子。〕

△娘子嫁過夫家做事勤快又伶俐，家裏大大小小的事情她
　都處理的無微不至，先生誇獎她是個好妻子。

舅仔（ㄚ²a²）車門拍（ㄆㄚ⁴ phah⁴）開開（ㄎㄨ¹ khui¹）

金銀財寶歸大堆（ㄉㄨ¹ dui¹）

厝（ㄘㄨ² chu²）內大細繪（ㄅㄝ⁷ be⁷）克虧（ㄎㄨ¹ khui¹）

生活過甲誠古錐（ㄗㄨ¹ zui¹）

〔舅仔＝母親的弟弟。拍開開＝打開。歸大堆＝一大堆。
　厝內＝家裏。繪＝不會。克虧＝吃虧。古錐＝舒適、有
　趣。〕

△母親的弟弟把車門打開，帶來無比的好運，家裏大小過
　著無憂慮的生活，每個都笑咪咪。

誠（ㄐㄧㄣ zin¹）是請鬼撦（ㄊㄟㄏ theh⁸）藥單

恆（ㄏㄛˇ hoo³）人凝（ㄍㄧㄥˊ king^n5）甲痛心肝

唔（m³ ㄇˇ）偅（ㄊㄤ thng¹）向（ㄥˇ ng²）望徛（ㄉㄧ di³）伊（
　一¹i¹）迒（ㄏㄚˇ hiah⁴）

甲誌（ㄉㄧ di²）處理卡滑掠（ㄌㄚ liah⁸）

〔誠＝真。撦＝拿。恆＝給。凝甲＝心裏一股悶氣。唔＝
　不。偅＝可。向望＝寄予期望。徛＝仜。伊＝他。迒＝
　那裏。咱＝我們。甲誌＝自己。滑掠＝順心如意。〕

△真是請裡拿藥單，讓人氣得直吐氣，其實本來就不能寄
　予太多的期望，是由自己來處理較順手。

房間無火昏（ㄚㆬ am²）茫（ㄅㆲ bong⁷）茫（ㄅㆲ bong⁷）

親像猲（ㄒㄠ sau¹）狗硞（ㄎㆦ khoo²）硞（ㄎㆦ khoo²）趒（ㄗㆲ
　zong⁵）

骹（ㄎㄚ kha¹）手哪（ㄋㄚ na¹）像徛（ㄉㆤ deh⁸）捉迡

恆（ㄏㄛˇ hoo³）伊（一¹i¹）歹勢面帶（ㄉㄨㄚ dua³）紅（ㄅㆲ bong⁵）

〔昏茫茫＝黑漆漆，伸手不見五指。猲狗＝發瘋有如狗狀
　亂叫。硞硞趒＝亂跑，亂闖。骹＝腳。哪像＝有點像。
　徛＝在。恆＝給。伊＝他。面帶紅＝害羞了。〕

△房間內陰暗卻一時慌張有如狗在發瘋似的，手腳有點不
　自在給對方不好意思，有如暈頭轉向不知如何是好。

七里花開四界（ke²）芳（phang¹）

芳味行（kiaⁿ⁵）過咱（lan¹）鼻孔

人人感覺足輕鬆

撚（duah⁴）恆（hoo³）逐（dak⁴）家足好康

〔四界＝到處。行＝走。咱＝我們。撚＝帶。恆＝給。逐
家＝大家。誠＝真。芳＝香。〕

△七里香的花香到處都可聞得到，香味飄過我們的鼻子，
人人感受非常的輕鬆，帶給人們無限的舒適。

門口一叢黃梔（kin¹）叢（zang⁵）

仰（kang⁷）仰看甲唔（m³ㄇ³）知人

革（khik⁴）甲親像青（ciⁿ¹）仔（aⁿ²）叢（zang⁵）

人人誠（zin¹）愛甲伊（iⁿi¹）捧（phang⁵）

〔一叢＝一棵。黃梔叢＝黃梔花。仰仰＝神情呆滯。唔＝
不。革＝裝。青仔叢＝白目狀。誠＝真。伊＝他。捧＝
有人去欣賞、照顧她，栽培。〕

△經過的人看到開的花都目不轉精，他（樹）卻裝著一付
不在乎的樣子，雖是如此其實他是很喜歡別人愛惜與照
顧。

是好是穤（bai²）咱（lan¹）家己

恆（hoo³）人䠶（thi¹）笑尚不知

世間是非難判起

只靠逐（dak⁴）家愛張持（di⁵）

〔穤＝壞。家己＝自己。恆人＝給人。䠶笑＝嘲笑。尚不
知＝最無知。逐家＝大家。張持＝要注意。〕

△凡事好與壞自己都要好好應對,被人恥笑是很不該,因為
　世間的是非是很難論定,惟有靠自己處事要特別小心。

金銀財庫滿厝（$\frac{\dot{5}}{x}$ chu²）間

免恆（$\frac{5}{c}$ hoo³）厝（$\frac{\dot{5}}{x}$ chu²）內暝（$\frac{5}{8}$ me⁵）佫（$\frac{5'}{c}$ koh⁴）

致（$\frac{''}{4}$ king⁷）

大大細細點光燈

歡歡喜喜過一生

〔厝間＝滿屋。恆＝給。厝內＝家裏的。暝佫致＝夜晚還
　一起打拚。點光燈＝光明燈。〕

△能得到萬貫家財,也就不用讓家裏的人拚到三更半夜,
　這麼一來大大小小就安枕無憂,快快樂樂享受一生。

玉蘭開花蒲（ㄧㄚˋ am²）歸叢

花蕊清芳誠（$\frac{4'}{4}$ zin¹）餳（$\frac{T^{n6}}{Y}$ siaⁿ⁵）人

一蕊二蕊伊（一'i'）誠（$\frac{4'}{4}$ zin¹）紅（**尢**⁵ang⁵）

有人生活靠伊捧（$\frac{8}{4}$ phang⁵）

〔蒲＝植物枝葉茂盛。誠＝真。餳人＝誘惑他人。伊＝他
　。誠紅＝很受人喜愛。捧＝用手端著;栽培或提拔。〕

△玉蘭花整棵長的很茂盛,花香很受人喜歡,一朵二朵都
　很得人愛,更而有人生活靠他賺取家用。

玫瑰開花媠（$\frac{\dot{5}}{z}$ sui²）噹噹

紅媠（$\frac{\dot{5}}{z}$ sui²）大範（$\frac{5'}{z}$ pan⁷）繪（$\frac{5'}{4}$ be⁷）革（$\frac{5'}{z}$ ki¹）空

（$\frac{5'}{z}$ khang¹）

烏（ㆦ oo¹）白攪（ㆠㄚ ba⁷）下（ㄌㆦ lo²）尚姆（m³ㄇ³）偅（
ㄊㄤ thang¹）

人人甲意誠（ㄐㄧㄣ zin¹）清芳（ㄆㄤ phang¹）

〔媠＝美。大範＝風範，氣勢。獪革空＝裝著附了不起。
烏白＝亂。攪下＝採下。尚姆偅＝最不該。誠＝真。清
芳＝芬芳。〕

△玫瑰花開美不勝收，花瓣美麗手不要任意動它，更而不
能隨意採下，它是很受人人歡迎的一種花。

滿山菅（ㄍㄨㄚ kuaⁿ¹）芒白唰（ㄌㆤ le⁷）紗（ㄙㆤ se¹）

好禮頡（ㄉㄚㆬ dam²）頭咱（ㄌㄢ lan¹）逐（ㄉㄚㄍ dak⁴）家

歡喜今年好年節（ㄗㆤ ze²）

尚驚孤單徛（ㄉㄧ dih⁸）山寨（ㄗㆤ ze⁷）

〔菅芒＝菅芒花。白唰紗＝白的像雪一般的剃透。頡頭＝
點頭。咱逐家＝我們大家。徛＝在。山寨＝重要的山頭
裏。〕

△雪白剃透的菅芒花，非常有禮貌的向大家點頭，很高興
今年能夠又是個好年度，唯一最怕的是孤單無依處在山
頭。

早時仔（ㄚ a²）一切洘（ㄎㆦ kho¹）洘（ㄎㆦ kho²）

下晡（ㄅㆦ poo¹）煞來姆（m³ㄇ³）拄（ㄉㄨ du¹）好

昏（ㄚㆬ am²）時一切無清楚

半暝（ㄇㆤ me⁵）煞來翹（ㄎㄧㄠ khiau²）翹倒

〔早時仔＝早上。洘洘＝黏稠高或比喻滿足感。下晡＝下

午3點至5點。嗯＝不。拄好＝剛剛好。昏時仔＝晚上。半暝＝三更半夜。翹翹倒＝四腳朝天。〕

△早上一起來精神飽滿，到下午卻不怎麼舒服。那麼到晚上迷迷糊糊，三更半夜可更是不得了。

愛展英雄人阿（ㄜ^{1}o^1）咾（ㄌㄜ^2 lo^2）
朋友弟兄講伊（ㄧ^{1}i^1）寶
講來逐（ㄉㄚㄍ^4 dak^4）家作參考（ㄎㄜ^2 kho^2）
禍端倚（ㄨㄚ^1 wa^1）近著（ㄉㄜ^1 do^1）煩惱

〔阿咾－誇獎。伊－他。逐家－大家。倚近－靠近。著－就。〕

△喜好逞英雄的是值得讚許，所以難免會有人說他真行，其實在此說來做參考，那是禍害的源頭。

地上起風飀（ㄧㄚㆴ^8 yap^8）飀飛
好得天頂有風吹
鳥仔（ㄚ^{2}a^2）互相覕（ㄅㄧ^2 pi^2）孤揣（ㄘㄨㆤ^7 chui^7）
嗯（m^{3}ㄇ^3）知欲（ㆠㆤㆷ^4 beh^4）飛抑（ㄧㄚ^2 ya^2）下（ㄌㄜ^2 lo^2）地

〔飀飀飛＝到處飄。鳥仔＝小鳥。覕孤揣＝捉迷藏。嗯＝不。欲＝要。抑＝還是。〕

△地上飛塵到處飄，正巧天上有風箏以能了解風勢，此時正是小鳥兒遊玩的最佳時機，地上的風繼續吹，小鳥們思索著，到底要下去還是不要。

締結姻緣好良言
郎才女貌趁（ㄊㄢ^2 than^2）少年

夫唱婦隨嬡（mai^2）佫（ko^2）延（yan^5）

白頭偕（$khai^3$）老到「永遠」（華音）

〔趁＝藉著。嬡＝不要。佫＝又。延＝拖延。白頭偕老＝恩愛夫妻。〕

△結得好姻緣，郎才女貌趁年青，夫唱婦隨不要耽誤，白頭偕老永永遠遠。

利字頭頂一支刀

勸咱（lan^1）逐（dak^4）家著（do^1）相（sio^1）褒（po^1）

唔（$m^3 \text{П}^3$）通（$thang^1$）看錢心著（do^1）慒（zo^1）

拍拚認誠卡（$khah^4$）有膏

〔咱＝我們。逐家＝大家。著＝就。相褒＝相互誇獎。恆＝給。唔＝不。通＝可。著＝就。慒＝不是滋味。誠＝真。卡＝比較。〕

△利字頭頂一把刀，人與人相處盡量誇獎對方，不要看到別人好就很不是滋味，一切還是自己打拚才是長久之計。

文聘好日姻緣定（dia^{n2}）

帶恆（hoo^3）親戚誠（zin^1）勇健

厝（chu^2）內大細（se^3）足好命

場面膨湃誠俸（cia^7）焱（ya^{n7}）

〔恆＝給。誠＝真。厝＝家裏。大細＝大小。俸焱＝有體面。〕

△文聘是姻緣的好日子，親朋好友都逢他們的福，家裏大小相繼也都好命格，遇到場面自然而然就有好體面。

查（ㄗㄚˋ za⁵）囝（ㄍㄧㄚ kia^{n2}）乖巧得人疼

柱（ㄉㄨˋ du¹）到代誌（ㄐㄧˊ zi²）誠（ㄐㄧㄣˋ zin¹）肯拚

是非分明伊（ㄧˋ i¹）知影（ㄧㄚ ya^{n2}）

伊（ㄧˋ i¹）是爸母鍟（ㄙㆤˋ se^{n1}）鍋（ㄨㆤˋ we¹）鼎（ㄉㄧㄚ dia^{n2}）

〔查囝＝女兒。柱＝遇。代誌＝事情。誠＝真。伊＝她。
　知影＝知道；認知。鍟鍋鼎＝不可或缺的鍋子和煮菜的
　鼎。〕

△女兒乖巧很得父母的疼愛，遇到事情都不埋怨，是非她
　都非常分明，所以她是父母的心肝寶貝。

後生乖巧人人阿（ㄜˋ o¹）

萬項代誌膾（ㆠㆤ bc⁷）嚕（ㄌㆦˋ lo¹）嗦（ㄙㆦˋ so¹）

朋友弟兄誠（ㄐㄧㄣˋ zin¹）甲褒（ㄅㆦˋ bo⁷）

伊（ㄧˋ i¹）是出名兮阿（ㄚˋ a¹）哥（ㄍㆦˋ ko¹）

〔後生＝兒子。阿＝誇獎。膾＝不會。嚕嗦＝龜毛。誠＝
　真。甲褒＝讚美。伊＝他。阿哥＝好表率。〕

△兒子乖很多人誇獎，處理事情也都乾淨俐落，一些朋友
　們因而都以他為表率。

為著（ㄉㆦˋ do²）愛嬈（ㆠㆤˊ beh⁴）出風頭

逐（ㄉㄚㆬ dak⁴）項代誌（ㄐㄧˊ zi²）展足勢（ㄎㄠˋ khau⁵）

惹出禍端會得猴

厝（ㄘㄨˋ chu²）內大細（ㄙㆤˋ se³）人會投（ㄉㄠˋ dau⁵）

〔著＝了。嬈＝要。逐項＝每種。代誌＝事情。足勢＝很
　有一套。厝＝家。大細＝大小。會投＝會告訴；投訴。

△為了搶風頭，任何事他都很自以為是，說真格的若出麻煩是自討苦吃，家裏的人別人會指指點點。

淑女揸（ㄗㄨㄝˇ chue³）到好良伴

免驚鮘（ㄉㄞˊ dai⁵）仔（ㄚˊa²）跳過岸

媒人挩（ㄊㆤˋ theh⁸）花來相換

緊緊倩（ㄑㄧㆩˊ cia^{n2}）君來甲焄（ㄗㄨㄚˊ chua⁷）

〔揸＝找；尋、覓。鮘仔＝鮘仔魚。挩＝拿、帶。倩＝請；倩工人（請工人）。焄＝取、帶、娶。〕

△少女找到好姻緣，就不用擔憂有變掛，媒人帶來好訊息，好待郎君來娶她。

尪（ㄤˊang¹）姆（ㆰㆦˋboo²）相（ㄒㄧㆦˋsio¹）牽上台頂

親晟目睭（ㄐㄧㄨˊziu¹）哪（ㄋㄚˊna¹）福研（ㄍㄧㄥˋking²）

娘仔心肝鄙（ㄆㄧㆴˋphip⁸）卟（ㄆㆦㆶˋphok⁴）筅（ㄑㄧㄥˋcing²）

驚甲手心冷冷冷

〔尪＝先生。姆＝太太。相牽＝互牽。目睭＝眼睛。哪福研＝大的龍眼。鄙卟筅＝心直跳著。〕

△夫妻攜手走上台上，親戚羨慕的眼光很是誇獎，新娘子有點害羞，心臟跳動個不停手掌心直冒冷汗。

紅媠（ㄙㄨㄝˋsui²）大柚好彩頭（ㄊㄠˊthau⁵）

開春攏（ㄌㆲˋlong¹）總會足勢（ㄎㄠˊkhau⁵）

帶恆（ㆦhoo³）查（ㄗㄚˊza¹）伙（ㆦˋpoo¹）足煙投（ㄉㄠˊdau⁵）

福氣歸年迣（ㄉㄨㄝˋdue²）調（ㄉㄠˊdau⁵）調（ㄉㄠˊdau⁵）

〔媠＝美；漂亮。攏＝都。足勢＝很有一套。恆＝給。查
　偩＝男人。足煙投＝英俊。遾＝跟。綢綢＝抓著不放。
　〕
△大柚子大粒好彩頭，到了立春會帶來好運，男人拿了會
　更英俊，福氣一整年跟著走。

手捧（$\frac{\text{夕}}{\text{尢}^5}$ phang^5）燒酒隨个（ㄝ^{5}e^5）敬

在座朋友好風評

新郎李家兮（ㄝ^{7}e^7）壯丁

王家新娘媠（$\frac{\text{ㄙ}}{\text{ㄨ}^2}$ sui^2）玲（$\frac{\text{ㄌ}}{\text{ㄥ}^7}$ ling^7）玲

〔手捧－手端。燒酒＝酒杯。个＝個。兮＝的。媠＝美；
　漂亮。玲玲＝可愛、有人緣。〕
△手端著酒杯個個敬，在座的親朋好友好風評，新郎是李
　家的有為青年，新娘是王家的好千金。

斐可爸母乖查（$\frac{\text{ㄗ}}{\text{ㄚ}^1}$ za^1）囝（$\frac{\text{ㄍ}}{\text{ㄚ}}^{n2}$ kia^{n2}）

爸母心事伊（一^{1}i^1）知影

痛苦心境吞下（$\frac{\text{ㄌ}}{\text{ㄜ}^2}$ lo^2）鼎（$\frac{\text{ㄉ}}{\text{ㄚ}}^{n2}$ dia^{n2}）

表面革甲攏（$\frac{\text{ㄌ}}{\text{ㄥ}^1}$ long^1）無啥（$\frac{\text{ㄒ}}{\text{ㄚ}}^{n2}$ sia^{n2}）

〔查囝＝女兒。伊＝她。下鼎＝吞入腹內。攏＝都。無啥
　＝都沒什麼。〕
△斐可是父母親的乖女兒，父母心事她都知道的，有什麼
　苦楚都怕父母傷心都藏在心裏，甚而表面都裝成一付什
　麼都沒發生似的。

寄望後生有將來

爸母苦心望伊（ㄧ i[1]）排

那有一日車歸台

厝（ㄘㄨ chu[2]）內永遠有錢財

〔伊＝他。排＝處理。那有一日＝有那麼一天。車歸台＝載滿車。厝＝家。〕

△期望兒子有將來，父母一片苦心希望他能好好處理一切，賺了滿車的錢財，家裏就不用為錢財所煩惱。

千山萬嶺一ㄐㄧ（ㄅㄧㄥ ping[5]）ㄐㄧ

一望無際一層層

樂暢（ㄉㄛㄥ dong[2]）心態著（ㄉㄛ do[1]）清榮

放下（ㄏㄚ ha[7]）一切卡（ㄎㄚ ka[1]）獪（ㄅㆤ be[7]）凝（ㄍㄧㄥ king[n5]）

〔一ㄐㄧㄐㄧ＝一邊邊。樂暢＝快樂。著＝就。卡＝比較。獪＝不會。凝＝憤慨。〕

△千山萬嶺一邊又一邊，一望無際層層相疊，把心態放輕鬆一點，就不會有悶氣了。

蘭花花蕊小清芳（ㄆㄤ phang[1]）

蕊蕊艷麗媠（ㄙㄨㄧ sui[2]）噹（ㄉㄤ dang[1]）噹

人人感覺足輕鬆

烏（ㄛ oo[1]）白揹（ㄅㄚ ba[7]）下（ㄌㄛ lo[2]）尚唔（m[3]ㄇ[3]）通（ㄊㄤ thang[1]）

△蘭花是一種清純的香，朵朵艷麗很漂亮，給人的感受是很輕鬆，供欣賞不要任意採下。

新郎愛心有運用
疼惜新娘有天良
心善意到誠樂暢（$\frac{ㄊ^2}{ㄜ}$ thong²）
情深意合水流長（$\frac{ㄉ^5}{ㄛ}$ dong⁵）
〔樂暢＝快樂。水流長＝長長久久。〕
△新郎真心真意，喜歡上新娘子，愛的火花帶動兩個人的
　快樂，情深意合的長長久久。

厝（$\frac{ㄘ^2}{ㄨ}$ chu²）內泏（$\frac{ㄙ^4}{ㄨ}$ suah⁴）來有變化
抱（$\frac{ㄗ^7}{ㄛ}$ zo⁷）心意亂腸䏭（$\frac{ㄉ^8}{ㄜ}$ dch⁸）割
怨嘆甲誌（$\frac{ㄉ^2}{ㄧ}$ di²）錯對（$\frac{ㄉ^3}{ㄨ}$ dui³）伐（$\frac{ㄏ^8}{ㄨ}$ huah⁸）
恆（$\frac{ㄏ^3}{ㄛ}$ hoo³）阮（$\frac{ㄍ^{n2}}{ㄨ}$ kunⁿ²）查囝（$\frac{ㄍ^{n2}}{ㄚ}$ kiaⁿ²）來擔（$\frac{ㄉ^4}{ㄚ}$ dah⁴）扗（$\frac{ㄗ^4}{ㄚ}$ zah⁴）
〔厝＝家。泏＝趕緊。抱＝心很不是滋味。䏭＝在。甲誌
　＝自己。對代＝那一步。恆＝給。阮＝我們。查囝＝女
　兒。擔扗＝承擔、受罪。〕
△家裏卻有了變化，內心的痛有如腸被割，埋怨自己是那
　裏做錯，為何由女兒來擔當此病痛。

庄（$\frac{ㄗ^1}{ㄥ}$ zing¹）骹（$\frac{ㄎ^1}{ㄚ}$ kha¹）單純兮（$\frac{ㄝ^5}{}$ e⁵）生活
輕鬆過日繪（$\frac{ㄅ^7}{ㄜ}$ be⁷）跙（$\frac{ㄑ^{n1}}{}$ ciⁿ¹）赳（$\frac{ㄘ^8}{ㄨ}$ chuah⁸）
骹（$\frac{ㄎ^1}{ㄚ}$ ka¹）健手健（$\frac{ㄍ^{n2}}{ㄚ}$ kiaⁿ²）誠（$\frac{ㄐ^1}{ㄣ}$ zin¹）溜掠（$\frac{ㄌ^8}{ㄚ}$ liah⁸）
唔（m³ㄇ³）免甘苦去趁（$\frac{ㄊ^2}{ㄢ}$ than²）食（$\frac{ㄐ^8}{ㄚ}$ ziah⁸）
〔庄骹＝鄉下。兮＝的。繪＝不會。跙赳＝很不穩重。骹
　健＝腳靈活。手健＝手靈活。誠＝真。溜掠＝輕快與靈

活。唔＝不。趁食＝討生活。〕
△單純的鄉下生活，輕輕鬆鬆的過日子，但如有遇到事情
，他的手腳非常靈活是難不倒他的，以致就不會吃到任
何苦頭了。

腎病創治阮心境

害阮心肝皷（phi^3）朴（phok^4）筅（cing^2）

厝（chu^2）內大細（se^3）心攏（long^1）冷

未何逼阮上崖頂

〔皷朴筅＝心臟間斷性的跳動似如心律不整狀。厝內＝家
裏。大細＝大小。攏＝都。〕

△腎功能的毛病創傷了我們的心，致使心臟很不舒服，家
裏大小心都寒，為何逼我們走頭路。

正月正頭好彩頭

舊年穤（bai^2）事放水流

今年開春好時候

看好狗年好運投（dau^5）

〔穤＝壞。投＝靠近。〕

△新年一到好彩頭，去年壞運放水流，今年一開春順氣很
旺，看好今年是狗年運就到。

家家戶戶貼門聯

逐（dak^4）家緊緊嬡（mai^2）佫（koh^4）延（yan^5）

新衫媠（sui^2）褲擺（pai^5）歸連（lian^5）

紅圓發粿配煙腸（cian^5）

〔逐家＝大家。嫒＝不要。佫＝又。延＝拖拖拉拉。嬌＝
美。擺歸連＝擺一整排。煙腸＝香腸。〕

△過新年家家戶戶門聯，全家總動員有所準備，擺在路邊
攤，排排站的新衣褲，買回準備穿新衣帶新帽歡度節慶
，順道吃一吃紅圓發粿添添節慶的喜氣。

狗年年度行大（duah[8]）運

士農工商開大春

招財進寶足招（ziau[1]）勻（wun[5]）

福祿財壽逐（dak[4]）家輪（lun[5]）

〔大運＝大行運。足招勻＝很周全、平均。逐家輪＝大家
輪流。〕

△狗年行大運，士農工商春運到，招財進寶很平均，福祿
子壽都有分。

媽祖出巡咨咨（ciang[7] ciang[7]）滾

阿公阿嬤（ma[2]）免抹（puah[n8]）粉

街頭巷尾擺竹筍

機會趁（than[2]）錢真正穩

〔咨咨滾＝水沸騰貌；人潮洶湧、喧嘩。阿嬤＝祖母。免
抹粉＝不用上粧。趁＝賺。〕

△媽祖出巡鑼鼓喧天熱鬧非凡，一出巡會滿身大汗不要化
粧，生意人看上大好時機路邊擺滿竹筍，正是賺錢的好
時機。

頭頂一塊紅雞冠

紅媠（$\overset{4}{\zeta}$ sui²）大（$\overset{8}{\zeta}$ duah⁸）範（$\overset{7}{\zeta}$ pan⁷）誠（$\overset{1}{\zeta}$ zin¹）有勢

有人講伊（一'i¹）像皇帝

其實伊是平常貨

〔媠＝美。大範＝外表莊重、有風範。誠＝真。伊＝他。〕

△頭上一塊紅色冠頂，紅色美麗又大方氣勢又好，有人說他
　像皇帝，其實不然，他只不過是一種普通貨（雞冠花）。

廿十九日邙（$\overset{1}{\zeta}$ hi¹）一暝（$\overset{5}{\zeta}$ me⁵）

家家戶戶圍桌摸（$\overset{7}{\zeta}$ me⁷）

父母分錢誠（$\overset{1}{\zeta}$ zin¹）公平

囡（$\overset{2}{\zeta}$ kin²）仔細小笑咯（$\overset{3}{\zeta}$ ke³）咯（$\overset{5}{\zeta}$ ke⁵）

〔邙＝那。一暝＝一個晚上。圍桌摸＝圍著抓著桌緣。誠
　＝真。囝仔＝小孩子。細小＝大小。笑咯咯＝喧嘩聲尖
　銳刺耳。〕

△除夕夜那一晚，家家戶戶圍爐，隨後父母親平分壓歲錢
　，大大小小笑口大開。

尪（$\overset{1}{\hbox{尢}}$'ang¹）姆（$\overset{2}{\zeta}$ boo²）恩愛得瘩（$\overset{1}{\zeta}$ san¹）啉（$\overset{1}{\zeta}$ lim¹）

出門辦事免擔（$\overset{1}{\zeta}$ dam¹）心

互相（$\overset{1}{\zeta}$ siong¹）信賴石換金

情份永遠深深深

〔尪＝先生。姆＝妻子。瘩啉＝清遣喝。擔心＝擔憂。互
　相＝彼此。〕

△夫妻恩愛就不用在分妳我，外出辦事就不用擔憂，信任
　有如石換金一樣，感情永永遠遠不變。

好好鱉刣（ㄊㄞ thai⁵）甲屎（ㄙㄞ sai²）流

好尪（ㄤ ang¹）唔（m³ㄇ³）免著（ㄉㄜ do¹）煙投（ㄉㄠ dau⁵）

拄（ㄉㄨ du¹）到代誌（ㄐㄧ zi²）嬡（ㄇㄞ mai²）著猴

緊事緩（ㄎㄨㄚ khuah⁴）辨卡是勢（ㄎㄠ khau⁵）

〔刣＝殺。屎流＝排糞便。尪＝先生。唔＝不。著＝要。
　煙投＝英俊。拄＝遇。代誌＝事情。嬡＝不要。緩辨＝
　慢慢。勢＝有一套、精明。〕

△好好的事情被搞砸，好的先生不用英俊，遇到事情不用
　慌張，慢慢處理才不會弄巧成拙。

看開人生愛智慧（ㄏㄨ hun³）

免驚朋友來拖（ㄊㄨㄚ thuah⁴）累（ㄌㄨㄟ lui⁷）

心胸有寬佮（ㄎㄚ khah⁴）伶（ㄌㄧㄥ ling¹）俐（ㄌㄧ li¹）

人人講伊（ㄧ i¹）有情意（ㄍㄧ ki¹）

〔拖累＝累罪。佮＝和。伶俐＝有智慧；處理事情有一套
　，靈活。〕

△看透人生觀是要有智慧的，那麼就不用怕會受朋友來拖
　累，心胸寬闊和處事宛轉，人人必定會對他有好感的。

新郎坐到金交椅

桌骹（ㄎㄚ kha¹）桌拐（ㄍㄨㄞ kuai¹）黏飯庀（ㄆㄧ phi²）

害個（ㄧㄣ in¹）迒（ㄙㄨㄚ suah⁴）來無生意

新娘氣甲半小死

〔骹＝腳。桌拐＝支撐桌子的角木。飯庀＝鍋底的米結巴
　黏在底部。個＝他們。迒＝卻。〕

△新娘年紀比新郎大而結婚一般皆謂坐金交椅，那結婚了

之後新郎卻內務置於一塌糊塗，原先做的生意顧客卻就愈來愈少了，弄得新娘子氣得半死。

雙骹（ㄎㄚ¹ kha¹）伐（ㄏㄨㄚ⁸ huah⁸）出站齊齊

代誌（ㄐㄧ² zi²）複雜全（ㄗㄠ⁵ zau⁵）問題

靠咱（ㄌㄢ¹ lan¹）逐（ㄉㄚㆣ⁴ dak⁴）家來取締

解決代誌免雙个

〔骹＝腳。找＝踏。代誌＝事情。全＝都是。咱＝我們。
　逐家＝大家。个＝個。〕

△雙腳平平的站出，事情複雜的話會全是問題的，還是要
　靠大家來好好的處理，那麼處理事情就不用太多人了。

怨嘆兄弟食（ㄐㄧㄚ⁸ ziah⁸）炒飯

出門免驚有人問

胡（ㄏㄛ⁷ hoo⁷）神（ㄒㄧㄣ⁵ sin⁵）蠓（ㄅㄤ¹ bang¹）仔（ㄚ² a²）呣（
m³ㄇ³）敢踮（ㆡㄥ⁵ zng⁵）

拍（ㄆㄚ² pa²）開心胸卡久長（ㄉㄥ⁵ dng⁵）

〔食＝吃。胡神＝蒼蠅。蠓仔＝蚊子。呣＝不。踮＝纏。
　卡久長＝比較長。〕

△埋怨別人好，品德差的外出決不會受人歡迎，甚而連蚊
　子、蒼蠅都不敢靠近，其實坦蕩蕩作人是比較長久的。
　神仙欣羨好良伴

雙人行（ㄍㄧㄚ ⁿ⁵ kiaⁿ⁵）到海泊（ㄅㄛ² bo²）岸（ㄏㄨㄚ ⁿ⁷ huaⁿ⁷）

海涌（ㄧㄥ² ying²）看到個（ㄅ ¹ing¹）相（ㄑㄧㆦ¹ cio¹）焦（ㄘㄨㄚ⁷ chua⁷）

勸個一生嬡（ㄇㄞ² mai²）貧（ㄆㄥ⁵ png⁵）憚（ㄉㄨㄚ ⁿ⁷ duaⁿ⁷）

台語詩句

〔欣羨＝羨慕。行＝走。海泊岸＝海岸邊。海涌＝海的波
　浪。佃＝他們。相𨑻＝走在一起。嬡＝不要。貧憚＝偷
　懶。〕
△連神仙都會欣賞好姻緣，相親相愛慢慢的走到海岸邊，
　海的波浪也看到了那對鴛鴦相攜相持含情脈脈，唯一奉
　勸的是希望一生當中感情之外還為人生多奮鬥一些而不
　要偷懶。

為著（do^2）小事發皮氣（khi^2）
對待朋友無誠（$sing^5$）意（i^2）
萬項代誌（zi^2）得理智（di^2）
誤了大（dai^3）事尚不知（di^1）
〔為著＝為了。發皮氣＝生氣。無誠意＝真情有意。代誌＝
　事情。理智＝智慧。大事＝大事情。不知＝不明智。〕
△為了小小的事就發脾氣，這樣對待朋友就不誠懇，其實
　做人萬種事情要很理智，誤了大事情是最不聰明的。

厝（chu^2）邊頭尾唔（m^3）通（$thang^1$）比
咱（lan^1）作咱兮（e^5）小生意
骹（kha^1）踏實地按（an^1）頭起
守得本份嬡（mai^2）鐵齒
〔厝邊頭尾＝鄰居。唔＝不。通＝能。咱＝我們 兮＝的
　。骹＝腳。嬡＝不要。〕
△鄰居彼此不要相比，各做各的生意，腳踏實地從頭開始
　，守得住本份不能鐵齒。

人生宛如一齣戲

有緣甲有來相（sio^1）見

萬事當做無代誌（zi^2）

樂暢（$thong^2$）過日愛理智（di^2）

〔相見＝相見面。代誌＝事情。樂暢＝快快樂樂。愛理智
＝要有智慧。〕

△人生有如一場戲，凡是要有緣份，那麼如有遇到任何事
情不要太在意，快快樂樂過生活才是明智之舉。

相扶（$phoo^5$）到老無容易

兩方恩愛靠甲誌（di^2）

實際鬥（dau^2）陣（din^7）愛有義

終其到尾著（do^1）得利

〔相扶＝相攜相持。甲誌＝自己。鬥陣＝在一起。著＝就
。〕

△人的一生隨影相隨真是不容易，兩方的恩愛是要靠智慧，
而且要有真愛和內心真誠，一直到最後兩者都是贏家。

食苦享樂作會起

呣（$m^7$$\Pi^7$）通（$thang^1$）怨生佮（$khah^4$）怨死

人哪（na^1）拍（pa^2）拚著（do^2）有比

幸福享樂咱（lan^1）自記（ki^2）

〔呣＝不。通＝可。佮＝和。哪＝假使。拍＝打。咱＝我
們。自記＝自己。〕

△甘苦享樂在一起，不能老是埋東怨西，人只要努力就能
與他人比較，那麼一切的享受是自己的。

為著愛嫑（ㄅㄝˋ beh⁴）出風頭

逐（ㄉㄚㆶˋ dak⁴）項伊（ㄧˊi¹）著（ㄉㄜˊ do²）展（ㄉㄧㄢˊ dian¹）足勢（ㄎㄠˊ khau⁵）

惹（ㄗㄚˊ ziaⁿ⁵）出禍端會得猴

厝（ㄘㄨˊ chu²）內人細（ㄙㄝˋ se³）人會投（ㄉㄠˊ dau⁵）

〔嫑＝要。逐項＝每件。伊＝他。著＝就。展足勢＝表現很有一套。惹＝招惹。厝內＝家裏。大細＝大小。人會投＝有人會告訴。〕

△為了搶出風頭，每件事他都愛現，闖出禍端是會遭殃的，家裏大小外面的人會說一些閒言閒語的話。

看輕別人無情理

朋友鬥（ㄉㄠˊ dau²）陣（ㄉㄧㄣˊ din⁷）按（ㄢˊan¹）心起（ㄎㄧˊ khi²）

恆（ㄏㄛˊ hoo³）相（ㄙㄧㄛㄥˊ siong³）牽成會舥（ㄆㄨˊ pu²）芛（ㄧˊiⁿ²）

共同揣（ㄘㄨㄝˊ chui²）出好種籽（ㄐㄧˊ zi²）

〔鬥陣＝在一起。按＝從。恆相＝彼此。舥芛＝發芽。揣＝找。種籽＝種子。〕

△輕視別人是沒道理，朋友的相處是從心開始，互相幫忙或共奮鬥是會有結果的，以致共同找出盲點那是唯一的出路。

囝（ㄍㄧㄚ kiaⁿ²）孫雜事由伊（ㄧˊi¹）去

咱（ㄌㄢˊ lan¹）作甲己（ㄍㄧˊ ki²）兮（ㄝˊe⁵）代誌（ㄐㄧˊ zi²）

個（ㄧㄣˊin¹）抑（ㄚˋ yah⁴）變甲有理智

料理物（ㄇㄧˋ mih⁸）件獪（ㄅㄝˊ be⁷）放棄

〔囝＝子。伊＝他。咱＝我們。甲己＝自己。兮＝的。代
誌＝事情。個＝他們。抑＝也。物件＝東西或事情。獪
＝不會。〕

△兒孫的事情就由他們自己去處理，我們就做自己的事，
他們也都很懂事了，處理或判斷事情是絕對有信心的。

冬至食（ㄐㄧㄚ ziah⁸）圓暢（ㄉㄧㄥ diong²）歸暝（ㄇㄧ mi⁵）

圓了臘（ㄌㄚ lah⁸）過等過年

今年假（ㄍㄚ ka¹）使（ㄙㄨ su¹）無趁（ㄊㄢ than²）錢

等待明年冬至（ㄗㆤ ze²）圓

〔食＝吃。暢＝高興。歸暝＝整晚。臘＝十二月份。假使
＝假如。無趁錢＝沒賺到錢。冬至圓＝每年到這個節份
都要吃湯圓。〕

△冬至一到吃個湯圓又增加一歲的開始真高興，但冬至過
去十二月份一瞬間也過了那新年的大節慶就到。今年如
果沒有賺到大錢，明年相信會帶來較好的運勢。

七月十五來普渡

家家戶戶開門路

三牲（ㄒㄧㄥ sing¹）四菓 嬒（ㄇㄞ mai²）失誤

拜請鬼神食飽肚

〔普渡＝中元普渡。嬒＝不能。食飽肚＝吃個痛快。〕

△每年七月十五日是中元普渡，家家戶戶門前、廟前擺設
香案三牲四菓不能差錯，拜請鬼神吃個痛快。

十五中秋月頭圓

天光地清歸落暝（ㄇㄧˋ mi^5）

今年過得（ㄉㄧ¹ di^1）大好年

逐（ㄉㄚㆻ⁴ dak^4）家一定趁（ㄊㄢˊ $than^2$）大錢

〔歸落暝＝好幾晚。過得＝生活過的。趁＝賺。逐家＝大
家。〕

△中秋夜月亮正是大圓的時候，夜光明亮了好幾晚，今年
過了安全年，大家一定會大賺錢。

十七、七句聯仔

一欉木瓜

汝（ㄌㄧˋ li^1）是塗（ㄊㆦˊ $thoo^5$）骹（ㄎㄚ¹ kha^1）晟（ㄐㄧㆩˊ cia^{n5}）大人

身價粗俗抑（ㄧㄚㆷ⁴ yah^4）會紅（ㄤˊ ang^5）

會活會大駛（ㄙㄞˋ sai^1）孤（ㄍㆦ¹ koo^1）帆（ㄆㄤˊ $phang^5$）

無人嫌汝是歐（ㄠˊ au^2）欉（ㄗㄤˊ $zang^5$）

足寒足冷繪（ㄅㆤˊ be^2）起（ㄎㄧˋ khi^1）乩（ㄉㄤˊ $dang^5$）

一工（ㄍㄤ¹ $kang^1$）二工像油甕（ㄉㄤˊ $dang^5$）

人（ㄌㄤˊ $lang^5$）人呵（ㄌㆦ¹ lo^1）咾（ㄌㆦˋ lo^2）逐（ㄉㄚㆻ⁴ dak^4）家（ㄍㆤˇ ke^3）捧（ㄆㄤˊ $phang^5$）

〔汝＝妳。塗骹＝土地。晟＝栽培。抑＝也。會紅＝大紅
大紫。使＝駛。孤帆＝單帆；單獨行駛。歐欉＝壞物品
。繪＝不會。起乩＝幌動。一工＝一天。油甕＝小甕；
油瓶仔。呵咾＝誇獎；讚美。逐家＝大家。捧＝疼愛；
愛惜，提拔。〕

△妳是土地拉拔長大成人的
　身價雖不是很高貴但也有價格不凡的時候

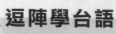

從小長大自己也都可獨立成長
所以沒有人會嫌棄妳
而且在於寒冷的季節是愈堅強的
那麼一天一天像小甕子（不倒翁）
難怪人人誇獎大家讚美她是好東西

木瓜營養好

木瓜恬（ㄉㄧㄚˋ diam⁷）恬佇（ㄉㄧˋ dit⁸）塗（ㄊㆦˋ thoo⁵）骹（ㄎㄚˋ kha¹）

青色紅色攏（ㄌㆲˋ long¹）歸（ㄍㄨㄧˋ kui¹）葩（ㄆㄚˋ phah⁴）

媠（ㄙㄨㄧˋ sui²）穤（ㄅㄞˋ bai²）大細（ㄙㆤˋ se³）無外差（ㄘㄚˋ chah⁴）

逐（ㄉㄚㆶˋ dak⁴）家看甲攏喙（ㄘㄨㄧˋ chui²）焦（ㄉㄚˋ da¹）

誠（ㄐㄧㄣˋ zin¹）驚蠓（ㄅㄤˋ bang¹）虫來參（ㄘㆰˋ cham²）骹（ㄎㄚˋ kha¹）

一粒二粒逐家揸（ㄙㄚˋ sa¹）

營養好甲人人答（ㄉㄚˋ dah⁴）

〔恬恬＝靜靜的。佇＝在。塗骹＝地上。攏＝都。歸葩＝一串串。媠＝美、漂亮。穤＝醜。大細＝大小。無外差＝差不多。逐家＝大家。喙焦＝嘴乾。誠＝最。蠓虫＝蚊子。來參骹＝來參一腳。揸＝採。答＝誇獎、讚美。〕

△木瓜樹靜靜的站在地上，到了結果時分青色紅色成串，美的、醜的，大小差不很多，大家看了都很想吃她一口，雖是如此但她很怕蚊蟲來傷害她，一切完好沒受傷害外表漂亮人人愛，而且她的營養是相當好的。

等待逐（ㄉㄚㆶˋ dak⁴）家攬（ㄅㄢˋ ban²）木瓜

木瓜一直（ㄉㄧˋ di¹）倚（ㄎㄧㄚˋ khia¹）塗（ㄊㆦˋ thoo⁵）骹（ㄎㄚˋ kha¹）

花開花落（lo^2）著（do^1）結葩（$phah^4$）

幼俴（zi^{n2}）大細（se^3）攏（$long^1$）峒（dau^5）迍（$hiah^4$）

人人（$lang^5$）呵（o^1）咾（lo^2）歸飯桸（hia^1）

無徛（deh^8）煩惱（no^2）風雨律（cia^1）

風吹日曝（$phak^4$）𣍐（be^7）英焱（ya^1）

逐家希望园（$khng^1$）佇（di^2）遮（zia^1）

〔一直＝都是。徛＝站。塗骹＝地上。花落＝花謝。著結
葩＝就結成串。幼俴＝幼小的。大細＝大小。攏＝都。
峒迍－停在那兒。人人＝很多人。呵咾＝誇獎；讚美。
歸飯桸＝一大堆。徛＝在。煩惱＝憂心。風雨律＝風雨
打擾。日曝＝日曬。𣍐＝不會。英焱＝弄髒。逐家＝大
家。园＝放。佇＝在。遮＝這裡。〕

△木瓜就一直站在地上，等到花開謝了就結果，有大有小
有順序長在那兒，人人讚美生了好多，但不曾煩惱風雨
來搔擾更不怕吹風日曬來弄髒他，很多人的希望放在他
這裡呢。

民主社會

民主自由頭事濟（ze^2）

反（$huan^1$）起反（$huan^1$）下（lo^2）評（$phing^1$）

懸（$kuan^{n5}$）低

好兮（e^5e^5）䆀（bai^2）兮規布袋

為非糝（sam^1）做一飯籬（le^3）

惡骨走去覕（pi^2）山寨

為害社會爰（ㄅㄞ bai²）買賣

哪無入去監勞坐

〔頭事濟＝事情很多。反起反下＝反反覆覆。懸低＝高低
。好兮＝好的。穤兮＝壞的。規布袋＝一整袋。穆＝撒
；胡亂。篱＝用於湯水中撈食物；飯篱。覘山寨＝躲山
區；躲要寨地。爰＝別、莫、不要，表勸止。監勞＝監
獄。哪無＝不然的話。〕

△民主社會事情特別的多，反反覆覆論斤兩評價值觀，好
壞的事發生一大堆，為非作歹的也不在少數，惡質的老
是躲躲藏藏，為害社會的不要做，不然會被捉進監獄永
不翻身的。

雲徛（ㄉㄜ deh⁸）飛

踅（ㄙㄝ seh⁸）來踅去一蕊花

飛去迄（ㄏㄧ hi¹）爿（ㄅㄧㄥ ping⁵）崙頂溪（ㄍㄝ ke¹）

蝴蝶姑娘來參（ㄙㄚ sam²）倄（ㄨㄝ ue¹）

雲仔送伊（ㄧ i¹）一張批

雲飛！雲飛！雲徛（ㄉㄜ deh⁸）飛

消遙快樂獪（ㄅㄝ be⁷）激（ㄍㄧ kik⁴）虧

恬（ㄉㄧㄚ diam⁷）恬去徛（ㄉㄜ deh⁸）放風吹

〔徛＝在。踅來踅去＝遊來遊去。迄爿＝那邊。崙頂溪＝
山頂和溪遊走。參倄＝參予一腳。伊＝她。獪＝不會。
激虧＝裝模作樣。恬恬＝靜靜的。〕

△雲兒一直無目標飛著，遊來遊去看似一朵花飛到山頂和
溪邊，蝴蝶仙子來參插一腳，雲姊卻送給了她一張信件
，但望逍遙自在不能高傲，相依相隨的去放風箏。

四、台語故事

「過年」的由來

古早古早抑（γ^2 ya^2）著（$\frac{h}{z}$ do^2）是徑（$\frac{h}{z}$ dih^8）五千外冬前兮（$\mathfrak{t}^5$e^5）代誌（$\frac{q}{z}$ zi^2），有一種野獸長度差不多有2～3丈身軀懸（$\frac{h}{z}$ kuan^5）度有四尺外仔，喙（$\frac{h}{z}$ chui^2）大約有三尺，本性兇惡，牲畜（$\frac{h}{z}$ tho^2）是伊（一^{1}i^1）兮正頓（$\frac{h}{z}$ dng^2）。古早人甲伊兮名號做「年（$\frac{3}{2}$ ni^5）」，外表甲看起來足大厖（$\frac{h}{z}$ phang^2），天生著足野性，平常時攏（$\frac{h}{z}$ long^1）蹛（$\frac{h}{z}$ duah^4）佇（$\frac{h}{z}$ di^2）深山林（$\frac{3}{2}$ na^5）內，昏（γ^2n am^2）暝（$\frac{h}{z}$ mi^5）著出來四界（$\frac{h}{z}$ keh^4）掠（$\frac{h}{z}$ liah^4）家畜佮（$\frac{h}{z}$ khah^4）人。逐（$\frac{h}{z}$ dak^4）年兮冬天山內兮牲畜攏媞（$\frac{h}{z}$ deh^8）睏，無法度掠（$\frac{h}{z}$ liah^4）到伊欲（$\frac{h}{z}$ beh^4）食（$\frac{q}{z}$ ziah^8）兮物件。著是按（$\frac{3}{2}$ an^1）呢（$\frac{3}{2}$ ni^1）「年」咭（$\frac{q}{z}$ zi^2）種怪獸那（$\frac{3}{2}$ na^1）到逐年兮寒（$\frac{h}{z}$ kua^{n5}）天兮時陣（$\frac{h}{z}$ zun^7）攏揪（$\frac{h}{z}$ chue^7）無物件徜（$\frac{h}{z}$ thang^1）食，伊只好按深山林內行（$\frac{h}{z}$ kia^{n5}）落（$\frac{h}{z}$ lo^2）去平洋揪伊欲食兮物件，揪咧（$\frac{h}{z}$ le^3）幾落工（$\frac{h}{z}$ kang^1）攏揪無，踅（$\frac{h}{z}$ seh^8）來踅去看到一間（$\frac{h}{z}$ king^7）草茅（$\frac{h}{z}$ mau^5）從（$\frac{h}{z}$ zong^5）甲內底（$\frac{h}{z}$ de^2）兮人攏總食了了。按一介（$\frac{h}{z}$ kai^2）兮代誌了後逐家甲知影「年」即（$\frac{q}{z}$ zit^4）種怪獸姆（m^{3}ㄇ^3）焗（$\frac{h}{z}$ dah^4）食牲畜爾（$\frac{3}{2}$ nia^1）爾佫（$\frac{h}{z}$ koh^4）徜（$\frac{h}{z}$ thang^1）人伊著食，致（$\frac{h}{z}$ di^2）使逐家攏足驚惶（$\frac{h}{z}$ hia^{n5}）。

經過一段時間人用足濟辦法試探了結果，發覺「年」皆種怪獸足驚紅色兮物件，由遮（ㄐㄚ zia¹）逐家有即（ㄐㄧˋ zit⁴）兮消息了後，厝頭前攏甲捻（ㄋㆤˊ ne⁵）　塊紅紙或者是紅色兮物件，來覕（ㄅㆤˋ beh⁴）嚇（ㄏㆤˋ he²）驚「年獸」。果然，萬獸之王兮年獸，自按捺（ㄋㄧ ni¹）了後每介行到草茅兮外面趖（ㄙㄜˊ so⁵）趖咧著走（ㄗㄠˋ zau²）那飛，溜之大吉。

　　佫（ㄍㄜˋ koh⁴）有一站誠（ㄐㄧㄣ zin¹）長兮時間內，發覺皆種怪獸的特性苦是勻（ㄨㄣˊ wun⁵）仔足驚「光」，然其後人抑慢慢仔了解伊攏是昏（ㄚㆬˊ am²）暝甲出來徍（ㄉㆤˋ deh⁴）四界揬伊覕食兮物件，甚至（ㄐㄧˋ zi¹）抑有時間性，差不多佇逐年兮廿九暝甲有出來徍揬伊兮物件。自按呢逐戶每到迄（ㄏㄧ hi¹）一日昏時著規（ㄍㄨㄧˋ kui¹）家大大細細圍一箍（ㄎㆦˋ khoo¹）蠻（ㄌㄧㄢˊ lian²）轉（ㄉㄧㄚ²ⁿ dia²ⁿ）點（ㄉㄧㆰˋ diam¹）火恆（ㄏㆦˊ hoo³）焯（ㄉㄜˋ doh⁴）抑哪（ㄋㄚ na¹）食物件，火是焯透暝，代誌從（ㄗㄥˋ zong⁵）著無佫發生仔。

　　雖然有點火，逐家抑唔（ㄇˋㄇˋ m³m³）敢大（ㄉㄞ dai³）意，從用開港兮笑聲來趕走睏（ㄎㄨㄣˋ khun²）神或者作一寡（ㄍㄨㄚˋ kuah⁴）仔娛樂徜佚（ㄒㄧˋ sik⁴）佗（ㄊㄜˊ tho⁵）來消磨著長長兮暗暝，以避免逐家跒（ㄅㆤˋ beh⁴）去睏佫拄（ㄉㄨ du¹）到年獸兮偷偷攻擊。自按呢了後佫再用另外一種辦法，來避凶求吉，覕（ㄅㄧ bi²）起來，燒竹仔藉著火種兮焰勢竹節仔佇足焰火兮時借爆炸兮聲來趕來年獸，一直甲天光仔逐家行出門攏好里加哉平安無代誌，逐家為到　歡喜無佫發生代誌甚至無人佫恆年獸食去，透早起來家

家戶戶攏互相「道喜」，即是過年兮由來。

註釋：

　　抑＝或者；抑是。還；抑未。

　　著＝就。

　　兮＝的。

　　代誌＝事情。

　　喙＝嘴；鳥獸的嘴。應喙（回話）。

　　牲畜＝家裏所養的家禽或森林裡的鳥類，動物類……等。

　　伊＝他。

　　正頓＝正餐。厷＝（大）塊頭；大厷（塊頭大）。龐的簡
　　　　　寫。

　　攏＝都。

　　蹛＝腳踢過「踶」。環繞林木祭祀；「大會蹛來」見史記
　　　　　匈奴傳。

　　林內＝森林內。

　　昏暝＝夜晚。

　　四界＝四處；到處。

　　掠＝捉、捕。

　　逐＝每；逐冬（每年）逐家（大家）。

　　佇＝助動詞，正在進行的動作，伊　做工課。

　　欲＝要；表示想要做某件事的意志，我欲讀冊（我要讀
　　　　　書）。

　　食＝吃。按呢＝這樣。

　　皆＝這。通「此」（動）苛責毀謗通「訾」。皆為近的指
　　　　　示名詞，這，通常寫「即」。

那＝每。寒＝冷、冬天。

時陣＝時候。

揣＝尋找；覓。揣物件（找東西）揣人（找人）。

徜＝可。

行＝走。

落去＝下去。

唎＝了。

幾落工＝好幾天。

懸＝高。

迌＝迌本義做為「旋倒」；解見「集韻」。旋轉；「田野風起，左右迌」西廂記。嘟嘟迌（繞過來繞過去找不到目的地）。

爾爾＝而已。

姆焆＝不僅有；不只有。

徎＝助動詞，正在進行的動作，其後接動詞；伊 徎做工課；我徎食飯。

佫徜＝又……和…。

內底＝裏面。

從＝就。

一介＝一次。

一間＝一家。

草茅＝用毛草葉蓋成的房子。驚惶＝驚怕。

致使＝也難怪。

即＝這（一）。如「即日」（那一日）「即个」（那個）。

遮＝這裡。如咱遮菜市仔裡（我們（這裡）菜市場裡）。

捭－把布類之物襯開掛起來，坊間文獻借用「拎」。拎，
手懸提物，不符「㝵」造字「捭」；帘一向襯開掛在
窗口。

嚇＝驚。自按捘＝就這樣。

趖＝行動緩慢；做代誌　趖（做事很會拖）。

走＝跑；半行半走（半走又半跑）。佫＝又。誠＝很。

勻＝也。甚至＝甚至於。

迄＝那，如「迄日」（那一日）迄个（那個）。

規＝全。

箍＝圈型的邊沿。目箍（眼眶）。一箍柴；竹箍。一箍
（一元）。

圝＝圓形的樣子如：圓圝圝。

點＝點燃火苗。恆＝給。

焯＝燃燒。野草火徛焯（郊外的草火在燒）。

哪＝邊。從＝就。呣＝不。大意＝不專心。

睏＝睡。一寡＝一些。

佚佗＝遊戲、遊玩。如：迌迌是兄弟或浪子的用字。遊玩
就不能用　　　。

跍＝爬；向高處爬，攀登。早睏早　起（早睡早起）。

覑＝躲藏，躲避。走去覑（跑去躲藏起來）。

拄＝遇上、碰上。

炮（鞭炮、爆竹）的由來

每一介（ㄍㄞ^{2} kai^{2}）拄（ㄉㄨ^{1} du^{1}）到過年或者是一般兮開市喜慶兮時陣（ㄗㄨㄣ^{7} zun^{7}）攏（ㄌㄨㄥ^{1} long^{1}）愛「放炮」，「炮」佇（ㄉㄧ^{2} di^{2}）古早是講「炮竹」，以據（ㄍㄧ^{2} ki^{2}）唐朝有一个（ㄝ^{5}e^{5}）號做高承所記載「過年放炮佇埕（ㄉㄧㄚ^{n5} ding^{n5}）前以辟（ㄆㄧㄚㄏ^{4} phiah^{4}）山臊（ㄗㄜ^{7} zo^{7}）」，𪜶（ㄏㄧ^{1} hi^{1}）陣（ㄗㄨㄣ^{7} zun^{7}）所以放兮炮，著（ㄉㄜ^{1} do^{1}）是嘜（ㆠㄝㄏ^{4} beh^{4}）驚走山臊惡鬼甲來放炮。

唐朝兮年代有一个詩人號做朱鵠兮詩人講「新曆才將半紙開，小庭猶（ㄧㄠ^{2} iau^{2}）聚炮竿灰（ㄏㄨ^{1} hu^{1}）」。𪜶（ㄏㄧㄤ^{5} hiang^{5}）時兮炮竹，佇放炮了後，會留一大堆炮灰。古早兮炮竹是用一支竹篙（ㄍㄜ^{1} ko^{1}）园（ㄎㆭ^{2} khng^{2}）佇大火內底，火足焰燒到竹篙兮時陣，著會有爆炸兮聲音，著是按（ㄢ^{1}an^{1}）呢（ㄋㄧ^{1} ni^{1}），甲號做「炮竹」抑有講「炮篙」。

依照東方朔（ㄙㄨㄜ^{2} suo^{2}）兮「神經經」兮記錄，佇西方兮深山林內，有一个人身軀懸（ㄍㄨㄢ^{n5} kuan^{n5}）度有尺外仔（ㄚ^{2}a^{2}）哪（ㄋㄚ^{1} na^{1}）侵犯到伊（ㄧ^{1}i^{1}）兮時陣，人著會感染一種著（ㄉㄜ^{2} do^{2}）寒（ㄍㄨㄚ^{5} kua^{5}）熱仔，佇𪜶(ㄏㄧ^{1}hi^{1}）時兮人（ㄌㄤ^{5} lang^{5}）為了嘜（ㆠㄝㄏ^{4} beh^{4}）阻止迄个怪物，個（ㄧㄣ^{1} in^{1}）從想出一个辦法甲竹仔园佇火堆內底，乎（ㄏㆦ^{3} hoo^{3}）發出熚（ㄅㄧ^{1} pi^{1}）熚熇（ㄅㄧㄚㄎ^{4} pik^{4}）熇兮聲，甲𪜶隻怪物驚走，以保人佮（ㄎㄚㄏ^{4} khah^{4}）牲畜（ㄊㄜ^{2} tho^{2}）兮無代誌。荊（ㄐㄥ^{1} zin^{1}）楚（ㄘㄜ^{2} cho^{2}）歲兮時有記錄（ㄌㄜ^{2} lo^{2}）徑（ㄉㄝㄏ^{8} deh^{8}）講：「正月一日雞啼時，先佇埕（ㄊㄧㄚ^{n5} thia^{n5}）

前放炮竹以驚走山臊惡鬼」。宋朝兮時有一个詩人佫（ㄍㆦ koh⁴）抑（ㄧㄚ yah⁴）有佂講：「古早人炮竹必再過年雞啼兮時陣，今人易以除夕，似失古意」。近代兮人抑是佇過年祭拜神明甲開始放炮。

「炮」皆（ㄐㄧ zit⁴）項「物件」是咱（ㄌㄢ lan¹）祖先足早以前著（ㄉㆦ do²）發明兮文化，抑是咱兮國家佇科學上尚介特出兮發明之一。目前市面上所有兮炮竹：沖天炮、閃光炮、大炮、五花十色焰火炮、蝴蝶炮、水鴛鴦炮、炮箭炮……等遮（ㄐㄧㄚ zia¹）攏是囡（ㄍㄧㄣ kin^n2）仔佂（ㄉㆤ deh⁸）爽（ㄙㆭ sng²）或者是慶典、年節攏有佂用兮物件，以上是伊兮由來。

註釋：

> 一介＝一次。拄＝遇上。時陣＝時候。那段時間。

> 攏＝都。佇＝在。以據＝根據。个＝個。

> 埕＝閩南，台灣把庭院叫埕。如：鹽埕、稻埕。

> 辟＝暗號；拍辟（打暗號）閃躲、躲避。

> 山臊＝山中的鬼怪或山中魑魅魍魎；山神魑魅。

> 𫝛陣＝那時「兩個字連音」與「陣」相對；那時、那一陣子，邻陣（那一陣子、那時）兩字連音，無字，造字「𫝛」取「邻」的左邊與「陣」的右邊連成。

> 著＝就。

> �＝要表示想要做某件事的意思。

> 猶＝還也。竿灰＝竹桿的灰燼物。

> 曩＝那時、以前。

> 竹篙＝竹竿長形狀，鄉下以前曬衣服時常用來襯乾的東

西。

囥＝放。將肉囥佇桌上（把豬肉放在桌子上面）。

按呢＝這樣。

懸＝高。程度的高低。懸低（高矮）。二尺懸（二尺
　　高）。

外仔＝多一點點。哪＝假如。伊＝他。

著寒熱＝寒熱病。邙＝那。個＝他們。

燁燁煏煏＝火燃燒著。

佮＝連接詞「和」。

牲畜＝家畜或　些動物。佇－在。皆－這。

物件＝東西。咱＝我們。遮＝這裡。

囡＝小孩。女孩專屬用字。

耍＝玩遊戲。抑＝也。

玄天上帝（上帝公）

佇（di^2）逐（dah^4）年兮（e^5）農曆三月初三日著（do^1）是上帝公聖誕日。台灣各（kok^4）角落（lo^2）只要是伊（i^1）兮信眾，攏（$long^1$）款甲足蓬（$phong^7$）派、敬奉佮（$khah^4$）賀喜千秋。佇道教方面通常攏甲號做「玄武文帝」。伊兮正手（右手）攑（$kiah^8$）到一隻劍，雙骹（kha^1）踏龜佮蛇兮骹脊骿（$phia^{n1}$），外表莊嚴凜凜氣勢不凡。後來抑（ya^2）有人甲尊號叫做「帝爺公」。高雄縣阿蓮鄉境內所奉祀（sai^7）佮南投縣松柏坑兮受天宮所奉祀（sai^7）攏是「玄天上帝」抑是平常時所講兮「上帝公」，南投縣即（zit^4）間（$king^7$）宮，是咱台灣尚介（kai^2）早興建兮帝爺廟。

佇台灣別（pat^8）搭（dah^4）兮帝爺廟攏按（an^1）松柏坑所分靈出來占大部份，台灣民間傳說帝爺公在生（se^{n1}）以賣豬肉過日，刣（$thai^5$）豬著（do^1）是伊兮正業。依（i^1）持一段足長兮時間。甲一个（e^5）坎站了後感覺對殺牲愈做逝（$suah^4$）愈癮（$sian^7$），抑知覺刣牲畜（$thoot^8$）傷（siu^{n1}）濟是造業障從（$zong^5$）此即（zit^4）件代誌（zi^2）佇頭殼內一直轉（dng^2）旋（se^2）按（an^1）呢了後執著放下豬刀從善。然後攑刀按加誌兮腹肚甲劖（$ciam^2$）落（lo^2）去，甲加誌（di^7）兮腸仔腸

肚揕（勿ㄇ dim³）落溪內，恆（ㄏㄛ hoo³）魚仔食以淨化伊兮身軀（ㄎㄨ khu¹）贖（ㄒㄧㄛ siok⁴）以前兮罪惡。講仔奇怪帝爺公兮腸仔甲揕落溪了後，腸仔續（ㄙㄨㄚ suah⁴）變成蛇，腹肚變龜按呢從靠溪內小物件食。告（ㄐㄧ zit⁴）个過程哄（ㄏㄛ hong⁵）料想無到，竟然曩（ㄏㄤ hiang⁵）時兮動物，陸陸續續大隻起來迣（ㄙㄨㄚ suah⁴）攏變成妖怪四界（ㄍㄝ ke²）惹禍端，當地兮人足濟受害，想足濟方法除妖抑無法度。

帝爺公揕（勿ㄇ dim³）伊兮腸仔肚是一片兮好意，竟然會發生一種事故，眾神知影伊兮一片兮苦心，從（ㄗㄥ zug⁵）下降萬丈金光，保護伊兮體殼順到金光升天到武當山修練，後來知影伊腸仔腸肚變成妖怪四界為害當地兮百姓，伊從降臨迄（ㄏㄧ hi¹）兮所在，收怪斬夭當地甲慢慢仔安定落來，伊兮名聲自按呢從顯赫起來到一晾（ㄉㄛㄥ dong¹）今兮信眾陸續無斷。

註釋：

> 徎＝助動詞，正在進行的動作，其後接動詞；伊徎做工課
>   （他在工作）。「徎」正「在」進行的動作；即
>   「在」的意思。我徎食飯（我在吃飯）。
>
> 逐＝每；逐冬（每年），逐個、逐家（大家）。
>
> 兮＝的。
>
> 著＝就。
>
> 各角落＝每一個角落。
>
> 嬲＝要；表示想要做某件事的意志；我　讀冊，天　落
>   雨。

伊＝常置於動詞與補語間加強語氣，無義；啉恆伊爽（喝個痛快）。

攏＝都、全、皆然。

足蓬派＝豐富的，場面很熱騰。

佮＝連接詞，意義見一；共字用法。如：教室的老師佮學生鬥陣。

攑＝舉或作揭。抓起；攑起來。

雙骹＝雙腳。

骹脊骿＝背部。

抑＝也；或是。

奉祀＝朝拜。

即間＝這家，這間。

尚介＝最是。

別搭＝別的地方。

攏按＝都是從。

在生＝還生存著，還活著；在世。

刣＝殺。

為持＝保持。

一个坎站＝一段落，一段很長的時間。

迣＝愈是。

愈癀＝很疲倦。

牲畜＝家畜或是一般的動物。

俹濟＝太多。

即件代誌＝這件事情。

轉旋＝轉彎、旋轉。

按呢＝這樣。

剚落＝刺進去。刺殺，用於　豬。

加誌＝自己。

揕落＝丟棄；以手衡量看看；揕看若重。

恆＝給。贖＝洗刷罪。

續＝延、繼續。

皆个＝這個。

曩時＝那時，以前的時候。

遂攏＝卻都。

四界－四處。

從＝就。

迄＝那（一）。如「迄日」（那一日）「迄个」（那個）。

一晬今＝如今。

福德正神（土地公）的由來

高雄縣田寮鄉大南天福德祠創立清乾隆十四年（西元1749年）至今差不多二百五十七冬，是阿蓮鄉佮（ㄎㄚ khah⁴）田寮兩跡（ㄐㄚ⁸ zah⁸）兮（ㄝ⁵ e⁵）保護神。曾經是全國規模倘（ㄒㄩ⁵ siong⁵）大兮土地公廟。甲一晾（ㄉㄛ dong¹）今兮規模干焗（ㄉㄚ dah⁴）輸屏東車城鄉福安宮。大南天兮信眾遍布全台灣，福德祠慣例逐（ㄉㄚ dak⁴）年，攏（ㄌㄛ long¹）會舉辦乞（ㄎㄧ khi²）平安龜活動，由乞到龜王的信眾攏會順心如願，致（ㄉㄧ di²）使逐年攏加倍還願，按（ㄢ an¹）原先六十台斤米糕龜，經過了40外冬兮還願，甲（ㄎㄚ ka¹）今年度兮重量有二萬五千外台斤。台灣民間奉祀兮「福德正神」著（ㄉㄛ do¹）是咱（ㄌㄢ² lan²）民間所講兮「土地公」，台灣每一個（ㄝ⁵ e⁵）角落或者是庄（ㄗㄥ zng¹）頭庄尾攏看會到伊（ㄧ¹ i¹）兮影跡（ㄐㄚ⁸ ziah⁸）。（下（ㄝ³ e³）面來講起到伊（ㄧ¹ i¹）兮由來）。

佇（ㄉㄧ² di²）周朝，周武王二年二月二日（公元前一千一百三十四年）到一冬時差不多有3139年，有一個（ㄝ⁵ e⁵）人姓張名福德，字濂輝，七歲著足勢（ㄎㄠ⁵ khau⁵）讀冊看古文，少年著誠媠（ㄙㄨㄟ² sui²）伶（ㄌㄥ ling¹）俐（ㄌㄧ li¹）恔（ㄎㄧㄠ² khiau²）骨，足有孝，做人（ㄌㄤ⁵ lang⁵）忠厚老實，平常時做誠（ㄐㄧㄣ zin¹）濟（ㄗㄝ² ze²）善事，誠有人緣，逐時至（ㄗㄧ² zi²）接（ㄗㄚ⁸ zap⁸）農民漁民倘（ㄊㄥ thng¹）個（ㄧㄣ in¹）拍（ㄆㄚ² pa²）開關係佇（ㄉㄧ² di²）

三十六歲官運當（ㄉㄥ dng¹）順，周成王二十四年，著做朝廷統稅官（當今ㄟ財政部長），任期中愛百姓像囝（ㄍㄧㄚ kia²）迄（ㄏㄧ hi¹）一般，深深去甲了解到百姓ㄟ困苦，所以佇邻（ㄏㄧ hi¹）當時無形中做足濟善事。

周穆王二年福德正神過往享年一百零二歲，壽終三工面觀無變，好像活人邻一般，當地足濟人去甲瞻（ㄗㄚㄇ zam¹）仰（ㄧㄛㄥ yong²），攏感覺足奇曷（ㄎㄚ khah⁴）。然其後ㄟ（ㄝ⁵ e⁵）統稅官，從（ㄗㄥ⁵ zong⁵）中魏超交接空位，伊（ㄧ i¹）ㄟ做人做事橫行霸道，無惡不做，百姓腹肚攏一芘（ㄆㄚ phah⁴）火，四界（ㄍㄝ ke²）恆（ㄏㄛ hoo³）伊（ㄧ i¹）搜割（ㄍㄚ kah⁴）甲空空空。皆（ㄐㄧ zit⁸）个代誌（ㄐㄧ zi²）是百姓ㄟ不幸。想起到張福德抑（ㄧㄚ ya²）佫（ㄍㄛ koh⁴）在位ㄟ時對待百姓ㄟ好，引起逐家對伊ㄟ思念，從（ㄗㄥ⁵ zong⁵）愈來愈濟人甲朝拜。自按呢卡早ㄟ散赤（ㄑㄧㄚ cia²）變好額（ㄍㄧㄚ kiah⁸）、五穀豐收，六畜興旺，逐家知覺遮（ㄐㄧㄚ ziah⁴）攏是福德ㄟ保庇，當地集議集銀興建福德堂，以供信眾朝拜。

自按（ㄢ an¹）呢（ㄋㄧ ni¹）了後神威顯赫，香火不斷，有求必應，求之（ㄐㄧ zi²）合境安寧，迄（ㄏㄧ hi¹）當時會僤（ㄉㄢ dan²）講是足靈感。此事無外久按呢從傳到朝廷ㄟ周穆王從賜號「后土」並賜聯一對「福而有德千家敬，正則為神萬世尊」。

即（ㄐㄧ zit⁸）件代誌，隨至（ㄐㄧ zi²）抑感動到天上王母娘娘，承王母傳旨八仙接引升天封為「南天門都土地神」管顧仙

桃。朝廷聞之，周穆王大喜佮再賜聯二對「福降自天維守正，德能配地合稱神」「位居首神合天而化育，靈感王母地利以宰生成」。此乃民間第一神之冠。民間目前誠濟稱呼：「土地公、福德爺、地方神、后土」。有即个典故致使有一句「安仁自安宅，有土必有神」。遮（ㄐㄚˋ zah⁴）著是伊兮由來。

註釋：

佮＝連接詞。音義見一，共字用法。如：老師佮學生。

跡＝地方。

兮＝的。台語的「ㄝ⁵」用字混亂；个、的、兮、奚都有人用「个的」最多，當中各有人反對，爭論不休，故造「仐」。但這裡本人就把用「兮」。

倘＝和、與。

甲一晬冬＝到如今或到最近。

干焗＝謹謹或就只有……這樣。

逐＝大。攏＝都、全部。按＝自。甲＝到。

庄＝鄉村；村莊。

咱＝我們。著＝就。个＝個。伊＝他。

嬙＝美。女從隋，本義美，適合美。如嬙人無嬙命。

伶俐＝聰明，活潑有智慧。

恔＝慧黠。伊人真恔（他人真聰明）。

誠濟＝很多。至接＝接觸。

囝＝小孩子，男孩專屬字。

迄＝那（一）如「迄日」（那一日）「迄个」（那個）。

拍＝打開。徜＝和。個＝他們。佇＝在。邻＝那。

瞻仰＝觀看、仰目。

奇曷＝奇怪或奇特。

從＝自這樣就……。

葩＝量詞，用在成團的東西；一葩燈火（一盞燈）。一葩
　　葡萄（一串葡萄）。

四界＝四處。恆＝給。

割＝割愛、割腸割肚（極度悲痛）。

告个＝這個。代誌＝事情。

抑佫＝還又。好額＝富有。

保庇＝保平安。

遮＝這裡、這些。

自按呢＝就這樣。

會儅＝可……講。

即件＝這件事。

五、台語諺語

台灣孽詨仔話

⊙石門水庫，淹大水－擋 be^7 $diau^5$
ㄅ²ㄥ ㄇ²ㄝ ㄅ⁵ㄠ

暗示：忍不住。潰提已是無法擋。

註解：石門水庫位於桃園縣龍潭鄉主要功能灌溉，民生用水、儲水。

⊙尻川生粒仔－ $kha^1 chhng^1$ be^7 坐
ㄎ ㄔ ㄇ²ㄝ
ㄚ ㄥ

暗示：不多的意思，事情不是想像中的複雜，也就是不很多，不會很複雜的意思。

註解：尻川→屁股。膾坐＝不多。

⊙雞看拍嗌雞狗看吹狗螺

暗示：外表不美。半有開玩笑的語詞（或是對某種事情醜的比喻）。

註解：嗌雞→雞叫聲。吹狗螺→狗夜間叫的怪聲（或比喻醜到連狗看了都會出怪聲迎合對方的醜）。

⊙濛煙散霧－ $bong^5$ 霧 bu^7 唦 sah^4 唦 sah^4
ㄅ⁵ㄥ ㄇ⁷ㄨ ㄙ⁴ㄚr ㄙ⁴ㄚr

暗示：事情看的眼花燎亂。

註解：濛→不清。散→暢、敞開。

⊙有 $ang^1 boo^2$ 尪姆名，無 $ang^1 boo^2$ 尪姆行
ㄤ ㄅ²ㄛ ㄤ ㄅ²ㄛ

暗示：是有名無實的夫妻。結了婚各走各的路，各做各的事，名份掛帥，沒有實質的夫妻。

註解：尫→丈夫。姆＝太太。行→走。（俗作偶像及尫婿－丈夫
　　　的尤，本字是「翁」。）

⊙人 比 人 氣 死 人
　lang⁵　lang⁵　　lang⁵
　ㄌ˙　　ㄌ˙　　　ㄌ˙
　ㄤ　　ㄤ　　　ㄤ

暗示：人不要互相比較彼此程度有不同。

註解：人→漳州音ㄌ˙ㄤ。泉洲音ㄐㄧㄣ。意思同，但是不同音。

⊙哩 哩 落 落 ， 誠 歹 看
　li¹　li¹　lak⁴ lak⁴　　zin¹ phainⁿ²
　ㄌ˙　ㄌ˙　ㄌ˙　ㄌ˙　　ㄐㄧ　ㄆㄞ
　ㄚ　　ㄚ　　ㄚ　　ㄚ　　ㄣ　　ㄋ²

暗示：丟三忘四很難看。做事老是忘東忘西敷衍行事沒有責任
　　　心。

註解：哩哩落落→拖泥帶水，毫不乾脆。誠→真。歹→難。

⊙是 黑 蜩 底 ， 姆 是 黑 無 洗
　　　　diau⁵　　　　ㄇ³
　　　　ㄉ˙　　　　　ㄇ³
　　　　ㄠ

暗示：本來就是黑底而不是髒沒洗，一般所說黑肉（表皮天生就
　　　是黑膚色）。

註解：蜩→黏住。姆→不要。

⊙毃 喙 鼓
　dak⁴ chui²
　ㄉ˙　ㄘ
　ㄚ　　ㄨ

暗示：閒著無事鬥鬥嘴皮，半開玩笑的性質。

註解：毃→爭吵。喙→嘴。

⊙歸 坵 靡 靡 靡
　khu¹ be⁵　be⁵　be²
　ㄎ˙　ㄅ˙　ㄅ˙　ㄅ˙
　ㄨ　　ㄝ　　ㄝ　　ㄝ²

暗示：長的密密麻麻很茂盛。而不是荒廢置之不理的意思。

註解：歸坵→整塊田地。靡靡靡→繁茂。足薤→濃密。

⊙跛 骹 行 桌 頂－醮 桌
（bai¹ kha¹ kiaⁿ⁵ ... zio⁷）
ㄅㄞˋ ㄎㄚˋ ㄍㄧㄚⁿ⁵ ... ㄐㄧㄛˊ

暗示：很好，事情做的人人讚美很受他人的接受與肯定。

註解：跛骹→蹩腳。

⊙足 契 吱－凍 霜
（khei⁷ zi² ... dang² sng¹）
ㄍㄟˊ ㄐㄧˇ ... ㄉㄤˇ ㄙㄥ˚

暗示：很吝嗇，說到「錢」是拿不出來的，東西捨不得給別人。

註解：契吱→吝嗇。凍霜→什麼都拿不出來。或是什麼樂捐都不出一毛錢。

⊙一 皮 天 下 無 難 事 ， 愈 皮 愈 伸 士
（phi⁵ ... lu¹ phi⁵ lu¹）
ㄆㄧ⁵ ... ㄆ˙ ㄆㄧ⁵ ㄆ˙

暗示：遇到事情都不當一回事，別人須要他幫忙他就愈耍賴。

註解：皮→賴皮。皮→臉皮。

⊙甘 願 飼 浪 子 ， 呣 願 飼 戇 子 － 浪 子 會 回 頭
（m³ ... kong⁷）
ㄇ˙ ... ㄍㄨㄥˊ

暗示：浪子回頭金不換，憨子是一生的不幸。

註解：呣→不要。戇子→呆頭呆腦。

⊙嚴 官 府 出 厚 賊 ，嚴 老 父 著 出 「 阿 里 不 達 」
（kau⁷）
ㄍㄠˊ

暗示：人的惰性越管越叛逆，逼狗牠是愈往牆上跳的。

註解：厚→很多。阿里不達→不服從的叛逆兒。

⊙豬 知 走 呣 知 死 ，牛 知 死 呣 知 走
（zau² m³ ... m³ zau²）
ㄗㄠˇ ㄇ˙ ... ㄇ˙ ㄗㄠˇ

暗示：豬被殺知到要跑卻不知會死，牛是知死不知道要跑。

⊙人 在 江 湖 身 不 由 己
　 lang⁵ 　　 sin¹

暗示：在江湖道上迢迢的用語，往往很多想退出江湖但還是身不由己。

註解：江湖→道上迢迢之稱謂。

⊙一 塊 枋 兩 抱 竹，一 群 鮐 仔 魚 走 相 迌
　　 bang¹ pho⁷ 　　 dai⁵ 　 zau¹ siong⁷ zio²

暗示：農業社會時常用的一種農具謂之「刈耙」。

註解：　塊枋、　塊木板。兩抱竹→兩欉竹子。鮐仔魚→魚名，形似鯽，體形較圓，多數養魚塭。走相迌→一前一後追逐。

⊙食 老 著 哺 無 塗 豆
　 ziah⁸ 　 doh⁴ boo⁷ 　 thoo⁵

暗示：年老力衰，做起事情都比不上年青人，也就是慢慢褪色慢慢長江後浪推前浪。

註解：食→吃。著→就。哺→咀嚼（咬不爛）。

⊙皮 帶 骨，雙 面 刜
　 phe⁵ dua³ 　　 hut⁴

暗示：不挑食什麼都吃、什麼都要，也就是見骨底的人。

註解：皮帶骨→皮骨都摻雜。雙面刜→狼吞虎嚥。

⊙有 頭 無 尾

暗示：做事半途而廢。老是無恆心的把它做完，這種人最令人無法信任。

註解：凡事只做了一半，只看到頭卻見不到尾部的不了了之。

⊙葫 蘆 腰 柳 葉 眉
hoo⁵ loo⁷ yo¹　　　bai⁵
　ㄏ　ㄌ　ㄧ　　　ㄅ
　ㄛ　ㆦ　ㄛ　　　ㄞ

暗示：長相漂亮，身材又好，形容一個女孩子的美。

註解：葫蘆腰→曲線如葫蘆的腰身。柳葉眉→眉毛似如柳樹葉
　　　　子，細微薄薄的一片。

⊙胡 神 蜈 屎 杯
hoo⁵ sin⁵ lut⁸　beh⁴
　ㄏ　ㄒ　ㄌ　ㄅ
　ㆦ　ㄧ　ㆴ　ㆤ
　　　ㄣ

暗示：花拳繡腿。未上道的功夫就在闖蕩江湖真是→黑白舞。

註解：胡神→蒼蠅。蜈→停滯不能前進的樣子。屎杯→用來大小
　　　　便的器皿。

⊙半 暝 仔 勢 睏 全 頭 路，醒 起 來 迍 來 無 半 步
　　mi⁵ a² beh⁴ kkun²　　　　　　sua⁷
　　ㄇ　ㄚ　ㄅ　ㄍ　　　　　　　ㄙ
　　ㆤ　　　ㆤ　ㄨ　　　　　　　ㄨ
　　　　　　　ㄣ　　　　　　　　ㄚ

暗示：夢中一大堆工作，夢醒都是空。

註解：半暝仔→三更半夜。全頭路→很多工作。迍→加速行動。
　　　　無半步→什麼都沒有。勢→要。睏→睡。

⊙胡 神 踅 咧 踅 咧
hoo⁵ sin⁵ zng⁷ leh⁴ zng⁷ leh⁴
　ㄏ　ㄒ　ㄗ　ㄌ　ㄗ　ㄌ
　ㆦ　ㄧ　ㄤ　ㆤ　ㄤ　ㆤ
　　　ㄣ

暗示：蒼蠅一直纏繞盤旋著。

註解：胡神→蒼蠅。踅咧踅咧→纏繞。四箍→四處或周圍。

⊙共 款 兮 物 件，食 獪 濟
kang⁵　　e⁵ mih⁸　　ziah⁸ be⁷ ze²
ㄍ　　　　ㄝ　ㄇ　　　ㄐ　ㄅ　ㄗ
ㄤ　　　　　　ㄧ　　　ㄧ　ㆤ　ㆤ
　　　　　　　　　　　ㄚ

暗示：同樣的東西吃不了多少就會膩。

註解：共款→同種或相同。兮→的。物件→東西。食→吃。獪濟
　　　　→不多。

⊙人 頭 面 無 熟
　lang⁵thau⁵

暗示：人生地不熟也就是對那個地方很生疏。

註解：人→漳州音ㄌㄤ⁵，泉州音ㄐㄧㄣ⁵。無熟→生疏。

⊙閣 骹 閣 手
　dau² kha¹ dau²ciu²

暗示：幫幫忙，替朋友分憂解勞，以減少工作上的壓力。

註解：閣骹→插一腳。

⊙目 瞤 恆 蜊 肉 糊 到
　bak⁴ ziu¹ hoo³ la⁵ koo⁵

暗示：沒張亮眼睛，明明別人看的到他卻找不到。

註解：目瞤→眼睛。恆→給、讓。蜊肉→蛤蜊，體型較小的蛤
類。殼心形，表面有輪狀紋，肉鮮美，可煮湯，也可醃
漬。

⊙食 方 便 菜
　ziah⁸

暗示：一切講求隨意與方便就好也就是一切隨緣。

註解：食→吃。

⊙纏 骹 絆 手
　diⁿ⁵ kha¹ buaⁿ²ciu²

暗示：礙手礙腳，伸展不開來，無法施展抱負。

註解：纏骹→阻礙腳的行動。絆手→拍打手的運作。

chui2 hoo5 lui3 lui3
⊙算命喙胡嚅嚅
ㄘㄨㄧ2 ㄏㆦ5 ㄌㄨㄧ3 ㄌㄨㄧ3

暗示：算命者是靠一張嘴油腔滑調，走遍東南西北討生活。
註解：喙→嘴。胡嚅嚅→三寸不爛之舌遊走在口語之間。

liu1 liu2 ziah8 liu1 liu2
⊙趁溜溜，食溜溜
ㄌㄧㄨ1 ㄌㄧㄨ2 ㄐㄧㄚㆷ8 ㄌㄧㄨ1 ㄌㄧㄨ2

暗示：辛苦賺來的錢不會珍惜而花光光，而也不曉得節出省用。看到就吃、就買，浪費到極點。
註解：溜溜→脫退。

ko2 bah4
⊙前頭花，後岢壁
ㄎㄛ2 ㆠㄚㆷ4

暗示：拜託別人做事禮數要擺前面，任何事情那可就好辦了。
註解：岢壁→有依靠。

se3 se3
⊙瘖神瘖神
ㄙㆤ3 ㄙㆤ3

暗示：疲軟力弱，體虛神眩。
註解：瘖→無力感。

li2 phu1 phu2 li2 bu1 bu7
⊙汝看我殕殕，我著看汝霧霧
ㄌㄧ2 ㄆㄨ1 ㄆㄨ2 ㄌㄧ2 ㆠㄨ1 ㆠㄨ7

暗示：你瞧不起我在先，我也不認為你怎樣。
註解：汝→汝→女子。殕殕→表灰暗不鮮明的顏色，也就是瞧不起對方。霧霧→模糊不清，比喻瞧不起對方。

kha1 hun1 hun7
⊙雙骹踏雙船，心頭亂昏昏
ㄎㄚ1 ㄏㄨㄣ1 ㄏㄨㄣ7

暗示：同時結交兩個女人，遇到事情亂了方寸不知如何是好。

註解：骹→腳。昏昏→頭暈目眩。

⊙做 人，愛 有 大 有 細
　　lang⁵　　　　　　　　se³

暗示：待人要有長輩之分。不能沒大沒小。

註解：細→漳音se²，泉州音sue²→小的意思。

⊙割 手 肚 肉 恆 人 食，佫 嫌 臭 臊
　kuah⁴　　　　hoo³ lang⁵　　koh⁴　　cho¹

暗示：好心卻沒得到好的回報還說一些不堪入耳的話。

註解：割于肚肉，害白己手中的肉。恆→給、予。佫→還。臭臊
　　　　→腥味。

⊙手 頭 綏
　ciu¹ an⁵

暗示：金錢上有點周轉不靈，實質上就是不方便也就是有困難。

註解：手頭→手上。綏→有點緊繃。

⊙大 腸 窄
　　　e²
　　　se²

暗示：心胸狹窄也就是婦人心腸的意思。

註解：大腸→人的腸子。窄→狹隘。

⊙真 人 不 露 相
　zin¹ zin⁵ loo⁷ siong³

暗示：真有才華的人是不會刻意張揚。甚而會隱藏實力。

註解：真人→確有才華的人。人→泉洲音。

⊙講甲 嗟^{chui²}角攏全泡^{phoo¹}

暗示：講的口沫橫飛，全無忌憚的高談闊論。

註解：講甲→大言不慚。嗟角→口角。攏→都、大部。全泡→到處橫飛。

⊙死目 呣^{bak⁴}願^{m³}瞌^{kheh⁴}

暗示：死不瞑目，有冤情所以眼睛才不願瞌。

註解：呣→不。瞌→眼睛閉著。呣願→含恨意。

⊙人^{lang⁵}是食^{ziah⁸}一口^{khiau¹khi³}氣

暗示：任何事情都是爭了一口氣，人是有個性為理性而活。

註解：人→漳州音。食→吃。一口氣→理性之爭也就是為了一氣之爭。

⊙燴^{be⁷}餳^{cing²}皮－燴^{be⁷}臭央^{ng¹}

暗示：焰氣已沒那麼高。原先是有錢有勢架子很高，如今此一時，已不比那一時。

註解：燴→不、沒有。餳皮→焰氣高（皮撐高）。臭央→自以為了不起。

⊙呵^{o¹}咾^{lo²}甲觸^{dak⁴}舌

暗示：他的為人令很多人的稱讚與誇獎。

註解：呵咾→讚美。觸舌→舌頭使出來的一種聲音。足→很。

⊙哀 爸 叫 娘 咧
　ai¹ pe⁷ niu¹ leh⁴
　ㄞˇ ㄅㄜˇ ㄋㄨ ㄌㄝ⁴

暗示：呼爹喚娘（傷口痛的哇哇叫）。

註解：哀爸→呼喊著老爸。娘咧→哭泣叫娘。

⊙豬 岫，呣 達 值 狗 岫 穩
　siu⁷ m³ di¹ siu⁷ wun²
　ㄒㄨ ㄇㄣˇ ㄅ丨ˋ ㄒㄨ ㄨㄣˇ

暗示：在外生活比不上自家溫暖（或是月亮還是故鄉的圓、亮）。

註解：岫→窩、巢穴。達值→比不上。穩→來得好。

⊙孤 罩 勸 無 嗣
　koo¹ khut⁴khng³ su⁵
　ㄍㄜˇ ㄎㄨˋ ㄎㄥˇ ㄙㄨˋ

暗示：孤苦一個人或是孤單無依還再安撫沒後代的（自不量力）。

註解：孤罩→孤零零無依靠（孤單一人，如無毛罩鳥，含有罵人孤癖之意）。無嗣→沒有後代的意思。

⊙趁 錢 有 數，性 命 愛 顧
　than² soo³ si⁻ⁿ²
　ㄊㄢˇ ㄙㄜˇ ㄒ⁻ⁿ²

暗示：錢是要賺，但不能忽略了身體的健康，慢慢賺都會有機會。那麼身體一旦毀了那可就完了，再多的金錢是換不回的。

註解：趁→賺錢的意思。有數→有一定的數目。性命愛顧→不要拿生命開玩笑。

⊙趁 燒 拍 鐵
　than² pah⁴
　ㄊㄢˇ ㄅㄚ⁴

暗示：趁熱打鐵，比喻做事能抓緊時機，加速進行。也就是見機

行事。

註解：趁→把握機會，驅趕或換得。拍→打。（「打」台語講「拍」，也可用「朴」）。

⊙無 事 不 入 三 寶 殿
　bo[5]　　　　　　　dian[7]

暗示：就是有事才會登堂入室，不可能無事找事做，多此一舉的意思。

註解：三寶殿→三寶佛的殿堂。

⊙三 日 討 魚，二 日 曝 網 仔
　　　tho[1]　　　　　phak[4]　a[2]

暗示：比喻工作時勤奮，時而懈怠，缺乏持續的奮鬥精神。

註解：三日討魚→三天出海捕魚。二日曝網→二日偷懶。
　　　　一曝十寒→一日曬網遇到十天的寒風天，也就是無法持續自己要做的工作。常常會在這種情況中遇到瓶頸而沒辦法順利進行。

⊙三 千 年 一 擺 海 漲
　　　　　　pai[2]　diong[2]

暗示：機會相當的難得。

註解：一擺→一次。海漲→漲潮。

⊙講 一 个 影，著 生 幾 仔 个 囝
　　　　e[5]　　　　kui[2]　e[5]　kia[n2]

暗示：無中生有，語少話雜。

註解：个→個。烏→台語沒有黑字，都寫為烏。

⊙做 官 清 廉，食 飯 攪 鹽
　　　　　liam[5]　　　　kiauh[4]

暗示：不貪財不貪利的好官。
註解：清廉→品德端正行為正直的人。攪→拌。

⊙哮龜^{heh⁴} 獪 忍 得 嗽^{sau³}

⊙哮^{heh⁴}龜 獪^{be⁷} 忍 得 嗽^{sau³}

暗示：已是忍無可忍的地步。
註解：哮龜→氣喘。獪→不會。

⊙鹿 港 人 揣^{chue⁷} 鎖 匙^{siⁿ⁵} －燥^{so³} 死^{si²}

暗示：非常煩燥而亡，急性子的人。
註解：揣→找。鎖匙→斜音燥死（煩燥而終）。

⊙先 生 緣，主 人 福

暗示：人不是萬能，彼此要做到互信、互重、互動，才能得到他
人的信任，甚而也才能得到真正的福報，那麼別人自然而
然就會相信你。

⊙足 顛 忙^{thianᵗthoh⁸}

暗示：很糊塗。做起事來不會按步就班常打迷糊狀。
註解：顛→不起勁而耽擱。忙→意識不清楚講話會胡言亂語。

⊙迄^{hi¹}樣 蛇 生 迄^{hi¹}樣 蛋，無 除 根 著 斬^{doʲ zam² be⁷} 斷

暗示：斬草不除根春風吹又生。
註解：迄→那。斬→剷除。獪斷→不會斷。

⊙一代親，二代表，三代得去了了
（biau² ㄅㄧㄠ²；liau¹ ㄌㄧㄠ¹ liau² ㄌㄧㄠ²）

暗示：雖是親戚關係彼此很少接處，時間一久，久而久之慢慢親戚的情份就生疏了。

註解：一代親→第一代親戚關係。二代表→到第二代慢慢生疏。三代得去了了→到第三代就更生疏了。（彼此就不認識）

⊙坐東看西，恆 汝 趁 錢 無 人 知
（hoo³ ㄏㆦ³；li² ㄌㄧ²；than² ㄊㄢ²；lang⁵ ㄌㄤ⁵）

暗示：坐位背東朝西賺錢無人知（喻時機一到勿失良機）。

註解：恆→給。汝→你（妳）。趁→賺錢。恬恬→靜靜。賺錢按步就班把握良機莫錯過。

⊙拍 斷 手 骨，顛 倒 勇
（pa² ㄆㄚ²；dian¹ ㄉㄧㄢ¹）

暗示：愈挫愈勇。不怕惡勢力，每遇到瓶頸更能想出法子來應付。

註解：拍→打。顛→不起勁而耽擱（慢慢仔顛）。偷懶遊蕩。

⊙錢 四 骸，人 二 骸
（kha¹ ㄎㄚ¹；lang⁵ ㄌㄤ⁵；kha¹ ㄎㄚ¹）

暗示：錢是不好賺，沒有方法是追不上的。

註解：錢四骸→比喻錢有四隻腳。人二骸→人有二隻腳。

⊙平 平 路，行 甲 跋 跋 倒
（kia⁵ ㄍㄧㄚ⁵；buah⁸ ㄅㄨㄚ⁸ buah⁸ ㄅㄨㄚ⁸）

暗示：做事太不小心，行事不細膩（草率或不專心）。

註解：行→走。跋跋倒→跌倒。

⊙粗菜薄酒

暗示：客套話，主人行事低調但很真誠的對待客人（誠意夠就好）。

註解：粗俗的菜色。薄酒→一般的酒（而不是高級酒）。

⊙人重妝佛重扛

暗示：三分人七分妝，佛要靈聖也靠人的扶持與抬轎。

註解：妝→化裝，裝束同妝點或是打扮。重扛→抬轎。

⊙天無絕人兮生路

暗示：只要努力肯吃苦絕對有生路（天公伯仔是不會斷人的生路）。

註解：兮→的。

⊙一枝草一點露

暗示：方法是人想出來的，只要有心去做，天是無絕人之路，一枝草是一點出路。

註解：一枝草→一草。一點露→一點點出路。

⊙半路徑認親戚

暗示：亂攀關係，為自身的利益借機攀交情。

註解：半路→隨意和任意。徑→在。認親戚＝攀情份或關係。

⊙甘苦頭快活尾

暗示：先苦後甘（甜頭）。
註解：快活→舒適、安逸。

⊙慘 甲 無 佛 徦 燒 香
　cham¹　　　thang¹
　ㄘㄚ　　　　ㄊㄤ

暗示：接二連三跟著而不斷的運勢纏身觸霉喘不過氣來。
註解：慘甲→運勢壞到極點。徦 →可。

⊙點 燈 仔 火，著 無 徑 捙
　　a²　　　do²　deh⁶chue⁷
　　ㄚ　　　ㄉㄜ　ㄉㄝ ㄘㄨㄝ

暗示：比喻很難找到像這麼好的。（好到無話可說）
註解：點燈仔火＝以前的點燈是蠟燭的意思，而不是日光燈。無
　　　徑捙→無法找。再也無法找像那麼好的了。

⊙台 灣 人，放 屎 攪 砂 抑 獪 作 堆
　　　lang⁵　　　kiauh⁴　yah⁶be⁷　dui³
　　　ㄌㄤ　　　　ㄍㄧㄠ　ㄧㄚㄅㄝ　ㄉㄨㄧ

暗示：台灣的民族意識不團結（值得大家去省思的）。
註解：人→漳州音。攪→混合攙雜。抑→也。獪→不會。

⊙貓 筒 貓 筒－龜 毛
　niau¹thang² niau¹thang²　ku¹
　ㄋㄧㄠ ㄊㄤ ㄋㄧㄠ ㄊㄤ　　ㄍㄨ

暗示：那個人的做人處事很不乾脆。
註解：貓→做事很挑剔過分仔細。家「貓」與野「貓」的合稱。
　　　龜毛→挑剔的意思。

⊙好 運 夯 得 時 鐘，歹 運 夯 得 番 仔 火 殼
　　　　e⁵　　　　　　e⁵　huan¹a²　kha²
　　　　ㄝ　　　　　　ㄝ　ㄏㄨㄢㄚ　ㄎㄚ

暗示：人是有好壞運的差別，運氣好什麼都順，運氣差時老是都
　　　會碰壁的。俗語：三年一閏好壞照輪。
註解：夯→的。番仔火殼→以前沒打火機的年代都是用火柴盒裝

的火柴稱之番仔火殼。

⊙風水輪流轉
　　　lun⁵　zuan⁷

暗示： 時好時壞的運勢，不可能一天到晚，一年四季運氣都很差。

註解： 轉→旋。風水→指以星相、占卜住宅或是墓地的地理風水。

⊙三年一閏好穤照輪
　　　　zun⁷　bai²　lun⁵

暗示： 三年有　次的閏年，好與壞是照輪的，而个是壞就一直壞到底。

註解： 閏→三年一次閏年。穤→壞的意思。

⊙惡人無膽
　ook⁴ lang⁵　daᵃ²

暗示： 雖是兇惡的面貌其實膽識很小。

註解： 惡人→面目兇惡。膽→畏怯、心驚。

⊙掃著風颱尾－帶衰
　sau² doh⁴　　　　　sue¹

暗示： 遭受無妄之災，帶有一點衰氣的意思。

註解： 掃著→被橫掃到。風颱尾→正當大風的時候都沒遭映，反而到了「尾」卻被掃到，真是倒霉到極點。

⊙有功無賞，拍破甲誌賠
　　　　　　pa²　破　di² phue⁵

暗示： 有功無勞，好心卻沒好報（好心被雷吻）。

註解： 拍→打。誌→自己。賠→賠償。

⊙先下手為強，慢下手著受災央
（sing¹ ha⁷ chiu² ... he³ do¹ ... yong¹）

暗示：先下手為贏，慢半拍就輸（凡事就是講求快）。
註解：先下手→快半拍，贏的希望就較濃。

⊙拍人佫喊救人
（pa² lang⁵ koh⁴ ... lang⁵）

暗示：做賊還喊捉賊。
註解：拍→打。佫→又。

⊙撏石頭擎甲誌兮骸
（theh⁸ khian¹ di¹ e⁵ kha¹）

暗示：自討霉氣（自己找自己的麻煩而不要老是怪罪別人）。
註解：撏→拿。擎→投擲、用小硬物擊打。誌→自己。骸→腳。

⊙親家鈕親姆
（cin¹ liu¹ cng⁷ m²）

暗示：上下不對稱（牛頭不對馬嘴）。
註解：鈕→扣住衣物的東西。姆→婆。

⊙功夫，是萬底深坑
（khi⁸¹）

暗示：武功高深莫測（少林武功蓋天下）。
註解：功夫→國術或武術之類。萬底→萬丈深坑→深淵。

⊙收骸洗手
（kha¹）

暗示：也就是已經金盆洗手了（改過自新）。
註解：骸→腳。洗手→向善。

⊙笑 甲 腸 仔 腸 肚 攏 拍 結

暗示：意思是開懷大笑。

註解：攏→全都。拍結→打結。

⊙坐 咧，嗯 知 站 兮 甘 苦

暗示：不知他人疾苦，不會體諒別人的苦，而只顧自己利益的人。

註解：坐咧→坐著。嗯→不知。兮→的。

⊙錢 歹 賺 囝 細 漢

暗示：沒努力工作是賺不到錢，人只要一分努力就有一分收穫。

註解：歹→難、壞。囝細漢→在這裏不足形容小孩還小而是 個比喻，賺錢的困難而已。

⊙別 人 兮 母，膾 疼 別 人 兮 囝

暗示：後母（後岫）很少會很樂意照顧別人的小孩（少部分是會）。

註解：兮→的。膾→不會。囝→小孩。

⊙有 二 步 七 仔

暗示：相當有一套的技術，而不是半路出家的功夫。

註解：二步七→隱含一些實力。

⊙前世人 燒好香
（lang⁵）
（ㄌㄤ⁵）

暗示：好心有好報（凡是不是未報，而是時機未到）。
註解：前世人→上一代的牽索。

⊙有樣 學樣 沒樣 甲 誌 想
（oh⁸）（bo⁵）（di¹）
（ㄛ⁸）（ㄅㄜ⁵）（ㄅㄧ¹）

暗示：多多學習他人的長處，沒有的話自己就想辦法。
註解：有樣→以他人做榜樣。沒樣→沒有榜樣。甲誌想→自己想辦法。

⊙食 煙 等 手氣
（ziah⁸hun¹）（khi²）
（ㄐㄧㄚ⁸ㄏㄨㄣ¹）（ㄎㄧ²）

暗示：抽個煙消磨時間等待運氣來。
註解：食煙→抽香煙。手氣→運氣。

⊙死 甲 不 明 不 白
（beh⁸）
（ㄅㆤ⁸）

暗示：死的含冤，一直不知其原故。
註解：不白→含冤莫辨。

⊙欵 假 鬼 抑 著 愛 半 暝 仔
（beh⁴）（yah⁴ do¹）（me⁵ a²）
（ㄅㆤ⁴）（ㄧㄚ⁴ㄉㄜ¹）（ㄇㆤ⁵ㄚ²）

暗示：要裝鬼嚇人得三更半夜，白天是嚇不死人的。
註解：欵→要。半暝仔→三更半夜。抑→也。

⊙皮 癢 骨 癢
（ziu⁷）（ziu⁷）
（ㄐㄧㄨ⁷）（ㄐㄧㄨ⁷）

暗示：自討苦吃也可說自找麻煩。

註解：皮癢→皮在癢。骨癢→比喻的意思，自討、自找。

⊙半 路 出 家

暗示：功夫未上道或是半桶師。
註解：半路→中途。出家→一種比喻，功夫才學了一點點。

⊙半 嗼 出 一 个 月
　　me⁵　　　　e⁵
　　ㄇㄝ⁵　　　ㄝ⁵

暗示：事到中途而出了狀況（有時臨來的狀況會措手不及而亂了方寸）。
註解：半嗼→比喻半途。一个月→一個狀況。

⊙半 路 出 一 个 程 咬 金
　　　　　　　e⁵　ding⁵
　　　　　　　ㄝ⁵　ㄉ一ㄥ⁵

暗示：中途出了一個奇蹟或是無預警的出現或發生狀況。
註解：程咬金→破壞好事，或成事不足敗事有餘。

⊙半 桶 師
　　thang¹　sai⁷
　　ㄊㄤ¹　ㄙㄞ⁷

暗示：未達到做師父的格（也就形容功夫未上道的意思）。
註解：半桶→比喻只學了一半而已。

⊙天 不 從 人 願
　　　　zin⁵
　　　　ㄐ一ㄣ⁵

暗示：無法順心如願。（天老是會捉弄人）。
註解：不從→不依、不順。

⊙冤 有 頭 債 有 主
　wan¹　thau⁵ ze³
　ㄨㄢ¹　ㄊㄠ⁵ ㄗㄝ³

暗示：事情的開始是有源頭，債務的源頭也是有特定的對象。

註解：冤→爭吵。有頭→有起源。債→糾紛或是債務。

⊙一粒 貓 鼠 屎 挵 穤 一 鼎 糜

chu² long² bai² diaⁿ² bue⁵

暗示：一點點錯誤就會誤了大局。

註解：貓鼠→老鼠。挵→攪亂。穤→壞。一鼎糜→一鍋粥。

⊙歸 身 軀 攏 死 了 仔 佫 偆 一 支 喙

khu¹ long¹   a² koh⁴chun¹   chui²

暗示：一切都擺平了，只剩一張嘴油腔滑調。

註解：歸身軀→身體的全部。攏死了→都已死去了。佫→還、
又。偆→剩下。一支喙→一張嘴。

⊙臭 頭 仔 皇 武 抑 會 做 皇 帝

cau² thau⁵ a²   Yah⁴

暗示：人不可貌相（不要小看對方而鄙視）。

註解：臭頭仔→比喻朱元璋小時頭上長滿瘡的意思。抑會→也
會。

⊙相 罵 恨 無 話 相 拍 恨 無 力

sio¹ hiⁿ⁵ sio¹ pa² hunⁿ³

暗示：無所不用其極而不擇手段。

註解：相罵→彼此爭吵。恨無話→什麼話都搬出。相拍→彼此互
打。

⊙生 有 時 死 有 日

u⁷

暗示：人不用鐵齒生是有一定的時辰，死是有一定的日期（凡是
平常心看待）。

註解：生有時→出生有一定的時日。

⊙十八般武藝件件該能
　　　　　　 kia⁷ kia⁷
　　　　　　 ㄍ　ㄍ
　　　　　　 ㄚ　ㄚ

暗示：他真有一套什麼都行（比喻武術中十八種武器都能隨心所
　　　欲揮舞）。

註解：十八般→十八種武術配備都很上手。件件→每一種東西。

⊙路見不平氣死閑人
　　　　　　 ying⁵ lang⁵
　　　　　　 ㄥ　ㄤ
　　　　　　 ㆥ　ㆤ

暗示：英雄俠氣半路拔刀相助（也就是有義氣的人）。

註解：閑人→有膽識俠義的人。

⊙久長病不孝子

暗示：久病無孝子的意思。

註解：久長病→生病時間一拖久照顧的家屬會厭卷而失去耐性。

　 ㄇ³ buat⁸　　dah⁸ ke³ lak⁴ lak⁴chuah⁴
⊙嘸　訓做過大家啦啦滫
　 m³　ㄅ　　　 ㄉ ㄍ ㄌ ㄌ ㄘ
　 　 ㄨㄚ　 　 ㄚ ㆤ ㄚ ㄚ ㄨㄚ

暗示：還未做過婆婆就手忙腳亂。

註解：嘸→不。訓→曾；知曉。啦啦滫→手忙腳亂。

　 siu² e⁵ be⁷ hiau⁵ bai² e⁵　　deh⁸ knoo²khoo²hiau⁵
⊙嬌　兮　繪　嫐　稞　兮　甲　徑　扣　扣　嫐
　 ㄙ ㄝ ㄅ ㄏ ㄅ ㄝ　　 ㄉ ㄎ ㄎ ㄏ
　 ㄨ 　 ㆤ ㄠ ㄞ 　　　 ㆤ ㆦ ㆦ ㄠ

暗示：美的不會三八，醜的卻三八有餘（意思是醜人多做怪）。

註解：嬌→美、漂亮。兮→的。繪→不會。嫐→搔擾戲弄或是一
　　　女子舉止輕佻的意思。稞→壞、醜。兮→的。徑→在。扣
　　　扣嫐→舉止輕佻。

⊙活 鬼 纏 身
diⁿ⁵
ㄅ_ㄥ

暗示：死纏爛纏不放。

註解：活鬼→不講理、不明是非，故作之態。纏→繞、盤纏。

⊙手 無 縛 雞 之 力
bak⁴
ㄅ_ㄚ_ㄍ

暗示：軟腳蝦，連一點點招架之力也沒有。

註解：縛→纏交叉編織長篾片製成器物，類似「編」；縛竹籃／縛簀笱。

⊙食 人 一 斤，著 愛 還 人 十 六 兩
ziah⁸ lang⁵　　do¹　　lang⁵
ㄐ_ㄚ ㄌ_ㄤ　ㄉ_ㄜ　ㄌ_ㄤ

暗示：做人要懂得人情事理，懂得感恩不能過河拆橋。

註解：食人一斤→吃別人多少就有多少的感恩，此是一種比喻，而恩情是不能以斤兩來論定。

⊙先 得 先 後 得 後
sing¹　sian¹
ㄒ_ㄥ　ㄒ_ㄢ

暗示：凡是人有長輩之分，有先後之別而不要老是後來居上的心態（前後有序）。

註解：先得先→好的必有好的回報、好的結果、好兆頭，而不是強出頭。後得後→承先啟後，有一就有二，而不可能二、三直跳至一順序就誤導。

⊙頂 港 有 名 聲，下 港 有 出 名

暗示：在社會上相當有名氣有地位，為人處事政通人和。

註解：頂港→北部的稱謂。下港→南部的稱呼。

⊙放屁安狗心

暗示：形式上的答應或說是口頭上的答應以聊表心意。
註解：安狗心→短暫或暫時性的慰藉。

⊙前 氣 濟 接 艙 到 後 氣
　khui² zi²　　　　be⁷
　ㄎㄨㄟˊ ㄐㄧˊ　　ㄅㄟˊ

暗示：氣喘如牛。
註解：前氣→前面的氣或上一口呼吸氣。濟接→懸接。艙→不
　　　　會。後氣→後半段所呼出的氣。嘭嘭喘→喘得很厲害。

⊙九 層 天 九 層 地 下 甲 無 儋 卜
　　　　　　　　he³ khah⁴　dan² he³
　　　　　　　　ㄏㄟˇ ㄎㄚˋ　ㄉㄚˊ ㄏㄟˇ

暗示：地廣物博多的無處攞。形容某種事的浩瀚。
註解：恆 →給。汝→你。儋→法處。下→置放。

⊙擋 無 三 下 斧 頭 鋄 著 喊 收 兵
　dong²　　　e² boo thau⁵ khing¹
　ㄉㄨㄥˊ　　ㄝˊ ㄊㄜˊ ㄏㄧㄥ

暗示：心有餘而力不足。
註解：擋→撐、阻擋。無三下→三二下。斧頭鋄→與刀芒相對，
　　　　即是刀脊厚的部份。喊收兵→喊收場。

⊙人 算 不 如 天 算
　zin⁵　　　　thi¹¹
　ㄐㄧㄣˇ　　　ㄊㄧ¹¹

暗示：人再聰明，比不上天的一劃。
註解：人→ㄐㄧㄣˇ（zin⁵）泉州音，漳州音是ㄌㄤˇ（lang⁵）。

⊙食飯坩中央
ziah[8] kha[n1]

暗示：不知人間煙火。

註解：食→吃。飯坩→裝飯的容器。

⊙豬仔囝寒甲懼懼顫豬母寒甲毋食潘
di[1] a[2] kia[n2] khu[1] khu[1] zun[3] di[1] m[3] ziah[8] phun[7]

暗示：整個帶動被影響，甚而畏懼的直發抖。

註解：囝→子。懼懼顫→冷的直發抖。毋→不。潘→飼料參水。

⊙氣死驗無傷

暗示：因生氣，爆跳如雷而亡驗不出傷口的證據。

註解：氣死→生氣而亡。驗無傷→察不出傷口來。

⊙田無溝水無流

暗示：互不往來的意思。

註解：田無溝→田地裏沒有水溝。水無流→無水溝那來得水流。

⊙積行穤–穤積德
zik[4] hin[2] bai[2] bai[2] zik[4]

暗示：生下的子女個個品性很差都不太安份守己。

註解：積→儲。行→行為操守。穤→壞、很差。

⊙一粒頭二粒大

暗示：處理事情難度很高一看頭就大。

註解：一粒頭→比喻處理事一看頭就大。

⊙掠^{liah⁸} 交 替
　ㄌㄧ⁸　ㄚ

暗示： 道路中車禍亡魂會在原地捉替身，也就所謂的替死鬼。

註解： 掠→捕、捉。

⊙阿 婆 跟^{lang²} 港
　　　ㄌ²　ㄤ

暗示： 情況不對，借機開溜。

註解： 跟→開溜。

⊙大 碗 兼^{Kiam¹} 滿 墘^{kiⁿ⁵}
　　　《ㄧ　　　《ㄧⁿ
　　　ㄚ

暗示： 量超多的有剩餘；或白滿意對方的誠意度。

註解： 兼→和、合。滿墘→過飽和或溢出。

⊙死 著^{do¹} 死 落^{lo²} 去，嘸^{m³} 倳^{tang¹} 牽 拖^{thua¹} 鬼 徑^{deh⁸} 拖^{thua¹}
　　ㄉ　　ㄌ　　　　m　ㄉ　　　ㄊ　　ㄅ　ㄊ
　　ㄜ　　ㄜ　　　　　ㄤ　　ㄨㄚ　　ㄝ　ㄨㄚ

暗示： 自己的事不要連累別人。

註解： 著→就。落 →下去。嘸→不。倳→能。拖→牽引。徑→在。

⊙龍 眼 夏^{ha⁷}，白 露 柚^{iu²}
　　　　ㄏ　　　　　ㄧ
　　　　ㄚ　　　　　ㄨ

暗示： 夏季是龍眼的季節，柚子是中秋時分旺季。

註解： 夏→梅雨季農曆五月十五日。白露→直到中秋時分就是白露，農曆八月初五日。

⊙一 支 竹 篙 概^{ko¹ khai² do²} 倒 一 隻 船
　　　　　《ㄜ　ㄎㄞ　ㄉㄜ

暗示：淹蓋彌彰的意思。

註解：篙→竹竿的意思。概→掃平。

⊙目尾 涶 (sue⁵ / ㄙㄨㆤ⁵)

暗示：無精打彩，精神狀況不怎麼好。

註解：涶 →往下流。

⊙話 卡 濟 貓 仔 毛 (kha¹ ze² niau¹ a² mng⁵ / ㄎㄚ ㄐㄝ² ㄋ一ㄠ ㄚ² ㄇㆭ)

暗示：無意義或無營養的話太多（廢話一大堆）。

註解：卡濟→超多。貓仔毛→貓的毛，比喻很多。

⊙勼 丹 田 (de² / ㄉㆤ²)

暗示：硬撐著。為了面子硬著頭皮撐下去。

註解：勼→憋著。丹田→部位在肚臍下一公分處。

⊙天 重 日 月 人 重 兩 眼 (diong² / ㄉ一ㆲ²)

暗示：白天或晚上日月不可缺，那眼睛是人的靈魂之窗。

註解：日→太陽。月→月亮。兩眼→眼睛。

⊙青 食 著 無 夠，佫 有 儱 曝 干 (ziah⁸ do¹ bo⁵ kau² koh⁴ than¹ bat⁸ kua¹ / ㄐ一ㄚ ㄉㆦ ㆠㆦ⁵ ㄍㄠ² ㄎㆦ ㄊㄚ ㄍㄨㄚ)

暗示：自己的份都不夠了還那來得曬乾。

註解：青食→生吃。無夠→不夠。佫→那。儱→可。曝干→曬乾。

⊙石頭公仔烌 ^{a² pak⁴} ㄚ² ㄅㄚ⁴

暗示：罵對方沒教養。

註解：爆裂。

⊙話跌甲哩哩硦硦 ^{thi² kha¹ li¹ li¹ lak⁴ lak⁴} ㄊㄚ² ㄎㄚ ㄌㄚ ㄌㄚ ㄌㄚ ㄌㄚ

暗示：講話語無倫次。

註解：哩哩硦硦→說話翻三倒四。

⊙靠天食飯 ^{ziah⁸ bng¹} ㄐㄚ ㄅㄥ

暗示：農民種植蔬果，農產品豐收與否在於天，所以農民是靠天吃飯的。

註解：靠天→依附天的照顧有雨水才能生存。

⊙桌頂食飯桌骹放屎 ^{ziah⁸ bng¹ kha⁴ sai²} ㄐㄚ⁸ ㄅㄥ ㄎㄚ ㄙㄞ²

暗示：知恩不圖報，反被咬一口。

註解：骹→腳。放屎→拉大便。

⊙濟少趁，卡繪恆散 ^{ze² zio² khah⁴ be⁷ hoo³ san³} ㄐㄝ² ㄐㄛ² ㄎㄚ ㄅㄝ ㄏㆦ ㄙㄢ

暗示：多少賺一些，才不會變窮光蛋。

註解：濟少→多多少少。卡→比較。繪→不會。恆→給。散→窮。

⊙誠意食喙甜 ^{sin⁵ ziah⁸ chui²} ㄒㄧㄥ ㄐㄚ⁸ ㄘㄨㄧ²

暗示：意思到就好（不要太過勉強於人）。

註解：誠意→很有心。食→吃。喙→嘴。

⊙拍虎掠賊，抑著親兄弟
　pa² liah⁸　　yah⁴ do²

暗示：是好是壞還是親兄弟來得親，兄弟之情如同手足。

註解：拍→打。掠→捉。抑著→也得。

⊙瘖甲無藥通醫
　siau²　　than¹

暗示：諷刺對方裝瘋賣傻。

註解：通→可。格瘋→裝瘋賣傻。

⊙一个錢拍二十四个結
　e⁵　　pa²　　　　e⁵

暗示：比喻對方視財如命，錢有進就沒有出去。

註解：个＝個。拍→打。

⊙虱目魚抑會跳過岸
　sat⁴　yah⁴

暗示：不要輕視對方的來歷或欺人太甚，逼狗是會跳牆的。

註解：虱→寄生在人畜身上吸取血液的小蟲，種類很多，能傳染疾病，俗寫做「虱」字。虱目魚＝硬骨魚綱，長可達一台尺左右，青灰色。台五睡要養殖魚類之一，魚塭主要分布台灣南部。抑→也會。

⊙瘖田勢燥水
　san²　kau⁵ so²

暗示：不能輕視對方弱小、無能，小兵會立大功或是小小體格力量是無比的。

註解：瘖＝瘦。勢＝很會。燥水→吸水。

⊙食 老 著 哺 無 塗 豆
　ziah⁸　do¹　boo⁷　thoo⁵

暗示：年紀一老樣樣都不行了。

註解：食→吃。哺→咀嚼。塗豆→花生。

⊙落 車 頭 無 探 聽
　lo²　　　boo⁵

暗示：初到一個人生地不熟的地方應先探知民情、市風多熟悉一下生活習慣，往後生計就會安穩些。

註解：落車頭→到個人生地不熟的地方。無探聽→打聽。

⊙講 話 攏 按 鼻 孔 出 來
　　　long¹ an¹

暗示：說話沒經大腦思索就直言。

註解：攏→都。按→從。

⊙喊 水 會 堅 凍
　hua²　　khen¹

暗示：當地有份量有身份的人

註解：堅→凝固。

⊙乞 食 身 皇 帝 喙
　khi² ziah⁸　　　chui²

暗示：外表平凡看起來不怎麼樣，但內在是才高八斗。

註解：乞食→乞丐。喙→嘴。

⊙成 爸 正 宗 成 母 正 原 封

暗示：確實是道道地地的原裝貨誤不了。

註解：成爸→像父親。成母→像母親。

sai3
⊙選舉無師父用錢買著有
ㄙㄞ3

暗示：臺灣選舉上的一種特殊文化。
註解：無師父＝沒有高低或師徒之分。錢買→賄賂。

po2
⊙有法有皰（破）
ㄆㄛ2

暗示：有法子就可破解難題。
註解：皰＝虛鬆。破＝解。

khi1 bi5
⊙餓過肌，飽冲脾
ㄎㄧ1 ㆠㄧ5

暗示：不能暴飲暴食有傷身之慮。
註解：過肌→過頭。

thoo5 kun2 do1 ziah8 shan3 na1 than1
⊙塗蚓著食無夠，鱔魚哪有通留
ㄊㆦ5 ㄍㄨㄣ2 ㄉㄜ1 ㄐㄧㄚ8ㆷ ㄒㄧㄢ3 ㄋㄚ1 ㄊㆩ1

暗示：自己都不夠吃了別人那有份。
註解：塗蚓＝蚯蚓。著→都。鱔魚→魚名，體表成圓似鰻而細，腹黃褐色，沒有鱗，又名黃鱔。常棲於水岸或田埂的泥洞中。肉鮮美。哪有→沒有。通→可。

din1 bueh8 kian2
⊙大孫頂尾囝
ㄉㄧㄥ1 ㆠㄝ8ㆷ ㄍㆪ2

暗示：大孫與兄弟似同輩份，是同等身份。
註解：頂→比較。尾囝→小兒子。

ai2 koh4 ai2 due2
⊙愛哭佫愛逿路
ㄞ2 ㄍㄜ4ㆷ ㄞ2 ㄉㄨㄝ2

暗示：茫目跟隨，或無目的跟從。

註解：佫→又。逞→跟、隨。

⊙延 後 煮 食 乎 吹 吹 吹 延 後 豆 食 甲 老 老 老
zu² ziah⁸ hoo¹ ku¹ ku¹ ku² dau³ ziah⁸ khah⁴lau⁷ lau⁷ lau⁷

暗示：急其所緩，緩其所急。

註解：吹吹吹→久久久。老老老→很老。

⊙一 府 二 鹿 三 艋 舺
hu² lo² ban¹ ka¹

暗示：以前的稱呼台南、鹿港、盤舺（台北市內）。

註解：一府→台南府城。二鹿，第二是沙鹿。三艋舺→三是台北
　　　某地方的名稱。

⊙背 骨 兮 人
be¹ kut⁴ e⁶ lang⁵

暗示：對朋友不忠不義不仁的人。

註解：背骨→違反。兮→的。

⊙小 雨 膾 堪 值 接 落
be⁷ kham¹di¹ ziap⁸ lo²

暗示：積少成多。雖是毛毛雨下的時間一久也會淹大水的。

註解：膾→不會。堪值→耐性。按落→連續下。

⊙冤 家 路 頭 窄
wa⁷ e²

暗示：不能欺人太甚地球是圓的，總有一天會再相遇。

註解：冤家→有仇。路頭窄→總有一天再相遇。

⊙大 箍 白 勇 身 命
khoo'beh⁸　sin'
ㄎㆦ'　ㄅㆤ⁸ 　ㄒㄧㄣ'

暗示：白白胖胖身體好。

註解：箍→大頓位、肥胖。勇身命→身體健壯。

⊙校 長 兼 損 鐘
khiam' kong²
ㄍㄧㆰ' ㄍㆲ²

暗示：一手包辦或是一貫作業。

註解：損→打、敲。兼→合、聚。

⊙食 爸 倚 爸，食 母 倚 母
ziah⁸　wa'　ziah⁸ boo² wa' boo²
ㄐㄧ'　ㄨㄚ'　ㄐㄧ' ㆠㆦ² ㄨㄚ' ㆠㆦ²

暗示：西瓜靠大邊（西瓜派）。

註解：倚→靠。

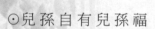

⊙兒 孫 自 有 兒 孫 福

暗示：一切順其自然，福中有福。沒福再怎麼求也沒有。

註解：兒孫→子孫。

⊙有 囝 有 囝 命，無 囝 天 註 定
kiaⁿ²　kiaⁿ²　kiaⁿ²
ㄍㄧㆩ²　ㄍㄧㆩ²　ㄍㄧㆩ²

暗示：一切命中註定不要強求，強求不得。

註解：囝＝兒子。

⊙瘋 甲 無 尾 遛
siau'khah⁴　liu'
ㄒㄧㄠ'ㄎㄚ⁴ 　ㄌㄧㄨ'

暗示：比喻人的輕浮。行為舉止過於放縱。

註解：遛→緩步而行。

⊙含 笑 歸 土
　cau³ khui¹ thoo²
　ㄍ³ ㄎ¹ ㄊ
　ㄠ ㄨ ㆦ

暗示： 入土為安，長眠下土。

註解： 塗→土。

⊙無 事 天 地 闊，有 事 天 地 窄
　　　　　khah⁸　　　　　　　e²
　　　　　ㄎ⁸　　　　　　　ㄝ²
　　　　　ㄚ　　　　　　　ㄝ

暗示： 無事一切如意，等到事情一來那就傷透腦筋。

註解： 闊→寬廣。窄→狹小。

⊙抑 獪 好 額，著 徑 驚 得 賊 偷
　yah⁴ be⁷　kiah⁸ do¹ deh⁸　　chait⁸
　ㄚ⁴ ㄅㆤ⁷ ㄍ⁸ ㄉ¹ ㄉㆤ⁸　ㄎ⁸
　　　　　　　ㄚ　　ㄚ　　　　ㄚ

暗示： 尚未家財萬貫就怕小偷造訪。

註解： 抑→還、又。獪→沒、不。好額→有錢人。得賊偷→小偷
　　　　光顧。

⊙死 道 友 無 死 貧 道

暗示： 只顧全自己，而不去關心別人死活。

註解： 道友→別人或朋友。貧道→自己。

⊙死 蛇 活 尾 遛
　　　　　　liu¹
　　　　　　ㄉ¹
　　　　　　ㄨ

暗示： 做事不乾脆，老是留個尾巴，拖泥帶水。

註解： 活尾遛→身已死尾部一段時間還會動。

⊙講 兮 一 套 做 兮 抑 一 套
　　e⁵　　　　　e⁵ yah⁴
　　ㄝ⁵　　　　ㄝ⁵ ㄚ⁴
　　ㄝ　　　　　ㄝ ㄚ

暗示： 前後不一致，說一套做一套。

159

註解：ㄅ→的。抑→也、又。

⊙細孔 嘸 補 大孔 著 艱 苦

暗示：因小事大，小問題不處理，到大問題可就麻煩了。
註解：嘸→不。大孔→事大、大問題。

⊙今 仔 日 入 虎 口 明 仔 在 著 徎 笨 斗

暗示：步步要小心，件件要提防才不會入虎口。
註解：今仔日→今天。徎笨斗→翻筋斗。

⊙有 趁 無 趁，抑 著 開 淡 薄 仔

暗示：人生要想開一點，有賺沒賺該支出就支出。
註解：趁→賺。抑→也。開淡薄→多少一些。

⊙六 月 芥 菜

暗示：假有心。六月份的芥菜因天氣炎熱直長無心，冬天的芥菜
　　　肥沃橫長會包心。
註解：芥菜→蔬菜類的一種。

⊙怨 嘆 兄 弟，食 炒 飯

暗示：嫉妒別人好。
註解：怨嘆→埋怨。食→吃。

⊙面 底 皮 足 厚

暗示：很厚臉皮的人，別人的嘲笑他不在乎。
註解：面底皮→臉皮的意思。

⊙足 戽 賢
　　hoo²

暗示：對某事都很好奇。
註解：戽→汲、撥。

⊙虎 瘝 水 牛 斀
　　san⁷　　yap⁸

暗示：老虎和水牛非常健壯，時間拉長已感到厭倦，指疲勞不
　　　堪。
註解：瘝→疲勞，斀→累。

⊙人 無 千 日 好 花 無 白 日 紅
　lang⁵

暗示：人不可能一年四季都很健康，花也好不到那邊去。
註解：千日→多年。百日→100天算百日，但這裡的意思是很多
　　　時日。

⊙九 月 颱，淒 慘 無 人 知
　　　thai⁷　ci⁵¹ cham²　lang⁵ zai⁷

暗示：九月份來的颱風大致上都會造成嚴重的後果。
註解：九月颱→九月份的颱風。淒慘→不幸。

⊙大 小 漢 概 差 遐 濟
　　　khai⁷　hiah⁴ ze²

暗示：大小怎麼會差那麼多。
註解：概→為什麼。遐→那麼。濟→多。

⊙一支喙 鬍喺喺
　chui² hoo⁵ lui³ lui²
　ㄔㄨㄟˊ ㄏㄛˋ ㄅㄨㄧˇ ㄅㄨㄧˊ

暗示：一支油腔滑調的嘴。

註解：喙→嘴。鬍喺喺→油腔滑調。

⊙只要樹頭 倚 得 在，毋驚樹尾做風颱
　　　　khah⁷ di¹ zai² 　ㄇˇ　　　　 thai⁷
　　　　ㄎㄚˋ ㄅㄧ ㄗㄞˊ　m³ 　　　　 ㄊㄞˊ

暗示：只要做得正不怕閒言閒語。

註解：倚＝站。得在＝安穩 。毋→不。

⊙人 徎 食燒 伊 徎 喊冷
　　deh⁸ ziah⁸　i¹　deh⁸
　　ㄅㄝˊ ㄐㄧㄚˊ ㄧ　 ㄅㄝˊ

暗示：吃不到葡萄說葡萄酸。

註解：徎＝在。伊＝他。

⊙目睭 皮，無漿 泔
　ziu¹ 　　　ziuⁿ¹ am²
　ㄐㄧㄨ　 　ㄐㄧㄨⁿ ㄚㄇˊ

暗示：誤判情勢或是沒三思而行而大膽直言。

註解：目睭→眼睛。無漿→沒稍加思考 。泔→粥。

⊙長 數 短會
　　siau²
　　ㄒㄧㄠˊ

暗示：親兄弟明算帳較沒事端。

註解：數→帳。

⊙恆汝方便，爰擋做隨便
　hoo³ li¹ 　　　　mai² dong²
　ㄏㄛˇ ㄌㄧ　 　　ㄇㄞˊ ㄅㄤˊ

暗示：不能得寸進尺，適可而止。

註解：恆→給。汝→你。嫒→不要。擋→裝。

⊙一粒 頭^{thau^5}，二 粒 大

暗示：複雜的事一看就頭痛。
註解：一粒→一個。

⊙會^{e^7} 曉^{hiau^2} 偷 食^{ziah^8} 膾^{be^7} 曉^{hiau^2} 拭^{cit^4} 喙^{chui^2}

暗示：在外面胡作非為（花心），回到家裏行為卻又不懂收斂。
註解：會曉→知道、了解。食→吃。膾曉→不會、不知。拭→
　　　　擦。喙→嘴。

⊙敢^{ka^{n2}} 兮^{e^5} 攕^{theh^8} 去^{khi^2} 食^{ziah^8}

暗示：貪心的佔便宜。
註解：敢兮→敢的。攕→拿。食→吃。

⊙軟 塗^{thoo^5} 深 櫸^{kut^8}

暗示：吃定對方的軟弱無能。
註解：櫸→扒土。軟塗→泥巴。

⊙擔^{da^{n1}} 屎^{sai^2} 無 偷 啉^{lin^7}

暗示：不是真正的忠厚老實，也就是某方面有所隱瞞。
註解：擔屎→挑大便。啉→喝。

⊙浪^{long^3} 溜^{liu^1} 嗹^{lian^7}

暗示：失敗、失業、一無所有，到處閒蕩閒聊（無所事是）。

註解：溜嗹→多言或放蕩。

⊙溜痞仔囝
liu^2 phi^1 a^2 kia^{n2}
ㄌㄧㄨˊ ㄆㄧ ㄚˊ ㄍㄧㄚˊ

暗示：不敢擔當，不成才、不長進的小孩。

註解：溜痞仔→小鬼。卒仔囝→無名小子，遊手好閒成不了大器。

⊙大目新娘無看到瓦斯
boo^5 kah^4 su^2
ㄅㄛˊ ㄍㄚˋ ㄙㄨˊ

暗示：指責對方的不專心，做事敷衍了事。

註解：大目新娘＝眼睛放在口袋的人。

⊙七仔笑八仔
a^2 a^2
ㄚˊ ㄚˊ

暗示：龜笑鱉無尾或是半斤八兩的意思。

註解：七仔→7的。八仔→8的。

⊙攏講膾伸律
$long^1$ be^7 $chun^1$ cia^1
ㄌㄨㄥ ㄅㄝˇ ㄘㄨㄥ ㄑㄧㄚ

暗示：怎麼講他就是聽不進去，腦筋反應很慢。

註解：攏→都。膾→不會。伸律→醒悟。

⊙桌頂捏柑
din^2 ni^1 kam^1
ㄉㄧㄥˊ ㄋㄧ ㄍㄚ

暗示：非常的簡單，容易處理的事情。

註解：桌頂→桌上。捏→拿。柑→柑仔，水果類的一種。足干單→很簡單。

⊙共款兮物件食膾濟
$kang^7$ $kuan^2$ e^5 mih^8 $ziah^8$ be^7 zei^7
ㄍㄤ ㄎㄢˊ ㄝˊ ㄇㄧˋ ㄐㄧㄚˋ ㄅㄚˇ ㄐㄧㄝˇ

暗示：都是同一種的東西量多就不會，物以稀為貴的大啃。

註解：共款→同樣、同種。兮物件→的東西。食＝吃。膾濟＝不多。

⊙魂 不 附 體
hun⁵ bu² hu¹ the²

暗示：心不在焉或是六神無主，恍恍惚惚似的。

註解：魂→指沈迷而銷魂。

⊙開 飯 店 佫 徎 驚 人 大 食
khui¹ bang¹ diam⁵ koh⁴ deh⁸ ziah⁸

暗示：開大飯店又怕人大吃大喝。

註解：佫→又。徎→在。大食→大吃特吃。

⊙裁 縫 做 衫 無 用 尺
sa^n¹ boo⁵

暗示：自有分寸，自有定奪。

註解：裁縫→裁縫師。衫→衣服。

⊙裁 縫 師 無 帶（撝）尺
sai⁷

暗示：存心不良（心懷不軌）。

註解：裁縫師→做衣服的專業師傅。

⊙看 貓 仔 無 點
niau¹ a² boo⁵ diam¹

暗示：瞧不起我，鄙視別人。

註解：看貓仔→輕視之意。無點→不起眼。

⊙媠 尫 歹 照 顧
sui² ang¹ bai²

暗示：英俊的先生人人愛容易變成多情種，要做專屬的好先生可就困難。

註解：媠→美的、好的。尪→先生。歹→難，不好。

⊙假攔頭
ke[1] nua[5] thau[5]

暗示：假裝不會或不行的意思。

註解：假攔→故意做個假動作。

⊙歹銅舊錫
bai[2] ku[1] ciah[4]

暗示：東西已殘缺不全不敷使用。

註解：歹銅→破銅。舊錫→爛鐵。

⊙死坐活食
ziah[8]

暗示：好吃懶做，甚至很會與人計較貪人的便宜。

註解：死坐→一坐賴不走。活食→好吃。

⊙囝仔人拍炮
kia[n2] a[2] lang[5] pa[2] phau[2]

暗示：不多精或物品不很多的意思。

註解：囝仔→小孩子。拍→打。

⊙親兄弟明算數
hia[n1] siau[2]

暗示：凡是帳目問題都要清清楚楚，免得往後有困擾產生。

註解：親兄弟→親骨肉的兄弟。數→帳目。

⊙細漢嘸知想食老著嘸怎樣
m[3] zai[7] ziah[8] do[1] m[3]

暗示：年青時只想貪玩，年老就會吃到苦頭。
註解：細漢→小時或年青時。嗯→不。食→吃。

⊙一 夜 夫 妻 百 世 恩

暗示：百年修得同船渡，千年修得共枕眠。
註解：一夜→一個晚上。百世→百年。

pang² au³
⊙放 馬 後 炮
ㄆㄤ² ㄠ³

暗示：事情過了已無法再挽回才說大話，也就是所謂的風涼話。
註解：馬後→事情過後的話語。

bat⁸ kha² deh⁸ziah⁸
⊙詷 性 卡 好 徑 食 藥 － 對 症 下 藥
ㄅㄚ⁸ ㄎㄚ² ㄍㄝ⁸ ㄐㄧㄚ⁸

暗示：先了解對方的個性，然而可就好相處。
註解：詷→知道、識。卡→較。徑→在。食→吃。

bue²
⊙論 輩 無 論 歲
ㄅㄨㆤ²

暗示：以前很注重輩份，長輩有序，不論年齡。
註解：論輩→談論輩份。無論歲→而不論歲數。

bik⁴ diong²
⊙一 白 一 漲
ㄅㄧ⁴ ㄉㄧㄛㄥ²

暗示：決對不成問題。
註解：一白→一說就中，千真萬確。一漲→穩贏不輸。

do¹ lu⁷ lo² khah⁴ e² sai²
⊙頭 著 敁 （剃） 落 去 仔， 無 洗 伂 會 使
ㄉㆦ¹ ㄌㄨ⁷ ㄌㄛ² ㄎㄚ⁴ ㆤ² ㄙㄞ²

暗示：已成事實再反駁有何用。

註解：著→已。敨（剿）俚理。　→可、適中。會使→可以。

⊙路 囥 佇 喙
　khng[2] di[2] chui[2]
　ㄎ　ㄉ　ㄘ
　ㄥˊ ㄧˋ ㄨㄧˊ

暗示：不識字或對某地方不熟到哪問到哪。

註解：囥→放、置。佇→在。喙→嘴。

⊙無 錢 怨 債 主，有 錢 開 膾 久
　　　 ze[3]　　　　　 khai[7] be[7]
　　　 ㄗ　　　　　　 ㄎㄞ ㄅㄨ
　　　 ㄝˇ　　　　　　 　 ㄨˊ

暗示：身上沒錢怨東怨西都常怪別人的不是，等到身上有了錢不
　　　知節制省用而隨之花了心。

註解：債主→借錢給別人。膾 →不會。

⊙唔 訓 做 過 大 家 落 落 慄
　m[3] bat[8]　　 dah[8] ke[3] lak[4] lak[4]chuah[4]
　ㄇ　ㄅ　　　　 ㄉ　ㄍ　ㄌ　ㄌ　ㄘ
　ㄛˇ ㄚˋ　　　　 ㄚˋ ㄝˋ ㄚˋ ㄚˋ ㄨㄚˋ

暗示：未曾做過當家，急得心浮氣燥，有點緊張。

註解：唔→不曾。訓 →知道。大家→婆婆。落落慄→心浮氣燥。
　　　　→不停發抖。

⊙福 地 福 人 居

暗示：吉人自有天相，各人命格是不同遭遇各有異。

註解：福地→福因種福果，福地種福人。福人居→福人可自居。

⊙用 骹 骬 碗 想 著 知
　　 kha[1] u[7] wa[n2]
　　 ㄎ　ㄨ　ㄨㄚ
　　 ㄚ　　ㄚ[n2]

暗示：隨便想想都知道。

註解：骹 骬 碗→膝蓋骨。著知→都知道。

⊙嗯 訓 食 過 豬 肉 嗎 訓 看 過 豬 行 路

m³ 万ㄞ 丩丫⁸ ㄍㄝ² 万ㄞ ㄍㄝ² ㄍ丫⁵

暗示：如不曾吃過豬肉的話最起碼也看過豬走路。

註解：嗯→不。訓＝懂、識、知道。行路→走路。

⊙有 錢 開 無 路

暗示：不知錢的可貴，沒有金錢的概念，亂發錢。

註解：開→發、支出。無路→亂發錢的意思。

○空 氣 才 人 革

万²/ㄞ⁷ ㄍ²/㗊⁴

暗示：我的自由你管那麼多。

註解：才→本。人革→人的自由、隨意。

⊙為 王 為 帝

ㄨㄝ⁵/we⁷ ㄉㄝ⁸/deh⁸

暗示：自設門戶，自立為王。

註解：為王→自為王。為帝→自稱為帝。

⊙雙 面 多 鬼

暗示：身懷鬼胎。

註解：雙面→兩方面。多鬼→心裏有陰謀。

⊙草 地 親 戚，食 飽 著 行

ㄑ乃¹/cin^{n1} 丩丫⁵/zia^{n5} 丩丫⁸/ziah⁸ ㄉ乙²/do² ㄍ丫⁵/kia^{n5}

暗示：庄骹（鄉下）的親戚比較隨意吃飽就走，客套一切免了。

註解：親戚→親友。食飽→吃飽。著行→就走。

⊙無 煩 無 惱－身 革 恆 像 阿 卜 倒

暗示：無煩無憂一身輕。

註解：無惱→無憂。革恆→裝成一付。阿卜倒→不倒翁。

⊙大 食 獪 曉 算

暗示：只曉得拚命賺錢而沒去衡量利潤。

註解：大食→狼吞虎嚥狀。獪→不會。

⊙遀 轎 後 來

暗示：父亡母親再嫁跟隨至繼父家。

註解：遀→跟隨。

⊙呣 知 天 地 幾 斤 重

暗示：不知天高地厚（不知事情的嚴重性）。

註解：呣→不。

⊙臭 憚，免 納 稅 金

暗示：吹牛是不用負行政責任的。

註解：憚→畏懼；憚改。畏怕。「憚我不暇」集註：「憚，勞也」見詩小雅。

⊙著 顧 活 人 呣 偅 顧 死 人

暗示：逝者已矣生者可追的意思。

註解：著→要。唔→不要。通→可。

⊙雙 骹 踏 雙 船 心 頭 亂 暈 暈
　　kha[1]　　　　　　　　　　hun[7] hun[7]

暗示：一心兩用到時是一場空。

註解：骹→腳。暈→眩。

⊙嬤 食 抑 嬤 掠
　beh[4]　　yah[4] beh[4] liak[4]

暗示：吃飽還要帶東西走，有貪心的意念。

註解：嬤→要。食→吃。抑→也要。掠→拿、推、攜。

⊙掩 掩 掜 掜
　ɛm[1]　am[1]　yap[8] yap[8]

暗示：躲躲藏藏怕別人知道。

註解：掩掩→掩耳盜鈴或遮蓋。

⊙歹 囝 囡 仔 厚 躙 頭
　phai[n2] kia[n2] kin[n2] a[2]　　nua[7]

暗示：不學好的孩子點子特多。

註解：歹→壞。囝→專指兒子。囡→孩子，娃娃。躙→倒身翻滾。

⊙酒 醉 心 頭 定
　zui[3]　　　thau[5] dia[n7]

暗示：其實酒醉心還是清醒，但是很多藉酒裝瘋真是多的是。

註解：酒醉→喝醉酒。心頭→心底。

⊙醉 過 三 分 吐 真 言
　zui[2]

暗示：人性弱點三分醉意會道盡心中的實言。

註解：醉過三分→三分醉意。真言→內心的話。

⊙怨 生 無 怨 死
（wan[2]　　　wan[2]）

暗示：人生的恩恩怨怨到死就終結。

註解：怨生→人與人間的忌恨要憎惡。無怨死→逝者就沒怨恨。

⊙起 手 無 回 大 丈 夫，觀 棋 不 語 真 君 子
（boo[5]　　　　　kin[5]）

暗示：旁觀者清。

註解：無回→不回手。不語→不能開口。

⊙目 睭 皮 揸 無 起
（zui[1]　sa[1]）

暗示：太輕估事情的演變。

註解：目睭→眼睛。揸→亂抓。

⊙揸 無 寮 仔 門
（sa[1]　boo[5] lau[5] a[2] mng[5]）

暗示：摸不著對方的底細，比喻抓不到邊，找不出要點。

註解：揸→亂抓，揸攏無。寮仔門→寮子的門。

⊙摃 狗 愛 帶 念 主 人
（kong[2]　　　　lang[5]）

暗示：打別人的狗要考慮主人在場，要給面子與尊重。

註解：摃→用棍、棒打。帶念→考慮、三思。

⊙無 趁 汝 兮 湯 抑 無 趁 汝 兮 粒
（than[2] li[2] e[5]　yah[4] than[2] li[2] e[5] liap[8]）

暗示：都沒有沾到你任何好處。

註解：趁→賺。汝→你。抑→也。兮→的。粒→好處。

⊙人看人討厭 鬼看鬼掠狂
　　　　　　ya²　　　　liah⁴

暗示：沒有人接受他或不受他人歡迎的人。

註解：掠狂→抓狂。

⊙好話講盡
　　　kong¹

暗示：好聽的話已經都說完了。

註解：講→說。

⊙助產士生囝
　　　　　kiaⁿ²

暗示：木棉花（高雄市市花）偏音；班肌。

註解：囝→專指兒子。

⊙有錢日日節，無錢節節空

暗示：描述「有錢」和「無錢」的人的差別，有錢不必「日日
　　　節」，否則一沒錢就會「節節空」，勸人應節儉，不要賺
　　　十元花十元，過著奢靡的生活。

註解：有錢日日節→每天都是節日。無錢節節空→平日過年節買
　　　不能魚肉，於是無錢節節空。

⊙死坐活食
　　　　ziah⁸

暗示：好吃懶做，整日無所是事到處遊蕩。

註解：死坐→一坐就不想動。活食→大口大口吞嚥。

⊙死 皮 活 爛
　　phe⁵　nau⁷

暗示：死纏而不放，死賴皮。

註解：死皮→死纏不放。活爛→賴不走。

⊙贏 贏 徼 博 甲 輸 輸 去
　　　kiau³buah⁸

暗示：原本是一件好事卻被搞砸，或是明明是贏的局卻被疏忽而失了大局。

註解：徼→賭博。

⊙食 飽 換 餓
　ziah⁸　　yau¹

暗示：明明不可為而為之或是原本是不須要的東西，而給帶回來。

註解：食→吃。餓→肌餓。

⊙奉 旨 出 朝 豬 肉 三 剢
　　　　　　　　liau⁵

暗示：俏皮話，自喻聖旨到要三塊豬肉回敬。

註解：剢→用刀子割剝薄薄的表層。剢下脂肪層。

⊙欲 食 胡 神 加 誌 欱
　beh⁴ziah⁸　cin⁵　di²hap⁸

暗示：要的話就自己來（而不能老是依賴別人）。

註解：欲→要。食→吃。胡神→蒼蠅。加誌→自己。欱→飲進，同「喝」。「吐爛生風，欱野歕山」。總括趨欱，箭馳風疾或合的意思。

⊙棺 材 是 貯 死 兮 嘸 是 徑 貯 老 兮

暗示：棺材不一定就是裝老年人。

註解：貯→裝填。兮→的。嘸→不是。徑→在。

⊙疼 甲 像 雞 仔 徑 啄 醬

暗示：非常的痛，痛得真要人命。

註解：徑→在。啄→小鳥啄木。醬→塗髒，搞亂，或稀爛。

⊙校 長 兼 摃 鐘

暗示：一切都是自己來或是一貫作業，一手包辦。

註解：兼→和。摃→擊、敲。

⊙緊 張 皷 皷 愫，胃 痛 嘸 傌 拖

暗示：嚇得不停發抖，胃痛趕快看醫生，不能延遲。

註解：皷皷愫→直發抖。嘸→不能。傌→可。拖→拖延遲。

⊙捶 胸 坎 蹢 骸 蹄

暗示：非常生氣（表示對葉種事情的不滿）。

註解：捶→擊、敲。胸坎→胸部。蹢→大力踱腳。骸蹄→腳底。

⊙目 睭 革 乎 眨 寐 眨 寐

暗示：假裝沒看到或睜一眼閉一眼。

註解：目睭→眼睛。革乎→假裝。眨寐→眼睛合成一小線的視力。

⊙ 做一件好代誌卡好徛食三年兮清菜

(zi² kha¹ deh⁸ ziah⁸　　e⁵)
(ㄐㄧ　ㄎㄚ　ㄉㄝ　ㄐㄧㄚ　　ㄝ)

暗示：做一件好事情好比吃三年的素齋還來得有意義。

註解：代誌→事情。徛→在。食吃。兮→的。

⊙ 掠別人兮拳頭拇摏石獅

(lah⁴　e⁵　bu² zin⁷ sai⁷)
(ㄌㄚ　　ㄝ　ㄎㄡ ㄐㄧㄥ ㄌㄞ)

暗示：藉刀殺人。

註解：掠→捉。兮→的。拳頭拇→握拳。摏→擊、打。

⊙ 別人兮囝死繪了

(e⁵ kia^n2 be⁷)
(ㄝ ㄍㄧㄚ ㄇㄝ)

暗示：自私，不顧別人死活，沒有惻隱之心。

註解：囝→兒子。繪→不會、否。

⊙ 媠穤無俤比愛到卡慘死

(sui² bai² deh⁴　　kha¹cham²)
(ㄙㄨ ㄅㄞ ㄉㄝ　　ㄎㄚ ㄘㄚ)

暗示：情人眼中出西施，所以美醜是沒一定的標準。

註解：媠→美。穤→醜。無俤→沒一定標準。卡慘死→比死還嚴重。

⊙ 算命兮哪繪褒食水著無

(e⁵ na¹ be⁷ bo¹ ziah⁸)
(ㄝ ㄋㄚ ㄇㄝ ㄅㄜ ㄐㄧㄚ)

暗示：算命師要識實務要懂的多說好話才有油水可吃。

註解：兮→的。繪→不會。褒→誇獎。食水→吃肥水。

⊙ 媠無十全穤無禂勾

(sui² zng⁵ bai² ziau⁵ wu^n5)
(ㄙㄨ ㄗㄥ ㄅㄞ ㄐㄧㄠ ㄨㄣ)

暗示：美是沒十全十美，那麼醜是沒壞到人見人怕的地步。

註解：嬌→美。穗→醜。無禮勻→沒有很均勻。

⊙凍酸變員外慷慨會狼狽

dan² khon¹khai³ lion⁷ be⁷

暗示：無限制的施捨到最後變沒錢，反而吝嗇的卻變很有錢。

註解：狼狽→落魄狀或是邋遢的外表。凍酸→吝嗇的意思。慷慨
→樂意捐贈大力施捨。

⊙人勢繪勘得命運作對頭

lang⁵khau⁵ be⁷ kham¹ di¹

暗示：人的能力再多好，最怕的是命運的捉弄。

註解：勢→聰明。繪→不會，勘→癡呆的樣子。

⊙恔兮食戇兮戇兮食天罡

khau² e⁵ ziah⁸ kong⁷ e⁵ kong⁸ e⁵ ziah⁸ thi^ni kong¹

暗示：聰明欺侮老實的，老實的唯臉朝天仰天長嘯。

註解：恔→聰明。兮→的。戇→呆狀遲滯不前。天罡→天公伯
仔。

⊙做無一湯匙食麴歸畚箕

si⁵ ziah⁸ beh⁴ kui¹ bun⁷ ki¹

暗示：每到工作就混水摸魚，遇到要吃點心他都跑第一。

註解：食→吃。麴→要。

⊙好喙好斗去問到一个啞口

chui² dau² e⁵ e¹ kau²

暗示：有事請托於人，對方卻不理不睬。

註解：喙→嘴。好料→不挑食。一个→一個。啞口→不會說話的。

⊙大食神孝男面早睏晏精神

ziah⁸ khun²wa^n²

暗示：貪得無厭而又懶惰，什麼都不做。
註解：早睏→早睡。晏→晚遲、不早。

⊙有錢得王哥柳哥，無錢得林投竹刺

暗示：有錢好辦事，無錢就會到處碰壁。

⊙鱔魚一半尾卡 好 塗 蚓 歸 米 籃
　　　　　khan⁴　thoo⁵kun²kui¹　na⁵
　　　　　ㄎㄢˋ　ㄊㄜˊㄍㄨㄣˊㄍㄨㄧ　ㄋㄚˊ

暗示：好用的東西不用多。
註解：一半尾＝少許幾尾。塗蚓→蚯蚓。米籃→裝填稻米用的農
　　　具。

⊙人 食 喙 水魚食濁水
　　ziah⁸chui²
　　ㄐㄧㄚˋㄗㄨㄧ

暗示：人是靠一張嘴闖江湖，魚是靠水為生。
註解：食→吃。喙→嘴。

⊙無 相 致 得 慘 了 佫 相 害
　sio¹king⁷　cham²　koh⁴sio¹
　ㄒㄧㄜ ㄍㄧㄥˊ　ㄘㄚㄇˋ　ㄍㄜˋㄒㄧㄜ

暗示：不但沒幫忙反而還想辦法陷害。
註解：致→幫忙或是肩並肩。佫→又。

⊙鐵 齒 銅 牙 糟

暗示：常與別人唱反調，頑固不化。
註解：鐵齒→因反對而反對。

⊙食 銅 食 鐵
　ziah⁸　ziah⁸
　ㄐㄧㄚˋ　ㄐㄧㄚˋ

暗示：大小通吃，不會挑選東西。

註解：食銅→「銅」都吃得下其他還有什麼不能吃。

⊙著勢拍算嘸傱勢糸鑽

do¹ khau²ba² sng² ㄇ³ thng¹kau⁵ lak⁴ zng³

暗示：多讚美少批評（多多比較賺錢的竅門，而不要考誇耀自己工作能力）。

註解：勢→很會、能力好。拍算→打算。嘸傱→不要。糸→鑽孔。

⊙查伙（甫）人攏食一支喙

boo¹ lang⁵long¹ziah⁸ chui⁷

暗示：男人就是很會油腔滑調。

註解：查伙人→男人。攏→都。喙→嘴。

⊙厝內新婦三頓燒過路查囝半路搖

chu² sin⁷bu⁷ dng⁷ za³kia⁸

暗示：再壞的媳婦起碼有三餐飽，路途遙遠的子兒可就緩不濟急。

註解：新婦→媳婦。三頓→三餐。查囝→女兒。半路遙→遙遙無期。

⊙著憑命底嘸傱憑响馬

do¹ phing⁷ de² ㄇ³ thng¹phing⁷hiang⁵

暗示：人而有命，生而有格，而不要自誇能力、才華多麼好。

註解：憑→依。命底→命格。嘸→不。傱→能。

⊙講恆汝訓我喙鬚好拍結

hoo³ li² vat⁸ gua²chui²chiu¹ pa²

暗示：說清楚讓你了解還真須費一番工夫。

註解：恆→給。汝→你。喙→嘴。拍結→打結。

⊙擇 水 拱 看 天
　kiah⁴　　 kong²
　　ㄍ　　　ㄍ
　　ㄚ　　　ㄛ

暗示： 井底水蛙，不知天有多大，地有多廣。也有另一種說法看
　　　　不起對方。

註解： 擇→拿。水拱→水管。

⊙作 到 歹 田 望 後 冬 焄 到 歹 姆 一 世 人
　　　 bai²　　　　　　 chuh⁸　　 bai² boo²
　　　 ㄅ　　　　　　　 ㄘ　　　 ㄅ　ㄅ
　　　 ㄞ　　　　　　　 ㄨ　　　 ㄞ　ㄛ
　　　 ˇ　　　　　　　 ˙　　　　ˇ　˙

暗示： 一年的不如意期待明年，那麼娶妻是一生的事情。

註解： 歹→壞。焄→娶。姆→太太。

⊙草 繩 仔 長 長 相 柱 會 到
　　 so¹ a²　　　　 sio¹ du²
　　 ㄙ ㄚ　　　　　ㄒ　ㄉ
　　 ㄛ ㄚ　　　　　ㄛ　ㄨ
　　 ˉ ²　　　　　 ˉ　²

暗示： 不要欺人太甚，地球是圓的。

註解： 相柱→相遇。

⊙搖 搖 跛 跛 跋 咧 幾 落 介
　　　 bai² bai² pah⁴ le³　 kui¹　 kai²
　　　 ㄅ　ㄅ　ㄅ　ㄌ　 ㄍ　　ㄍ
　　　 ㄞ　ㄞ　ㄚ　ㄝ　 ㄨ　　ㄞ
　　　 ˇ　ˇ　⁴　³　　 ¹　　ˇ

暗示： 重心沒站穩就會常跌倒。

註解： 跛跛→一枴一枴。跋咧→跌了。幾落介→好幾次。

⊙牛 性 地 厚 皮 氣
　 ku⁵　　　 kau⁷ phi⁵ khi²
　 ㄍ　　　 ㄍ　 ㄆ　 ㄎ
　 ㄨ　　　 ㄨ　 ㄧ　 ㄞ
　 ⁵　　　 ⁷　 ⁵　 ²

暗示： 牛皮氣，常發怒。

註解： 牛性地→牛皮氣。厚皮氣→常發皮氣。

⊙吧 吻 仔 笑 使 目 尾 撋 一 个 目 鏡 船 放 煙 火
　 ba¹ bun⁷ a²　 sai¹　　　 theh⁸　 e⁵
　 ㄅ　ㄅ　ㄚ　 ㄙ　　　　 ㄊ　　ㄝ
　 ㄚ　ㄨ　ㄚ　 ㄞ　　　　 ㄝ　　ㄝ
　 ¹　⁷　²　 ¹　　　　 ⁸　　⁵

暗示： 面帶微笑拋眉眼，還有一付很愉快的心情放煙火。

註解：吧吻仔笑→微笑。使目尾→尾眼。

⊙一不作二不休三不作結怨仇

暗示：遇到事情該處理就處理不然到最後造成誤會可就麻煩大。

註解：一不作→初動作要快不能不行動。二不休→再次就不能罷休。三不作→一而再再而三，再不行動的話事情可就鬧大了。

zit¹ lo² do¹ ziok⁴ ziah⁸

⊙一落手著足食力

暗示：動作迅速使人來不及防備，就會很嚴重。

註解：一下手→動手迅速，足→很。食力→吃力。

li⁷ li⁷ lauk⁴lauk⁴ zin¹ bai¹

⊙哩哩嘍嘍（落落）誠歹看

暗示：一塌糊塗有夠難看。

註解：哩哩→說話不清楚貌。嘍嘍（落落）→語亂絮繁。誠→很。歹→難。

lu¹ kai² e⁵ kian²

⊙敁一介頭三日兮愿頭

暗示：理一次頭髮連續三天都會覺得戇呆戇呆，是一種半開玩笑話。

註解：敁→理。愿→不聰明狀。介→次。

zin¹ m³ le² kiam¹

⊙我誠唔相信汝會飛天兼鑽地

暗示：我真不相信你有通天的本領。

註解：誠→很。唔→不。汝→你。兼→和。

khng² khng²

⊙酒囥久會芳病囥久會重

暗示：酒是愈陳愈香，那麼病拖愈久愈嚴重。

註解：囥→放、置。

⊙尻 川 生 一 粒 瘡 放 屎 扞 掩 缸
　kha¹chng¹　　　　chng¹　　sai²mooh⁸am¹ kng¹

暗示：屁股生瘡非常的痛不能坐馬桶。

註解：尻川→屁股。扞→扶著。掩缸→水缸。

⊙胸 坎 哪 樓 梯 腹 肚 哪 水 櫃
　kham²na¹　　　　　　na¹　　khui¹

暗示：形容那個人身材瘦如材骨。

註解：胸坎→胸骨。哪→很像。

⊙歸 日 痞 神 痞 神 行 路 骸 咧 骸 咧
　kui¹　se³　se³　kiaⁿ⁵　hiaⁿ²le³ hiaⁿ²le³

暗示：整天都無精打彩。

註解：歸日→整日。痞神→氣虛神眩。骸咧→路崎嶇不平，行其
　　　上搖擺晃動，人坐車上也搖擺晃動。

⊙講 兮 一 套 做 兮 抑 一 套
　　e⁵　　　　　　e⁵ yah⁴

暗示：做法前後不一。

註解：一套→一種方法。兮→的。抑→也。

⊙對 死 唔 食 來
　dui²　　m⁷ziah⁸

暗示：說到吃他都是衝烽上陣強第一。

註解：唔→不。食→吃。

⊙講 甲 喙 角 攏 全 泡
　kong¹　chui²　long¹　pho¹

暗示：理由一大堆都是自己的對，口沫橫飛。

註解：喙→嘴。攏→都。

⊙愛嬌著唔驚流鼻水
ai² sui² do¹ m³

暗示：趕時髦不怕風寒。

註解：愛嬌→愛漂亮。唔→不驚、不怕。

⊙恆人方便伊當做隨便
hoo³ i¹ dong²

暗示：別人給我們方便，我們不能當隨便。

註解：恆人→給別人。伊→他。僧、當。

⊙講甲真拄真仁拄仁
kong¹ zi¹ du¹ zi¹ zin³ du¹ zin²

暗示：講的還真有一套 似的（好像有那麼一回事）。

註解：真拄真→真的確實無誤。

⊙食苦僧做食補
ziah⁸ dong² ziah⁸

暗示：吃得苦中苦方為人上人。

註解：食苦→吃苦。僧→當。

⊙好心迻恆雷呂
sauh⁴ hoo³ zim¹

暗示：好心卻沒得到好回報。

註解：迻→緊。恆→給。呂→吻。

⊙洗面洗耳邊掃地掃壁邊

暗示：只注重外表而忽略了內在美（定點清洗）。
註解：洗面→洗臉。

⊙三長二短七長八短 恂恂 著 像 傀 儡
$khoo^3 khoo^3 do^1 \; ciu^{n7} \; ciah^4 \; leh^8$

暗示：萬一有不幸的事整個人傻呆像個木偶。
註解：三長二短→不幸的事。恂恂→愚蠢。傀儡→木偶。

⊙萬年久遠不能超生

暗示：永永遠遠無法復生。
註解：萬年＝長久。

⊙倒宗 佮 倒歸房
$khah^4$

暗示：一面倒家族性的不幸。
註解：倒宗→影響到列宗。

⊙舉頭三尺有神明

暗示：勸人壞事不要做，頭頂三尺有神明在監督。
註解：三尺→頭頂上三尺。

⊙搶頭香
$ciu^{n2} \; thau^5$

暗示：以前流傳下來的每年農曆最後一天晚上準時24:00廟宇開
大門讓信徒虔誠膜拜神明，然後以最快速度將第一柱香插
入香爐表示新的一年已開始好彩頭，全家大小萬事如意發
大財。
註解：搶頭→搶第一柱香。

⊙一值甲 磕骹 磕骹
di¹ khap⁸kha¹khap⁸kha¹
ㄅ¹ ㄎㄚ¹ ㄎㄚ⁸ ㄎㄚ¹

暗示：很接近的意思。
註解：磕骹磕骹→不相上下，很接近。

⊙酒會改愁，愁中更愁

暗示：藉酒解悶，其實會悶中更悶。
註解：改愁→解除心中的愁悶。

○真藥治假病，真病無藥醫

暗示：真藥治小病，真病（癌症）無藥可醫治。
註解：假病→一般的病。真病→絕症。

⊙有錢是萬能，無錢是萬萬不能

暗示：有錢是萬事通，無錢什麼都不通。
註解：萬萬→任何事、種種。

⊙擋無三下斧頭鋬著喊收兵
dong²   boo¹ khng¹ do¹
ㄉㄨㄥ²   ㄅㄨ¹ ㄎㄥ¹ㄉㄜㄥ²

暗示：開玩笑的話句稱對方為「雞型」。
註解：斧頭鋬→斧頭砸。

⊙一隻雞肥脙脙有皮咬無骨
bui⁵ lut⁸ lut⁸
ㄅㄨㄧ⁵ ㄉㄨㄥ⁸ ㄉㄨㄥ⁸

暗示：牛大便。
註解：一隻雞→一堆。肥脙脙→肥肥壯壯（都是肉，沒有骨頭）。

⊙尪姆代尪姆代，尪姆尚好無誌代，卡獪哄笑做得來
（ang¹ boo² ang¹ boo² ang¹ boo² di² dai⁷ khah⁴ be¹ hoo⁵）

暗示：床頭打床尾和。夫妻彼此要和告之道互相容忍，才不致別
人看笑話。

註解：尪姆→夫妻。無誌代→不要發生狀況。卡獪→比較不會。
恆→給人。

⊙半路佇認親戚，嬡烏白叫人阿娘
（deh⁴ mai² oo²）

暗示：亂套交情，亂攀關係。

註解：佇→在。嬡→不要。烏白→亂。

⊙得到一寡仔祖公屎獪使革甲足大麥
（kuaⁿ⁵ a² sai² be⁷ sai³ kik⁴ duah⁴ hai⁷）

暗示：得到祖先產業，不要太過招搖與太過奢侈。

註解：一寡→一點點。祖公屎→祖先產業。獪使→不可。革甲→
裝成。大麥→氣勢、派頭很大。

⊙大目新娘無看到灶，細蕊新娘無看到瓦斯
（bak⁴ lui²）

暗示：責罵對方眼睛是放在那裡。

註解：大目→大眼睛。細蕊→小眼。

⊙戇人有戇福歹兮卡獪掔歸簏
（kong⁷lang⁵ kong⁷ bai² e⁵ khah⁴ be⁷ thaⁿ¹ lok⁴）

暗示：天罡疼憨人。

註解：戇人→愚笨的人。歹→壞。獪→不會。掔→手心向上托住
東西。歸簏→整個袋子。

⊙一畚箕塗蚓柱著鴨母空咧咧
pun² ki¹ doo⁵ kun² tu²　　　　le³ le⁷
ㄅ²ㄍ¹ㄉㄜ⁵ㄍ²ㄉ²　　　ㄌㄝ³ㄌㄝ⁷

暗示：條件不夠或是不夠看（不夠吃）。

註解：畚箕→竹片做成的一種農具。塗蚓→蚯蚓。柱→遇。

⊙無聽老人言食虧在眼前
lang⁵ken⁵ ziah⁸ khui¹
ㄌㄤ⁵ㄍㄣ⁵ ㄐㄧㄚ ㄎㄨㄧ

暗示：多聽聽老一輩的訓語，必竟老人經驗豐富。

註解：老人言→前輩的話。食虧→吃虧。

⊙比豬狗猙牲卡不如
di¹　　zin⁷ se¹ khah⁴
ㄅ²　　ㄐㄧㄣ ㄙㄝ ㄎㄚ

暗示：罵對方比不上豬狗或低等動物類。

註解：猙牲→畜牲。卡→還。

⊙氣死驗無傷，睖死暗內傷
khi³　　　　kin⁵　am²
ㄎㄧ²　　　ㄍㄧㄣ　ㄚ ㆴ

暗示：死無對症，瞪目是會得內傷。

註解：睖→瞪目視人。暗內傷→內傷。

⊙二角找五分
zau⁷
ㄗㄠ⁷

暗示：愛覺悟。

註解：找→換。

⊙查伙田查姆岸
za⁷ boo¹　za⁷ boo² hua^{n7}
ㄗ⁷ㄅㄜ¹　ㄗ⁷ㄅㄜ²ㄏㄨ^{n7}

暗示：男人好比女人的一塊田地要彼此生活，女人好比男人的後盾（一個成功的男人，後面一定有一個偉大的女人）。

註解：查伙→男人。查姆→女人。

⊙小 鉳 勤 勤 儉 大 鉳 隨 在 天
buh⁴ cin⁵ cin⁵ khiam⁷ buh⁴

暗示：發小財要懂得勤儉，想發大財得看天命。

註解：小鉳→發小財。大鉳→大富大貴。

⊙歹 天 厚 黑 雲 歹 查 姆 厚 查 囡 仔 群
bai² kau³ bai² za⁷ boo² kau³ za⁷ zin^n2 a²

暗示：天色變壞烏雲密佈，女人要變壞會成群結黨。

註解：歹＝壞。查姆＝女人。查囡→女子。

⊙走 廊 食 飽 人 兜 坐 三 工 穿 破 四 雙 鞋
long⁵ dau¹

暗示：吃飯撐著遊手好閒到處遊蕩。

註解：人兜坐→別人家坐。

⊙濟 人 嫌 少 人 呵 咾
zen² lang⁵ zio¹ lang⁵ o⁷ lo²

暗示：很多人在談論他人的不是，而誇獎的很少。

註解：濟人→很多人。阿咾→誇獎。

⊙暗 路 行 一 下 久 會 拄 到 鬼
am² kia^n5 e⁵ du¹

暗示：暗路走多會遇到鬼。

註解：暗路→夜路。行→走。拄→遇。

⊙騙 食 害 絞 騙 色 免 呵
phe² ziah⁸ ko¹ phe² o⁷

暗示：騙吃騙喝騙女色害死良家還自以為是。

註解：絞→纏。免咾→不要誇耀自己。

⊙食 十 二 萬 斤 兮 張 持 食 倩 飯 等 汝
diu^{n1} di^5 ziah^8 cin^2
ㄅㄨ ㄅㄜ ㄐㄚ ㄑㄥ

暗示：嗆聲！一切我奉陪。

註解：張持→注意。食倩飯→閒著什麼時候任你來。

⊙竹 篙 撓 化 學 池
ko^1 la^7
ㄍㄜ ㄚ

暗示：愈臭（嚕臭）

註解：竹篙→竹竿。撓→攪伴。

⊙拉 溫 仔 燒 燜 燜 仔 火
la^7 pun^1 sio^1 bun^7 bun^7 a^2
ㄌㄚ ㄅㄛ ㄒㄜ ㄅㄨ ㄅㄨ ㄚ

暗示：慢工出細火。

註解：拉溫燒→點點熟度。燜燜→慢火將水煮乾悶熱。

⊙人 無 親 塗 佫 卡 親
thoo^5 koh^4 khah^4
ㄊㄜ ㄍㄜ ㄎㄚ

暗示：故鄉的土比人還親（人與土長相廝守，也就是長長久久）。

註解：塗→土。佫→更。

⊙食 人 飯 犯 人 問
ziah^8 lang^5 bng^7 lang^5
ㄐㄚ ㄌㄤ ㄅㄥ ㄌㄤ

暗示：出錢請你，就是要你為他工作，天底下那有肯出錢請一位叫不動、說不得的員工的老闆呢？因此「食人飯，犯人問」對「食人飯」者是一種義務。所以為別人做事，他人對我們釋出，都是一種互相與彼此的互利而得之。

註解：食人飯→指受僱於人。犯人問→是說要聽從出錢僱你的老闆的指派。

⊙天 罡 疼 戇 人 戇 人 有 戇 福
kong¹ kong⁷ kong⁷ kong⁷

暗示：憨憨呆呆其實是更有福氣。

註解：天罡→天公伯仔。戇人→愚笨的人。

⊙雞 脹 仙 兮 歕 無 風 臭 彈 仙 兮 過 山 風
kui⁷ e⁵ bun⁵ dua^{n7}

暗示：吹牛的太過火（亂蓋）。

註解：脹→家禽的脹囊。歕→吹。臭彈→亂蓋。

⊙頭 大 面 四 方 肚 大 積 財 王
thau⁵

暗示：頭大、肚大是福相富有的格。

註解：面四方→四四方方。錢財王→有錢人。

⊙相 罵 恨 無 話，相 拍 恨 無 力
pa²

暗示：鬧翻了什麼都使得出來。

註解：拍→打。

⊙坐 恆 正 卡 會 得 人 疼（惜）
hoo³ khah⁴ e²

暗示：站有站姿坐有坐姿才不會被人認為輕浮。

註解：恆→給、使。卡→較。

⊙看 狗 大 細 隻，看 人 大 細 目

暗示：輕視之意。

註解：大細→大小。

⊙有 狀 元 學 生 著 無 狀 元 先 生

暗示：名師出高徒。

註解：著→就。先生→老師。

⊙艱 苦 頭 快 活 尾

暗示：先苦後甘。

註解：艱苦頭→前面的吃苦。

⊙烏 卒 仔 抑 曾 食 過 河

暗示：小兵撈過界。也可說是不能小看對方的來歷，小兵立大功。

註解：烏卒→小人物。抑→也。食→吃。

⊙日 時 仔 拋 拋 走 暗 時 點 燈 臂

暗示：白天到處摸魚，晚上點個蠟燭假裝很認真似的。

註解：日時→白天。拋拋→到處閒晃。燈臂→蠟燭。

⊙食 方 便 菜 扒 歸 落 碗 飯

暗示：隨便（方便）的菜而卻吃了好幾碗飯。

註解：食→吃。扒→把東西撈進來。

⊙富 雨 人 家

暗示：有錢有勢的人。

註解：富雨→有錢的人。

⊙田 園 歸 仔 甲 死 鳥 飛 儈 過

⊙田 園 歸 仔 甲 死 鳥 飛 儈 過（kui¹ a² … be⁷）

暗示：是一種俏皮話，其實是沒有田地的意思。

註解：歸落→好幾甲。儈→不會。

⊙青 食 著 無 拘 抑 佫 有 樋 曝 干

暗示：生的吃都不夠了還那來曬乾。

註解：青食→生食。無拘→不夠。抑→那。佫→還。樋→可。曝
乾→沒有水份蒸乾。

⊙講 話 攏 唅 血 哸 天

暗示：講話都血口噴人。

註解：攏→都。唅→含。哸→噴。

⊙挵 無 死 嘛 偆 半 條 命

暗示：意思是被整得半死。

註解：挵→撞。偆→剩。

⊙綴 人 著 無 一 个 濁 水 紋

暗示：跟隨別人沒一點點水波樣。

註解：綴人→坊間文獻可找到的用「綴、 隶 逮」而也有造字跟
隨的意思）。無一个→沒一點點。

⊙革 恆 皮 皮 食 恆 僚 糍

暗示：凡任何事把當做不在乎。

註解：革恆→裝作。皮皮→不在乎。潦糙→外表看起來很髒。

⊙ 繪 曉 挨 琴 顧 絞 線，繪 曉 唱 出 顧 噴 泹
　be⁷ Hiau²e⁷　Koo⁵kah⁴　be⁷ Hiau²　　Pun² Nua⁷

暗示：沒做過任何事，無經驗，所以做起來頻鬧笑話，或是曾做
　　　　過某事，但經驗不足，所以做起來錯誤百出`。

註解：繪曉→不會。挨→拉。顧絞→專注轉緊。噴泹→噴口水。

⊙ 無 肉 怨 人 大 尻 川
　　　　　　　kha¹ chng¹

暗示：自己吃不胖嘲笑他人人屁股。

註解：尻川→屁股。

⊙ 看 久 緣 著 浮
　　　　do¹

暗示：相處久就會產生好感。

註解：著→就。

⊙ 大 睏 三 千 暝 小 睏 四 月 日
　khun²　　　mi⁵　Khun²

暗示：每次去找他老是在睡覺（有喻對方的懶惰之意思）。

註解：睏→睡。暝→夜晚。

⊙ 骹 接 骹 前 骹 至 接 繪 到 後 骹
　kha¹　kha¹　kha¹ Zi² Zip⁸ be⁷　　kha¹

暗示：前後不一的意思。

註解：骹→腳。至接→合；密。繪→不會。

⊙紅 關 公 白 目 眉 獸 食 甲 誌 來
（mai⁵ beh⁴ziah⁸　di²）

暗示：西瓜的意思。

註解：目眉→眉毛。獸→要。食→吃。甲誌→自己。

⊙散 赤 人 獪 積 歸 人
（san² ciah⁴ lang⁵ be⁷　lang⁵）

暗示：窮人不是一生的窮，也沒有特定對象。

註解：散赤→窮人。獪→不會。

⊙一 媠 二 緣 三 媠 四 少 年 五 好 喙
（sui²　　　sui²）

　　六 敢 跑 七 皮 八 糜 爛 九 強 十 拚 死

暗示：耍嘴皮繞口令。

註解：媠→美。喙→嘴。糜爛→潰爛。

⊙管 加 誌 兮 姆 無 拘 逫 兼 管 別 人 兮 姆 來 閬
（di² e⁵ boo²　kau² suah⁴　　lang⁵ e² doo² dau²）

暗示：太愛多管閒事。

註解：加誌→自己。姆→太太。無拘→不夠。逫→接續。閬→配
　　　合。

⊙嫁 佇 米 粉 寮 無 尪 抑 會 凍 獪 牁
（ke² di²　　liau⁵　ang¹ yah⁴　dong² be⁷ diau⁵）

暗示：久久在工寮做工沒回家，思念家人。

註解：佇→在。尪→先生。抑→也會。獪→不會。牁→著、住、
　　　上。

⊙一粒米一滴汗，汗米攏是辛苦換（long）

暗示：粒粒米都是辛苦得來的。
註解：攏→都。

⊙爬床挽蓆（be⁵ khan²）

暗示：痛得相當難受。
註解：挽 →揭除，剝。

⊙允人卜慘欠人（yin² lang⁵ khah³ cham¹）

暗示：答應的事比欠他人還要緊。
註解：允→答應。卡→好比。

⊙散赤人致到好額人病（san² ciah⁴ lang⁵ di² kiah⁸）

暗示：窮人染上富貴病（ex：糖尿病、心臟病、高血壓）。
註解：散赤→窮人。致→染上。好額人→富貴人家。

⊙一人一步免驚經濟獪進步（be⁷）

暗示：一步一腳印。
註解：免驚→不用怕。獪 →不。

⊙食飽掠虱母相咬（ziah⁸ lah⁸ sap⁸ sio¹ ka⁷）

暗示：閒的太無聊。
註解：掠 →捉。虱母→跳蚤。

⊙見 笑 獪 死 慣 習 著 好
(be[7] / ㄅㆤ[7])

暗示：一切習慣就好。
註解：獪→不會。

⊙講 獪 完 說 獪 盡
(be[7] / ㄅㆤ[7])　(sue[2] / ㄙㆤ[2])　(be[7] / ㄅㆤ[7])

暗示：講不完說不盡。
註解：獪盡＝不盡，或沒完沒了。

⊙救 人 無 功 勞 救 虫 蠕 蠕 趖
(kiau[3] / ㄍㆩ[3])　(kiau[3] / ㄍㆩ[3])　(so[5] / ㄙㆧ[5])

暗示：有功無賞，打破還要自己賠。
註解：蠕蠕趖→移動緩慢的意思。

⊙是 清 楚 姆 是 計 較
(m[3] / ㄇ[3])

暗示：說清楚講明白而不是計較。
註解：姆→不是。

⊙倡 明 兮 日 後 卡 無 長 短 骹 話
(ciang[2] / ㄑㆮ[2])　(e[5] / ㆤ[5])　(kha[2] / ㄎㄚ[2])　(kha[1] / ㄎㄚ[1])

暗示：一切都說個清楚不要往後留個話柄。
註解：倡明→說明白，講清楚。

⊙出 門 仁 恔 恔 入 門 扣 死 姻 老 爺
(kia[5] / ㄍㄧㄚ[5])　(kia[5] / ㄍㄧㄚ[5])　(khoo[2] / ㄎㆦ[2])　(in[1] / ㄧㄣ[1])　(ya[5] / ㄧㄚ[5])

暗示：外出虛善待人回家兇惡待妻小。
註解：恔恔→模糊迷亂。扣→緊、束縛。姻→太太。

⊙會 呼 雞 繪 歕 火
khoo¹ be⁷ bun⁵

暗示：痛得很難受。

註解：呼→大聲叫。繪→不會。歕→吹。

⊙天 外 有 天 人 外 有 人
zin⁵ zin³

暗示：一山比一山高，自認自己高超其實還有別人比我們更高超的。

註解：天外→天以外還有天。人外→我們本身以外還…。

⊙穤 人 常 照 鏡，歹 命 常 相 命
bai² lang⁵ bai² siong²

暗示：醜人多作怪，命不好心裡作祟特別愛找算命先生。

註解：穤人→醜人。歹命→命不好。

⊙喙 誦 經 手 摸 乳
chui²siong⁷

暗示：心懷不軌的吃齋人有非份之想。

註解：喙→嘴。誦→佛教徒唸佛經。

⊙歹 心 毒 幸
phai ⁿ² hing⁷

暗示：心腸惡毒。

註解：歹心→心惡。毒幸→狠毒。

⊙好 心 恆 雷 呂
hoo³ zim¹

暗示：好心腸卻沒得到好的回報。

註解：恆→給。呂→吻。

⊙查囡仔人十八變
za⁷ kin²² a² lang⁵
ㄗㄚˊ ㄍㄢ²² ㄚˊ ㄌㄤ⁵

暗示：女人十八變。

註解：查囡仔→女人。

⊙門扇板捌無綏
dau² an⁵
ㄉㄠ² ㄢ⁵

暗示：彼此合不來。

註解：門扇板→木材做的門。捌→組、裝。無綏→不密合。

⊙胡神跋落鼎
hoo⁷ sin⁵ bah⁸
ㄏㆦ⁷ ㄒㄧㄣ⁵ ㄅㄚˋ

暗示：魯死。

註解：胡神→蒼蠅。跋→跌。

⊙胡神踱屎杯
hoo⁷ sin⁵ lu² sai³ pue¹
ㄏㆦ⁷ ㄒㄧㄣ⁵ ㄌㄨ² ㄙㄞ³ ㄅㄨㆤ¹

暗示：花拳繡腿。

註解：胡神→蒼蠅。踱屎杯→半步半步滑動。

⊙春光長夜晚短
kong¹
ㄍㆲ¹

暗示：春季白天長，夜晚時間較短。

註解：春光→春季時間。

⊙新禮姆設舊禮無除
m³
ㄇ³

暗示：都是一些老套沒有新花樣。

註解：姆→不。

⊙燜柴 添 火 焯
　dah⁴　　　　do²

暗示：火上加油。
註解：燜→乾。焯→燃燒（物品的燒）。

⊙水 洗 火 碳

暗示：永不白（別）。
註解：水洗→用水清洗。

⊙平 平 錢 捉 兮 豬 佫 卡 輸 人
　　　　lah⁸ e⁶　　koh⁴ khah⁴　lang⁵

暗示：都是一樣年紀思想怎麼會差那麼多。
註解：捉→捕。佫卡→怎麼會。

⊙會 生 獪 郍 姆 是 師 父
　　be⁷ bu⁷ m³　　sai⁷

暗示：不疼自己的親骨肉不夠格為人父母。
註解：獪→不會。郍→撫養。姆→不是。

⊙尻 川 後 罵 皇 帝
　kha¹chng¹

暗示：背後說別人的壞話。
註解：尻川→屁股。

⊙胡 神 貪 甜
　hoo⁷sin⁵

暗示：對甜的東西特別有興趣。

註解：胡神→蒼蠅。

⊙食 甲 有 花 樣

暗示：連吃東西也耍花樣。
註解：食→吃。

⊙著 觀 面 熟 唔 傭 看 甚 熟
　　　sik⁴　ㄇ³ thng¹　　　sik⁴
　　ㄒ⁴　m¹　ㄜ⁴　　　　ㄒ⁴
　　ㄧ　　　　ㄜ　　　　　ㄧ

暗示：要察顏觀色，不能當做好玩。
註解：面熟→面色。唔→不。傭→可。甚熟→好玩。

⊙大 隻 山 猴 食 了 米 細 漢 查 囝 唔 訓 大 姊
　　　　　　　ziah⁸　　　　za⁵ kia^n² ㄇ³ bat⁸
　　　　　　ㄐ⁸　　　　　ㄚ　ㄍ^n²m³ ㄅ⁸
　　　　　　ㄧ　　　　　ㄚ　　　　　　ㄚ

暗示：野性的山猴吃了米糧，卻不懂得什麼是感恩。
註解：食了→吃完。查囝→女兒。唔→不。訓→認識。

⊙雙 頭 無 一 徼
　　　　　khah⁴
　　　　　ㄎ⁴
　　　　　ㄠ

暗示：兩邊都沒有頭序，到最後什麼也沒得到。
註解：徼＝冀求非份等意思。台語：博徼

⊙足 賽 呔
　　sai³ thai²
　　ㄙ³ ㄊ²
　　ㄞ　ㄞ

暗示：常扭脾氣。
註解：賽呔→耍脾氣。

⊙睏 嗙 睏 媛 眠 夢
　　bong¹　　mai²
　　ㄅ¹　　　ㄇ²
　　ㄥ　　　ㄞ

暗示：想歸想→不要存太大希望。

註解：睏唪睏→睡歸睡。嬡→不要。

⊙足 泥 浠
　ㄋ¹ ㄒ¹

暗示：手腳不乾淨（不安份守己）。
註解：泥浠→膠著。

⊙讀 十 二 三 冬 嘸 謝 半 塊 屎 桶 仔 枋
　　　　　　ㆬ³ ㄅㄚㆵ⁸　　　ㄙㄞ³ ㄊㄥ¹ ㄚ² ㄅㄤ¹

暗示：讀了好一段時日的書認識沒幾個字。
註解：嘸→不。謝→知曉認識。

⊙豬 哥 神 帶 重

暗示：任意對女人毛手毛腳。
註解：豬哥神→不正經的人。

⊙擋 無 三 下 斧 頭 銎 著 喊 收 兵
　ㄉㆲ²　　　ㆤ² ㆴㄛㆦ¹ ㄎㄥ¹ ㄉㆦ¹
　ㄅㆲ²　　ㄙㆤ²　ㄊㆦ³ ㄎㄥ ㄉㆦ

暗示：力不從心（也有比喻性無能）。
註解：擋→抵、把持。三下→兩參下。斧頭銎＝與刀芒相對，即
　　　刀脊厚的部份。

⊙站 厝 好 厝 邊 作 田 好 田 邊
　　chu²　　chu²
　　ㄊㄨ²　ㄊㄨ²

暗示：遠親不如近鄰，作田也要有好的田友。
註解：站厝→鄰居互動。好厝→好的鄰居。

⊙有 路 揣 路 無 路 轉 來 揣 老 主 顧
　　chue²　　　dng⁷　chue²
　　ㄘㄨㆤ²　　ㄉㆭ⁷　ㄘㄨㆤ²

暗示：找來找去還是老主顧較實在。
註解：揣→找。轉來→回來。

kian2 a2 lui7
⊙積囝仔累孫
ㄍㄧㄚn2 ㄚ2 ㄌㄨㄧ7

暗示：貽害子孫，也就是連累到後代。
註解：積囝仔→連累到子孫。累→累贅。

boo2 na1 kau5 ang1 do1 ㄇ3
⊙姥哪勢尪著毋免出頭
ㆠㆧ2 ㄋㄚ1 ㄍㄠ5 ㄤ1 ㄉㆧ1 m3

暗示：太太能幹先生就不用強出頭了。
註解：姥→太太。勢→能幹、能力強。尪→先生。毋→不用。

kut8 khamchui2 mai2 oo1 liam1
⊙搰力勤儉喙莫烏白唸
ㄍㄨㄊ8 ㄎㄚㄇ1 ㄘㄨㄧ2 ㄇㄞ2 ㆦ1 ㄌㄧㄚㄇ1

暗示：勤勞節儉嘴少說話。
註解：搰力→勤勞。喙→嘴。莫→不要。烏白唸→嘮叨個不停。

ka1 di2 kha1chng1
⊙伊諒無肉怨人大尻川
ㄍㄚ1 ㄉㄧ2 ㄎㄚ1 ㄘㆭ1

暗示：忌妒別人好。
註解：伊諒→自己。尻川→屁股。

ㄇ3 thuan3 ㄇ3
⊙好種毋湠壞種毋斷
m3 ㄊㄨㄚn3 m3

暗示：好的不傳下去，壞的卻不斷。
註解：毋→不。湠→延續、流傳。

za1 boo1 kuan5 za1 boo2 kuan5
⊙查仪兮懸甲25查姥懸甲大肚
ㄗㄚ1 ㆠㆧ1 ㄍㄨㄢ5 ㄗㄚ1 ㆠㆧ2 ㄍㄨㄢ5

暗示：男人發育到25歲，女人發育到懷孕。

註解：查伙→男人。懸→高。查姆→女人。大肚＝懷孕。

⊙雙 骹 踏 雙 步 先 拚 著 無 法 度
　　kha¹　　　　sian¹

暗示：想一步登天，是無法實現的。

註解：骹→腳。

⊙目 睭 金 金 人 傷 重
　　ziu¹ kim¹ kim¹　ciong⁷ dong⁷

暗示：看而買不起，只好乾瞪眼。

註解：目睭→眼睛。金金→呆滯。

⊙雙 骹 踏 雙 船 心 頭 亂 熏 熏
　　kha¹　　　　　　hun¹ hun¹

暗示：同時交往兩個異性朋友會亂了方寸。

註解：骹→腳。熏熏→眼花撩亂或是物質燃燒時所產生的氣體狀
　　　　微粒。

⊙正 年 頭 舊 年 尾

暗示：新的一年又要開始，舊的一年已接近尾聲。

註解：正年→元月。舊年→去年。

⊙無 針 不 引 線 無 風 不 起 浪

暗示：有因必有果，沒有開始不可能會有禍端。

註解：無針→沒有起頭。無風→沒有風吹草動。

⊙白 賊 七 仔 駛 狗 犁

暗示：空口說白話，睜著眼睛說瞎話。
註解：白賊→欺騙別人。

⊙路遙知馬力事久見人心 $^{zin^5}$
　　　　　　　　　　　ㄐㄧㄣ⁵

暗示：隱瞞是不會永久，總有一天會現底。
註解：路遙→路途遙遠。

⊙卡早睏卡有眠 $^{kha^1　khun^2kha^4}$
　ㄎㄚ¹　ㄎㄨㄣ¹

暗示：早睡覺才會有足夠的睡眠。
註解：卡早→早一點。睏→睡。

⊙無毛雞假大格無飯米抑嘜請人客 $^{yah^4 beh^4}$
　　　　　　　　　　　　ㄧㄚ⁴ ㄇㄟ⁴

暗示：要裝老爺起碼要有點東西。
註解：抑→還。嘜 →要。

⊙肉蔥煮肉筍一手摸骹一手攬頷頸 $^{bong^1kha^1　lam^2am^2kun^2}$
　　　　　　　　　ㄅㄛㄥ ㄎㄚ　ㄌㄚㄇ ㄚㄇ ㄍㄨㄣ

暗示：閒著等食物的到來。
註解：摸骹→摸腳。頷頸→脖子。

⊙汝哪嘸詗藥十醫著九嘸對 $^{li^2 na^1　m^3 bat^8　m^3}$
　ㄌㄧ² ㄋㄚ¹ ㄇ³ ㄅㄚㄊ⁸　　ㄇ³

暗示：對藥不了解是不能亂下藥。
註解：汝→妳。哪嘸詗→如不了解。嘸→不。

⊙三日代五日巧達項攏會曉 $^{long^1　hiau^2}$
　　　　　　　　　ㄌㄛㄥ　ㄏㄧㄠ²

暗示：三番二次的磨練總會熟能生巧。
註解：攏→都。曉→明白。

⊙願 做 牛 免 驚 無 犁 傌 好 拖
　　　　　　　　　　le⁵ thang¹　thuah⁴

暗示：願做牛就不用怕沒犁可耕田。
註解：傌→可。拖→牽引。

⊙生 是 生 囝 身 唔 是 生 囝 心
　　　　kia^n2　　m³　　　kia^n2

暗示：自己的小孩是不可能透徹他們的心。
註解：囝→子。唔→不。

⊙足 拗 債 人
　　au¹ ze³ lang⁵

暗示：佔別人便宜。
註解：拗→扭、壓制。債→債掜。

⊙遬 不 鈴 映
　suh⁴ lin¹ ng³

暗示：感覺很好。
註解：遬→速、疾。鈴映→鈴聲響著。

⊙目 睭 皮 揸 無 起
　　　ziu¹　sa¹

暗示：不要小看。
註解：目睭→眼睛。揸→抓。

⊙菱 角 喙 繪 食 著 大 心 氣
　lin⁵　chui² be⁷ ziah⁸ do¹　　kui²

暗示：嘴型菱角形狀特別愛講話，致使吃東西邊講話而應接不暇。
註解：菱角喙→嘴色像菱角的形狀。𣍐→不。食→吃。

⊙各 有 千 秋 各 護 其 主

暗示：各人有各的特色，自有為護自己的主子權力。
註解：千秋→特色。

⊙缺 喙 食 蛤 仔 肉
khi² chui² ziah⁸ lia⁵ a²
ㄎ² ㄘ² ㄐ⁸ ㄌ⁵ ㄚ²
ㄧ ㄚ ㄚ

暗示：密密（巴巴）。
註解：缺喙＝碗沿破角。

⊙豬 岫 唔 達 值 狗 岫 穩
siu⁷ m³ siu⁷
ㄒ⁷ ㄇ³ ㄒ⁷
ㄨ ㄨ

暗示：別人的家不比自家溫暖。
註解：岫→窩。唔→不。

⊙大 母 人 大 母 種
duah⁴ lang⁵ duah⁴
ㄉ⁴ ㄌ⁵ ㄉ⁴
ㄨ ㄤ ㄨ

暗示：已經都是大人了。
註解：母→從事專門職業的女子或母體或形態上具有女性特質的。

⊙歹 積 五 德
bai²
ㄅ²
ㄞ

暗示：很不幸的遭遇。
註解：歹積→不幸的問題。

⊙英 雄 年 年 出 好 漢 年 年 收

暗示：時世造英雄，但可不是長長久久。
註解：年年→每年。好漢→英雄豪傑。

⊙深 門 踏 戶

暗示：堂皇入室，如闖無人之地，有怨氣。
註解：深門→門戶深嚴。踏戶→走到庭園。

⊙逃 東 閃 西

暗示：東摸摸西摸摸也就是很會混水摸魚。
註解：逃東→東面混水。閃西→西面摸魚。

⊙古 老 邀^4 古

暗示：太陳年老舊。
註解：邀→速。

⊙五 斤 蕃 薯 臭 八 十 一 兩

暗示：臭過頭。
註解：蕃薯→甘藷。

⊙無 行 骹 到

暗示：都沒去關心一下。
註解：骹→腳。

⊙講 話 攏 無 關 後 尾 門

暗示：講一些重要的話要顧前栓後。
註解：攏→都。

⊙誠 正 唔 知 天 地 幾 斤 重

^{ロ³}
^{m³}

暗示：不知天有多高地有多厚，也不明事理。
註解：唔→不。

⊙加 足 溜 捉

^{ke⁷ lui⁷ liah⁸}
^{ㄍㄝ⁷ ㄌㄨ ㄌㄧㄚ}

暗示：更加靈活有勁。
註解：溜捉＝活耀。

⊙姆 大 姊 坐 金 交 椅

^{boo²}
^{ㄅㄛ²}

暗示：妻子年齡比先生大。
註解：姆→太太。

⊙人 頭 熟

^{lang⁵ sik⁴}
^{ㄌㄤ⁵ ㄒㄧ}

暗示：善交好客很得人緣。
註解：人頭→廣結善緣。

⊙踏 生 火

暗示：事到臨頭急如鍋上螞蟻；3點半納票的時間快到了，心很
　　　急。
註解：踏生→非常急的意思。

⊙蹺 疴 兮 游 泳

^{kiau⁷ ku⁷ e⁵}
^{ㄍㄧㄠ ㄍㄨ ㄝ⁵}

暗示：冤泅。
註解：蹺疴→駝背。

⊙貓 甲 頓 點
　　　　dng²
　　　ㄉㄥ²

暗示：很龜毛，做人不很乾脆
註解：頓點→很大一點。

⊙消 瘄 落 肉
　　san²
　　ㄅ²

暗示：瘦的外形似猴了般，
註解：瘄→瘦。

⊙瘄 枝 落 葉
　san²
　ㄅ²

暗示：瘦如材骨。
註解：瘄，瘦，

⊙錢 長 性 命 人 兮
　　dng⁵　　　　e⁵
　　ㄉㄥ⁵　　　ㄝ⁵

暗示：橫財不是任意得到就可，而是命格要好。
註解：錢長→綿延不斷的錢財。兮→的。

⊙一 步 棋 一 步 擢
　　　　　　　dioh⁴
　　　　　　ㄅ一ㄜ⁴

暗示：一步一步來不用急。
註解：擢→使拉直。

⊙頭 那 過 身 著 過
　thau⁵ na¹
　ㄊㄠ⁵ ㄋㄚ¹

暗示：只要頭通過一切就沒問題。

註解：那過→通過，經過。

⊙得 㤉 婊 來 做 姆 嘸 傋 㤉 姆 來 做 婊
　　 chua² piau²　　　 boo² ㄇ³ thng¹ chuah⁷ boo²　　 piau²

暗示：娶粗野的女人為妻可慢慢調教，那麼娶妻來做下流女人可
　　　就一生完蛋了。

註解：㤉→娶。婊→粗野下流的女人。姆→妻。嘸→不。傋→可。

⊙菜 蟲 食 菜 菜 骹 死
　　　　　　　 kha¹

暗示：捕蛇的到最後大部份是被蛇咬死的。

註解：骹→腳。

⊙目 睭 皮 匼 匼
　　 ziu¹　 khap⁸ khap⁸

暗示：沒警覺到，一時沒反應過來。

註解：匼匼→暗喻鈍目、遲鈍。

⊙徼 嘸 是 生 利 姆 嘸 是 大 姊
　 khiau² ㄇ³　　 sin¹ li² boo² ㄇ³

暗示：賭博不能當做生活根源，娶妻是同進同出，而不是來當大
　　　姊頭。

註解：徼→賭博。嘸→不。姆→妻。

⊙狗 徎 舐 泔
　　 deh⁸ nauh⁴ am²

暗示：語音不清也就是講話跌跌挨挨，語無倫次。

註解：徎＝在。舐＝舌捲取物。泔→粥。

⊙拍 人 佫 喊 救 人
　ba² lang⁵ koh⁴

暗示：打人又喊救人。

註解：拍→打。佫→又。

⊙食 恆 肥 肥 革 恆 錘 錘
　ziah⁸ hoo³　　　hoo³thui⁵thui⁵

暗示：天塌下來沒有他的事情。

註解：食→吃。恆→給。革恆→裝作。錘錘→傻傻的。

⊙來 無 張 持 去 無 參 辭
　　　　di¹　　　saⁿ¹ si⁵

暗示：沒有告知就來，要去的時候也沒告辭就走了。

註解：張持→故意。參辭→告辭。

⊙狗 聲 乞 食 喉
　　　khit⁸ziah⁸

暗示：聲音夠難聽。

註解：乞食喉→有如狗吹狗螺似的。

⊙站 窄 厝 卡 會 歫
　e²　chu² khah⁴ e² buh⁴

暗示：居窄屋比較會發。

註解：窄→狹。歫→爆出、破皮流出。卡→較。

⊙信 信 迒 濟 拜 燴 了
　　　hiah⁴　　be⁷

暗示：信那麼多拜不完。

註解：迒→那麼。燴→不會。

⊙外 行 外 烤 放 屁 佫 兼 脫 褲
（hng⁵ lo⁷ koh⁴）

暗示：太外行了連放屁也要脫褲子。

註解：外行外烤→太外行了。佫→還。

⊙有 山 便 有 水 有 神 便 有 鬼

暗示：有山必有水，有神必有鬼。

⊙知 影 性 卡 好 徛 食 藥
（khah⁴ deh⁸ ziah⁸）

暗示：知個性比吃藥還好。

註解：卡＝較。徛→在。

⊙挲 骹 輾 鬚
（so¹ kha¹ lian⁷）

暗示：等待時機。

註解：挲→以手搓揉。骹→腳。輾→滾動壓過。

⊙有 錢 做 阿 哥 無 錢 愁 仙 膏
（kia^{n3}）

暗示：有錢做老大，無錢就當老小。

註解：愁→愛好、煙癮或形容痴呆。

⊙歡 喜 在 心 內 暗 爽 無 人 知
（zai⁷）

暗示：心裏的高興無人能了解有多麼爽快。

註解：暗爽＝內心的喜悅。

⊙歪喙雞
wai⁷ chui² ke¹

暗示：很會挑食。

註解：喙→嘴。

⊙紅目有仔逗鬧熱
wu⁷ dau²

暗示：亂錯熱鬧，表錯意。

註解：有→表示對於事實的肯定。

⊙觀目色聽話曲
bak¹ khik¹

暗示：察顏觀色，了解說話的意思。

註解：目→眼。曲→調。

⊙少庇仔愿
siau¹ phi¹ a² kiaⁿ³

暗示：貪小便宜的人。

註解：少庇→一點點。愿→過過癮。

⊙卸死卸症
sia² sia²

暗示：非常丟臉或是太不應該了很沒面子。

註解：卸→丟臉。

⊙公親變事主

暗示：別人的事卻弄巧成拙；變自己都惹禍上身。

註解：公親→中間人。

⊙三不等

暗示：不一定或是差不多是那樣。
註解：三不→沒有確定。

⊙有 行 無 市
（hang⁵ / ㄏㄤ）

暗示：有一定的行情而沒公定的價格。
註解：行→行情。

⊙徜 塗 平 久
（thng¹ thoo⁵ / ㄊㆭ ㄊㆦ⁵）

暗示：人往生埋在土裡就是跟土一樣久。
註解：徜→跟、與。塗→泥土。

⊙姑 不 二 三 終
（koo¹ / ㄍㆦ）

暗示：迫不得已或是非常無奈。
註解：姑＝姑不→非常無奈。

⊙日 本 鍋 仔 鼎
（ue⁷ a² dia^n² / ㄨㆤ ㄚ² ㄉㄧㆩ²）

暗示：無臍。
註解：鼎→古器具，一般為三足二耳可烹食、練丹等，是為傳國
　　　之寶。

⊙僥 倖 錢 失 德 了 無 良 心 兮 錢 博 失 徼
（hiau⁵ hing⁷ / ㄏㄧㄠ⁵ ㄏㄧㄥ⁷　e⁵ / ㄝ⁵　kiau² / ㄎㄧㄠ²）

暗示：因失德而得的錢終也會失德而烏有。

註解：僥倖→非分而得。兮→的。徼→賭博。

⊙踹碌皮
che¹ look⁴ phe⁵
ㄘ ㄌㄛ ㄆㄝ
ㄝ ㄍ

暗示：太不小心了或用屁股與手支撐走路，腳拖在地上。

註解：踹 →東西在地上拖著走。

⊙踹屎嗹
che¹ sai¹ lian⁵
ㄘ ㄙ ㄌㄢ
ㄝ ㄞ

暗示：落魄，一無是處。

註解：踹屎→落魄。嗹→無所有；失業。

⊙浪溜嗹
long³ liu¹ lian⁷
ㄌㄤ ㄌ ㄌㄢ
ㄥ ㄨ

暗示：到處遊蕩無所事做。

註解：嗹→失敗、失業。形容詞：多言。

⊙啥咪碗膏
sia¹ mi¹
ㄒ ㄇ
ㄚ ㄧ

暗示：什麼事情，什麼東西。

註解：啥咪→什麼。

⊙喙笑目笑
chui² bak⁸
ㄘ ㄅ
ㄨ ㄚ
ㄧ

暗示：笑得合不攏嘴。

註解：喙→嘴。

⊙碌膏束膏
look⁴ sook⁴
ㄌㄛ ㄙㄛ
ㄍ ㄜ

暗示：交一些兩光的朋友。

註解：碌膏→不三。束膏→不四。

⊙活 鬼 纏 身

暗示：糾纏不清。
註解：活鬼→活人。

⊙足 崎 之
　　khe² zi²
　　ㄎㄝ² ㄐㄧ²

暗示：很吝嗇。
註解：崎＝彎曲或路曲折。

⊙目 頭 懸
　　　kuan⁵
　　　ㄍㄨㄢ⁵

暗示：目光很高，看身份高的較起眼。
註解：懸→高。

⊙出 一食 甲 達 底
　　　ziah⁸ khah⁴
　　　ㄐㄧㄚ⁸ ㄎㄚ⁴

暗示：吃定了你。
註解：食甲＝吃到。

⊙食 鹹 食 甜 臭 喙 邊
　　　　　　chau² chui²
　　　　　　ㄘㄠ² ㄘㄨㄧ²

暗示：吃甜的又吃鹹的會口角炎。
註解：喙→嘴。

⊙有 量 甲 有 福

暗示：有度量才會有福氣。

註解：有量→氣度。

⊙足 博[poo²] 吉[ㄅㄛ²]

暗示：很頑皮。
註解：足博→很大。

⊙侹[ㄊㄢ⁷/than⁷] 橫十字

暗示：亂放沒置整齊（橫放）。
註解：侹→攔。

⊙門扇板 捘[dau²/ㄉㄠ²] 無 密[bap⁸/ㄅㄚ⁸]

暗示：彼此合不來。
註解：捘→接。宓→合。

⊙抹[buah⁸/ㄇㄨㄚ⁸] 壁[bia²/ㄅㄧㄚ²] 雙 面 光

暗示：做人要圓滑。
註解：抹→塗、化妝。

⊙一 條 管 透[thng²/ㄊㄥ²] 尻[kha¹/ㄎㄚ¹] 川[chng¹/ㄑㄥ¹]

暗示：比喻那個人個性很直。
註解：尻川→屁股。

⊙各 人 兮 業 障 各 人 擔

暗示：自己要為自己的行為負責。

註解：ㄅ→的。擔→挑。

⊙天天廿九暝 me^5 ㄇ ㄝ^5

暗示：得過且過。
註解：暝→夜將盡未盡之時。

⊙功夫三冬五冬

暗示：武術的學成不是一二三下的事情。
註解：功夫→中國武術或國術。冬→年。

⊙金骹玉手 kha^1 ㄎㄚ^1

暗示：少奶乃。
註解：骹→腳。

⊙大聲窄喉 e^2 ㄝ^2

暗示：指責對方亂叫怪聲。
註解：窄＝狹。

⊙飽光踏斗 pho^3 ㄆㄜ^3

暗示：整個事件都破局，變得他很落魄。
註解：飽→質地虛鬆。

⊙起性躒地 lak^4 ㄌㄚ^4

暗示：踱步生氣（出自內心的生氣）。

註解：踃→使勁地踩踏。

⊙頭 直 來 尾 直 去

暗示：頭尾都是一樣的。
註解：頭直尾直→前後皆是一樣的。

⊙半 句 無 白 賊

暗示：都是欺騙（或是很少在欺騙）。
註解：半句→話沒有半句的所以就是無。白賊→欺騙。

⊙嬰 揣 兼 大 舌

yi^{n1} ng^{ul}

暗示：講話不清楚（語無倫次）。
註解：嬰揣→說話還很稚氣。

⊙囡 仔 人 有 耳 無 喙

kin^{n2} a^2　　　chui^2

暗示：小孩子不要問太多，也就是小孩子聽就好不要亂插嘴。
註解：囡仔人→小孩子。喙→嘴。

⊙兄 弟 兄 官 真

暗示：兄弟也要清楚（親兄弟明算帳）。
註解：兄官→兄弟歸兄弟。

⊙緊 事 緩 辦

kin^2　kua^7

暗示：急事也要慢慢來急不得。

註解：緊→快。緩→延。

⊙九萬十八千八秀三貢生

暗示：有財有名。

註解：秀→秀才。

⊙戇甲燴扒癢
（kong⁷ be⁷ pe³）

暗示：比喻非常呆、不聰明的意思。

註解：戇→呆、憨。燴→不會。扒→抓。

⊙無毛雞

暗示：假大格。

註解：無毛→沒長毛的雞。

⊙先下手為強慢下手著受災央
（ha⁷ he³ do¹）

暗示：先下手先贏。

註解：著→就。

⊙老人食蔴油

暗示：鬧熱。

註解：蔴油→蔴子做的油。

⊙生緣卡好徛生嬌
（khah⁴ deh⁸ sui²）

暗示：得人緣比長漂亮更吃香。

註解：徛→在。嬌→美。

⊙美國西裝

暗示：大輸。

註解：美國→國家名字。

六、華語佮
台語對照

交待事情處理的「亂七八糟或一蹋糊塗」→哩 哩 啦 啦
（li¹ li¹ lak⁴ lak⁴）

不要再講大話沒有人會相信你的

→嬡 佫 臭 彈 落 去 仔 無 人 獪 聽
（mai² koh⁴ chau² duah⁸ lo² khi² boo⁵ lang⁵ be⁷ thia⁻ⁱ）

很寒冷不敢出門棉被「蓋的密不通風」→蓋 甲 密 羾 羾
（kham² khah⁴bat⁸ ziu¹ ziu¹）

盒子裡面的東西「輕搖發出的聲音」→曘 曘 攦 攦
（li⁷ li⁷ look⁸ look⁸）

那個人「真沒出息」→浮 榔 槺 仔
（pu⁷ long³ kong¹ a²）

衣服上的「口袋」→簏 袋 仔
（lak⁴ de⁷ a²）

這裡總共多少→即 仔 攏 總 外 濟
（ziah⁴ a² long¹zong² khuah⁴ ze⁷）

把「錢裝進紅包袋」→錢 囊 入 紅 包 簏 仔
（ziⁿ⁵ long¹ zip⁸ ang⁵ bau¹ look⁴ a²）

被你玩弄與侮辱→恆 汝 糟 蹋
（hoo³ li² chau⁷ thah⁸）

溪裡的水乾了→溪 水 焗 涸 涸
khe⁷ zui² dah⁴ khook⁴ khook⁴
ㄎㆤ ㄗㄨㄧ ㄉㄚ ㄎㆦ ㄎㆤ

什麼都拿→亂 恬
luan⁷ sah⁴
ㄌㄨㄢ ㄙㄚ

物體微撞到腳踝腫起來用藥膏「揉一揉」→揆 揆 咧
luan¹ luan² le³
ㄌㄨㄢ¹ ㄌㄨㄢ² ㄌㆤ

研磨藥粉的磁具→擂 碗
lui⁷ wa^n²
ㄌㄨㄧ ㄨㄚ²

小小紅辣椒很辣→辣 薟 薟
luah⁸ hiam⁷ hiam⁷
ㄌㄨㄚ ㄏㄧㄚ ㄏㄧㄚ

調解不成對方翻臉→捋 面 落
luah⁸ bin⁷ lue²
ㄌㄨㄚ ㄇㄧㄣ ㄌㄨㆤ

惡言罵對方的不是→詈 人
le² lang⁵
ㄌㆤ ㄌㄤ

腳小骨跌倒折斷→押 斷 骨
at⁸ dng⁷ kut⁴
ㄚㆵ ㄉㆭ ㄍㄨ

頭髮亂七八糟梳子整理一下→捋 頭 毛
luah⁸ thau⁵ mng⁵
ㄌㄨㄚ ㄊㄠ ㄇㆭ

氣氛很好→和諧 ho[7] hai[5]
ㄏㄛ[7] ㄏㄞ[5]

全權處理而不放心他人→搦權 lak[4] khuan[5]
ㄌㄚ[4]ㄍ ㄎㄨㄢ[5]

東西掉了找一找→揣物件 chue[3] mi[3] kia[n2]
ㄘㄨㄝ[3] ㄇㄧ[3] ㄍㄧㄚ[n2]

挑撥離間→搧動 sian[2] dong[7]
ㄒㄧㄢ[2] ㄉㄨㄥ[7]

數學滿分「贏很多人」→營足濟人 yia[n5] ziok[4] zei[2] lang[5]
ㄧㄚ[n5] ㄐㄧㄛ[4]ㄍ ㄗㄝ[2] ㄌㄤ[5]

溪水淺「涉水而過」→蹽水 lau[5] zui[2]
ㄌㄠ[5] ㄗㄨㄧ[2]

他家經濟狀況很差→足散赤 ziok[4] san[2] ciah[4]
ㄗㄧㄛ[4]ㄍ ㄙㄢ[2] ㄑㄧㄚ[4]

「難得」有這麼一次→罕得 han[2] di[1]
ㄏㄢ[2] ㄉㄧ[1]

長長的板凳→椅條 yi[1] liau[5]
ㄧ[1] ㄌㄧㄠ[5]

「什麼」事情呢→啥咪 sia[1] mi[2]
ㄒㄧㄚ[1] ㄇㄧ[2]

大家共同努力→逐 家
dak⁴ ke⁷
ㄉㄚ˞ ㄍㆤ˞

以前還沒有電風扇而用「椰子箬做成一把扇招風」→蔡 扇
khue¹ sing²
ㄎㄨㆤ ㄒㄧㄥ˞

那有那麼好的事呢→哪 有 赫 爾 仔 好
na¹ u⁷ hiah⁴ ni¹ a² hoo⁷
ㄋㄚ˞ ㄨ˞ ㄏㄚ˞ ㄋㄧ˞ ㄚ˞ ㆤ˞

家裡的大小，厝 內 序 細
cu² lai⁷ si³ sei³
ㄗㄨ˞ ㄌㄞ˞ ㄒㄧ˞ ㄙㆤ˞

還有嗎→猶 有 無
yau² u⁷ boo⁵
ㄧㄠ˞ ㄨ˞ ㆠㆦ˞

夾的很緊→夾 甲 足 牢
kiap⁸ kah⁴ ziok⁴ diau⁵
ㄍㄧㄚ˞ ㄍㄚ˞ ㄐㄧㆦ˞ ㄉㄧㄠ˞

很照顧家庭→足 顧 家
ziok⁴ koo² ke⁷
ㄐㄧㆦ˞ ㄍㆦ˞ ㄍㆤ˞

雞母「換窩」→徙 岫
sua¹ siu⁷
ㄙㄨㄚ˞ ㄒㄧㄨ˞

漢堡店的「雞翅膀」→雞 翼
ke⁷ sit⁸
ㄍㆤ˞ ㄒㄧㆵ˞

做壞事把捉起來→掠 起 來
lah⁸ khi³ lai⁷
ㄌㄚ˞ ㄎㄧ˞ ㄌㄞ˞

東西在這裏→物件^{mi³}件^{kiah⁴}佇^{di²}即^{ziah⁴}

不知道的以為他很照顧家庭知道的就不這麼認為

→嗯知影兮講伊足鉗家知影兮講伊是過家貓

完全不相同→無全

不要再理會他→嬡佫惦伊

把繩節打開→敨開

那個人舉止很怪「跟著我不放」→綴

不要老是講大話→臭彈

吃一口飯夾一次菜→噼一喙飯夾一介菜

那個小孩真貪吃→邙个囡仔足枵鬼

薄薄的一片→薄 厘 籟 仔
bo¹ li⁷ thi¹ a²
ㄅㆦ ㄌㄧ ㄊㄧ ㄚ

個性內向不太敢說話→秘 伺
pi² su⁵
ㄅㄧ ㄙㄨ⁵

煮菜忘了放鹽巴→白 嗟 無 滋 味
peh⁸ zia^{n¹} boo⁵ zu¹ bi⁷
ㄅㆤ ㄐㄧㄚ ㄅㄨ⁵ ㄗㄨ ㄅㄧ

胃口不好吃不下去→脾 土 無 開
bi⁷ tho² boo⁵ kui¹
ㄅㄧ ㄊㆦ ㄅㆦ ㄎㄨㄧ

餓的狼吞虎嚥→咺 飯
piak⁴ bng⁷
ㄅㄧㄚ ㄅㆭ⁷

擅作主張→大 主 大 意
duah⁴ zu¹ duah⁴ yi²
ㄉㄨㄚ ㄗㄨ ㄉㄨㄚ ㄧ

那個小孩很頑皮整日跑過來攀過去

→邻 个 囡 仔 足 狡 怪 歸 日 攏 趃 來 趃 去
hi¹ e⁵ kin^{n²} a² ziak⁴ kau¹ khuai² khui¹ zit⁸ long¹ seh⁷ lai⁷ seh⁸ khi²
ㄏㄧ ㄝ⁵ ㄍㄧㄣ ㄚ ㄐㄧㄚ ㄍㄠ ㄎㄨㄞ ㄎㄨㄧ ㄐㄧ ㄌㄤ ㄌㆤ ㄌㄞ ㄙㆤ ㄎㄧ

那個小孩很不安份→邻 个 囡 仔 足 答 滴
hi¹ e⁵ kin^{n²} a² ziok⁴ dap⁸ di²
ㄏㄧ ㄝ⁵ ㄍㄧㄣ ㄚ ㄗㆪ ㄉㄚ ㄉㄧ

那個人只不過一段時間不見而已卻皮包骨似的

→邻 个 人 一 段 時 間 無 見 迿 瘤 甲 肇 肇 肇
hi¹ e⁵ lang⁵ zit⁸ duah⁴ si⁵ kan⁷ boo⁵ ki^{n²} sah⁸ san¹ khah⁴ moo² moo² moo²
ㄏㄧ ㄝ⁵ ㄌㄤ⁵ ㄐㄧ ㄉㄨㄚ ㄒㄧ⁵ ㄍㄢ ㄅㆦ⁵ ㄍㄧ ㄙㄚ ㄙㄢ ㄎㄚ ㄇㆦ ㄇㆦ ㄇㆦ

車輪胎沒風→車 輦 仔 迤 挈 去 仔
cia¹ ne⁷ a² suah⁴ moo² khi² a²

那個人眼睛稍微轉動就覺得很兇
→邻个人目瞤哪轉輪得足歹
hi¹ e⁵ lang⁵ bak⁴ ziu¹ na¹ dan⁷ lun⁵ do² ziok⁴ bai²

水泥師父→塗水師
thoo⁵ zui¹ sai¹

用花生調麥芽糖做成的→塗豆糖仔
too⁵ dau³ thng⁵ a²

講話不要那麼粗俗→講話嬡赫土
kong¹ we⁷ mai² hiah⁴ thoo²

那個小孩真的有夠頑皮→足孱舄
ziok⁴ lan³ mua⁷

賢妻良母好妻子→好家后
ho¹ ke⁷ au⁷

景氣好市場旺生意就好做→好趁食
ho¹ than² ziah⁸

老地方去了好幾趟還會忘記→穩目識（足盹目）
bai² bak⁴ sik⁴ ziok⁴ dun³ bak⁴

一附難看的表情→穮 面 猏
bai² bin⁷ ciang¹
ㄅㄞ ㄇㄢ ㄍㄤ

很難纏難接處→穮 剃 頭
bai² thi² thau⁵
ㄅㄞ ㄊㄧ ㄊㄠ

一心一意耍心機想陷害別人→穮 心 肝
bai² sim¹ kuaⁿ¹
ㄅㄞ ㄒㄧㆬ ㄍㆻ

很難商量个好溝通→穮 參 詳
bai² cham¹ sion⁵
ㄅㄞ ㄘ ㄒㄧㄥ

長相不怎麼好看有點另類→穮 生 張
bai² sen¹ diuⁿ¹
ㄅㄞ ㄒㆤ ㄉㄨ

事情的變化情勢不怎麼好→勢 面 穮
se² bing⁷ bai²
ㄙㆤ ㄇㄢ ㄅㄞ

體質差身體常生病→身 體 穮
sin¹ the² bai²
ㄒㄧㄣ ㄊㆤ ㄅㄞ

很難照顧怪皮氣→穮 侍 候
bai² su¹ hau⁷
ㄅㄞ ㄙㄨ ㄏㄠ

常與人不合→穮 鬧 陣
bai² dau² din⁷
ㄅㄞ ㄉㄠ ㄉㄧㄣ

東西很難入口→穮 落 喉
bai² lo³ au⁵
ㄅㄞ ㄌㄜ ㄠ

行為不檢點、女德差→穓 查 某
　　　　　　　　　　bai² za boo²
　　　　　　　　　　ㄅㄞ ㄚ ㄅㄛ

很差勁的婆婆→穓 大 家
　　　　　　　bai² dah⁸ ke⁷
　　　　　　　ㄅㄞ ㄉㄚ ㄍㆤ

勉強撐下已不可能了→穓 依 持
　　　　　　　　　　bai² i¹ ci⁵
　　　　　　　　　　ㄅㄞ ㄧ ㄍㄧ

往生祖靈的保佑→捯 保 庇
　　　　　　　dau² bo¹ pi¹
　　　　　　　ㄉㄠ ㄅㆦ ㄅㄧ

做事情翻三倒四→老 顛 佗
　　　　　　　　lau³ then¹ thoo²
　　　　　　　　ㄌㄠ ㄊㄧㄢ ㄊㆦ

與家內大小不合→老 孤 堀
　　　　　　　lau³ koo¹ khu²
　　　　　　　ㄌㄠ ㄍㆦ ㄎㄨ

年紀老了身軀會比較矮化些→老 倒 勼
　　　　　　　　　　　　　lau³ do² kiu¹
　　　　　　　　　　　　　ㄌㄠ ㄉㆦ ㄍㄧㄨ

先生對太太帶有一點點開玩笑的稱謂→老 柴 耙
　　　　　　　　　　　　　　　　　lau³ cha⁵ pe⁵
　　　　　　　　　　　　　　　　　ㄌㄠ ㄔㄚ ㄆㆤ

年事已高對女人還動手動腳→老 不 差
　　　　　　　　　　　　　lau³ bu² ciu¹
　　　　　　　　　　　　　ㄌㄠ ㄅㄨ ㄒㄧㄨ

跑江湖的郎中相當有一套→老 劍 仙
　　　　　　　　　　　　lau³ kam² sen¹
　　　　　　　　　　　　ㄌㄠ ㄍㄚ ㄒㄧㄢ

老夫老妻的稱謂→老 同 似
　　　　　　　　lau³ than⁵ sai⁷
　　　　　　　　ㄌㄠ³ ㄊㄢ⁵ ㄙㄞ⁷

任勞任怨很努力工作→誠 拍 拼
　　　　　　　　　　zin¹ pa² phah⁸
　　　　　　　　　　ㄐㄧㄣ¹ ㄆㄚ² ㄆㄚ

母親餵奶散發出的味道→臭 奶 脈
　　　　　　　　　　　chau² ni¹ hian³
　　　　　　　　　　　ㄠ² ㄋㄧ¹ ㄏㄢ

幼童講話還不很清楚→臭 乳 呆
　　　　　　　　　　chau² ni¹ dai¹
　　　　　　　　　　ㄠ² ㄋㄧ ㄉㄞ

家裏的敗家子→了 尾 仔 囝
　　　　　　　lau¹ bue¹ a² kian²
　　　　　　　ㄌㄠ¹ ㄅㄨㆤ ㄚ² ㄍㄚ

妻子生產是男生的話煮油飯送親戚好友或鄰居→衔 油 飯
　　　　　　　　　　　　　　　　　　　　　hing³ yu⁵ bng¹
　　　　　　　　　　　　　　　　　　　　　ㄏㄧㄥ ㄨ⁵ ㄥㄜ

你們端碗不要端於碗邊→恁 捧 碗 嘸 樋 佇 碗 脣
　　　　　　　　　　　lin² phan⁵ wan¹ ㄇ³ than¹ di² wan¹ dun⁵
　　　　　　　　　　　ㄌㄧㄣ² ㄆㄨㄥ ㄛⁿ¹ m³ ㄊㄢ ㄉㄧ² ㄛⁿ ㄅㄨㄣ

遇到事情有點膽怯→拄 著 代 誌 一 點 仔 膽 膽
　　　　　　　　　du¹ dioh⁸ dai³ zi² zit⁸ diam¹ a² dam¹ dam²
　　　　　　　　　ㄆㄨ ㄉㄧㄜ⁸ ㄉㄞ ㄐㄧ² ㄐㄧㆵ ㄉㄧㆰ¹ ㄚ² ㄉㄧㆰ ㄉㄧㆰ

鄉下小孩用土塊做成的窯→庄 骹 囡 仔 用 塗 堛 革 塗 窯
　　　　　　　　　　　　zng¹ kha¹ kin² a² yon³ thoo⁵ pheh⁸ kik⁴ thoo⁵ yo⁵
　　　　　　　　　　　　ㄗㄥ¹ ㄎㄚ¹ ㄍㄧㄣ² ㄚ² ㄐㄧㄥ ㄊㆦ ㄆㆤ⁸ ㄍㄧㄍ⁴ ㄊㆦ ㄧㄜ

一般的說法「眼睛凸凸較無情」→吐 目 無 情
　　　　　　　　　　　　　　　　tho² bak⁴ boo⁵ zing⁵
　　　　　　　　　　　　　　　　ㄊㆦ² ㄅㄚㆣ ㄅㆦ ㄐㄧㄥ

賄賂（金錢上）上級→扶 扶 撐 撐
phoo⁷phoo⁷thaⁿ² thaⁿ²
ㄆㆦ⁷ ㄆㆦ⁷ ㄊㆩ² ㄊㆩ²

藏在暗處守候對方→躼 伊
dng⁷ i¹
ㄉㆭ⁷ ㄧ¹

「光天化日」做敗壞風俗的事→當 頭 白 日
dng¹ thau⁵ beh⁸ zit⁸
ㄉㆭ¹ ㄊㄠ⁵ ㄅㆤ⁸ ㄐㄧ⁸

水龍頭沒關緊水「點點滴下」→嗒 嗒 嘀
dap⁸ dap⁸ di²
ㄉㄚ⁸ ㄉㄚ⁸ ㄉㄧ²

你幾時要回家→汝 當 時 覓 轉 茨
li² dng¹ si⁵ beh⁴ dng² chu²
ㄌㄧ² ㄉㆭ¹ ㄒㄧ⁵ ㄅㆤ⁴ ㄉㆭ² ㄘㄨ²

這個小孩漸漸長大成人→即 个 囡 仔 扗 覓 轉 骨
zit⁸ e⁵ kinⁿ² a² du¹ beh⁴ dng¹ kut⁴
ㄐㄧ⁸ ㆤ⁵ ㄍㄧⁿ² ㄚ² ㄉㄨ¹ ㄅㆤ⁴ ㄉㆭ¹ ㄍㄨ⁴

竹竿「很長很長」→長 躼 嗓
dng⁵ lo² so²
ㄉㆭ⁵ ㄌㆦ² ㄙㆦ²

豬「腸子的黏液」→腸 仔 渧
dng⁷ a² siuⁿ⁵
ㄉㆭ⁷ ㄚ² ㄒㄧㄨⁿ⁵

打了他一下臉頰→拍 伊 一 个 喙 顊
pa² i¹ zit⁸ e⁵ chui² pheh²
ㄆㄚ² ㄧ¹ ㄐㄧ⁸ ㆤ⁵ ㄘㄨㄧ² ㄆㆤ²

到廟拜拜「擲筊」→跋 杯
buah⁴ beh⁸
ㄅㄨㄚ⁴ ㄅㆤ⁸

文具店在賣的指別針→搝 針
ㄅㄧㄣ ㄐㄧㄚ

一天到晚鬼混不做事→貧 憚 人
ㄆㄧㄣ ㄅㄨㄚ ㄌㄤ

文筆流暢鏗鏘有力→筆 尾 真 利
ㄅㄧ ㄅㄨㆤ ㄐㄧㄣ ㄌㄞ

似果凍名辟荔→薁 蕘
ㆦ ㄍㄧㆦ

治安差壞人一大堆「不要給騙」→嗯 通 恆 人 諞 去
ㄇ ㄊㄤ ㆦ ㄌㄤ ㄅㄧㄢ ㄎㄧ

餛飩攤→扁 食 擔
ㄅㄧㄢ ㄒㄧㆤ ㄉㄚ

手腕與手腕互相較勁→扳 手 把
ㄅㄧㄢ ㄑㄧㄨ ㄅㄚ

污穢的東西給倒掉→摒 桐
ㄅㄧㄚ ㄉㄧㄠ

武館與武館拚場→拚 館
ㄅㄧㄚ ㄍㄨㄢ

很生氣「直跳腳」→暴 暴 跳
ㆠㆦ ㆠㆦ ㄊㄧㄠ

穀物「未收集中」→未 搝 好
bue³ but⁴ ho³
ㄅㄨㄝ ㄆㄨ ㄏㄛ

給不濟急→不 接 一
but⁸ ziap⁸ it⁸
ㄅㄨ ㄐㄧㄚ ㄧ

家庭用的垃圾桶→糞 掃 桶
bun³ son³ thang²
ㄅㄨㄣ ㄙㄛ ㄊㄤ

單腳跳著走→蹍 徑 行
cim² deh⁸ kia⁵
ㄑㄧㆬ ㄉㄝ ㄍㄚ

鑼鼓喧天→鑯 銅 硩
cim⁷ don¹ cha⁷
ㄑㄧㆬ ㄉㄥ ㄘㄚ

要換「別的地方」做生意→別 搭
bat⁸ dah⁴
ㄅㄚ ㄉㄚ

暗中幫忙朋友一臂之力→幫 贊
pan⁷ zan⁷
ㄅㄤ ㄗㄢ

不要綁的緊緊稍微放鬆→放 冗
pan² lion⁷
ㄅㄤ ㄌㄥ

木板鑽了一個大洞→彔 一 孔
lak⁴ zit⁸ khong¹
ㄌㄚ ㄐㄧ ㄎㄛ

身體非常的虛弱→荏 身 荏 命
lam¹ sin¹ lam¹ mia⁷
ㄌㄚㆬ ㄒㄧㄣ ㄌㄚㆬ ㄇㄧㄚ

不愛乾淨→襤 爛
lam¹ nau⁷
ㄌㄚ ㄋㄠ

腳大力踩→躪
lam²
ㄌㄚ

行為很隨便→濫 糁
lam¹ sam²
ㄌㄚ ㄙㄚ

赤腳踏鹽菜→躪 鹽 菜
lap⁸ kiam⁷ chai²
ㄌㄚ ㄍㄧㄚ ㄘㄞ

很幸運能有今天的場面→好 里 佳 哉
ho¹ li¹ ka⁷ zai³
ㄏㄜ ㄌㄧ ㄍㄚ ㄗㄞ

家裏的工作→家 內 穡
kah⁸ lai⁷ sit⁸
ㄍㄚ ㄌㄞ ㄒㄧㄚ

人的背部→胛 脊 骿
kah⁴ zih⁴ phaiⁿ¹
ㄍㄚ ㄐㄧ ㄆㄚ

人的背微駝→癬 腰
soo¹ yo¹
ㄙㄜ ㄧㄜ

被冷水潑到身上起疙瘩→交 懍 恂
ka⁷ lun⁷ sun²
ㄍㄚ ㄌㄨ ㄙㄨ

拜託絞緊一點→絞 恆 卡 綏 咧
kah⁴ hoo³ kha² an⁵ le³
ㄍㄚ ㄏㄜ ㄎㄚ ㄢ ㄌㄝ

說些風涼話→窘聊仔話　$lang^2\ liau^5\ a^2\ we^7$

留一點點空隙→窘一點仔縫　$lang^7\ zit^8\ dim^1\ a^2\ phan^1$

削甘蔗葉→剺甘蔗葉仔　$lan^7\ kam^7\ ziah^4\ hio^2\ a^2$

掙脫掉→躘開　$long^7\ kui^1$

蠢材不長進→茸剛　$liong^7\ kong^1$

沒有正當職業遊走好閒→浪流連　$long^3\ liu^1\ len^7$

東西已經腐爛→殕去仔　$au^2\ khi^2\ a^2$

疲勞過度→足懶屍　$ziok^4\ lan^1\ si^1$

空間很寬廣→閬曠闊　$lon^2\ khong^2\ khah^4$

很累想休息一下→䪹悿覕遮歇睏一下　$siu^{n5}\ tham^2\ beh^4\ zah^4\ hio^2\ khun^2\ zit^8\ e^7$

海菜給撈起來→海 菜 甲 敨 乎 起 來
（hai⁷ chai² khah⁴ hoo⁵ hoo⁵ khi² lan⁷）
ㄞ⁷ ㄞ² ㄚ⁴ ㄛ⁵ ㄛ⁵ ㄎ² ㄞ⁷

今天我要上山撿木材→今 仔 日 我 欲 去 山 頂 抾 柴
（kin¹ a² zi² kua²² beh¹ ki² sua¹ din² kioh⁴ cha⁵）
ㄍㄧ¹ ㄚ² ㄐ²² ㄍ²² ㄅㄝ⁴ ㄎ² ㄙ¹ ㄉㄧㄥ² ㄍㄧㄛ⁴ ㄘㄚ⁵

今天我要去河邊撈魚→今 仔 日 我 欲 去 溪 仔 墘 敨 魚 仔
（kin¹ a² zi² kua²² beh¹ khi² ke⁷ a² ki⁵ hoo⁵ hi⁵ a²）
ㄍㄧ¹ ㄚ² ㄐ²² ㄍ²² ㄅㄝ⁴ ㄎ⁷ ㄍㄝ⁷ ㄚ² ㄍㄧ⁵ ㄛ⁵ ㄏㄧ⁵ ㄚ²

要削甘蔗先將葉片去掉→欲 剝 甘 蔗 先 甲 甘 蔗 箬 捋 掉
（beh⁴ lan⁷ kam¹ zih⁴ sing¹ kha¹ kham¹ zih⁴ hah⁴ long¹ diau²）
ㄅㄝ⁴ ㄌㄚ⁷ ㄍㄚㄇ¹ ㄐㄧ⁴ ㄒㄧㄥ¹ ㄎㄚ¹ ㄎㄚㄇ¹ ㄐㄧ⁴ ㄏㄚ⁴ ㄌㄛㄥ¹ ㄍㄧㄠ²

冬至揉湯圓用的農具→篸 仔
（kam³ a²）
ㄍㄚㄇ³ ㄚ²

躲起來不讓他人看到→覕 咧 嬒 恆 人 看 到
（bih⁴ lci³ mai⁷ hoo⁵ lang³ khua³³ do²）
ㄅㄧ⁴ ㄌㄝ³ ㄇㄞ⁷ ㄛ⁵ ㄌㄤ³³ ㄉㄛ²

孕婦害喜→病 囝
（pe⁷ kia²²）
ㄅㄝ⁷ ㄍㄚ²²

物品表面長了一層霉→白 殕
（beh⁸ phu²）
ㄅㄝ⁸ ㄆㄨ²

那枝木材硬的很→邔 支 材 有 磕 磕
（hi¹ ki¹ cha⁵ ding⁷ khoo¹ khoo²）
ㄏㄧ¹ ㄍㄧ¹ ㄘㄞ⁵ ㄉㄧㄥ⁷ ㄎㄛ¹ ㄎㄛ²

結婚不能當兒戲→娶 姆 看 有 凍 甲 娶
（chua⁷ boo² khua³³ ding⁷ don² kha¹ chua⁷）
ㄘㄨㄚ⁷ ㄅㄛ² ㄎㄨㄚ³³ ㄉㄧㄥ⁷ ㄉㄛ² ㄎㄚ¹ ㄘㄨㄚ⁷

剝一節甘蔗給我吃好嗎→削 一 橛 甘 蔗 恆 我 食 好 無
sia² zit⁸ kueh⁸ kam¹ ziah⁸ hoo³ kuaⁿ² ziah⁸ ho² boo⁵
ㄒ丫 ㄐㄧ ㄍㄨㄝ ㄅ ㄐㄚ ㄏㄛ ㄍㄨㄚ ㄐㄚ ㄏㄛ ㄅㄛ

不要再擺那付難看的面孔→嬡 佫 革 甲 懊 瘥 瘥
mai² kon⁴ kiⁿ¹ kah⁴ au² du¹ du¹
ㄇㄞ ㄍㄛ ㄍㄧ ㄅㄚ ㄠ ㄉㄨ ㄉㄨ

多多珍惜不要太嫌棄→歹 歹 仔 賜 雙 吱
bai² bai¹ a² su¹ siang¹ ki¹
ㄅㄞ ㄅㄞ ㄚ ㄙㄨ ㄒㄧㄤ ㄍㄧ

不要冤枉好人→嬡 白 白 布 嫐 染 甲 烏
mai² beh⁸ beh⁸ boo² beh⁴ ni¹ khah⁴ oo¹
ㄇㄞ ㄅㄝ ㄅㄝ ㄅㄛ ㄅㄝ ㄋㄧ ㄅㄚ ㄛ

多讚賞少批評→呵 咾 卡 濟 咧 嬡 相 嫌
o¹ lo² kha¹ ze¹ le¹ mai² siuⁿ⁵ hiam⁵
ㄛ ㄌㄛ ㄍㄚ ㄐㄝ ㄌㄝ ㄇㄞ ㄒㄧㄨ ㄏㄚ

無精打彩→行 路 踉 咧 踉 咧
kiaⁿ⁵ loo⁷ song⁷ le¹ song⁷ le¹
ㄍㄧㄚ ㄌㄛ ㄙㄥ ㄌㄝ ㄙㄥ ㄌㄝ

你實在很懶惰→汝 誠 正 足 貧 憚
li² zin¹ ziaⁿ¹ ziok⁴ phin⁷ duaⁿ⁷
ㄌㄧ ㄐㄧㄣ ㄐㄧㄚ ㄐㄧㄛ ㄅㄧㄣ ㄅㄨㄚ

不認真你的功課會跟不上別人

→嗯 認 真 汝 兮 功 課 逐 人 獪 到
m³ zinⁿ⁷ zin¹ li² e⁵ kong¹ kho² dui² lang⁵ be⁷ do²
ㄇ ㄐㄧㄣ ㄐㄧㄣ ㄌㄧ ㄝ ㄍㄛ ㄎㄛ ㄉㄨㄧ ㄌㄤ ㄅㄝ ㄉㄛ

你們倆個相剋合不來→恁 對 忤 沖 獪 合
lin² dui² kooⁿ¹ ciong¹ be⁷ hap⁸
ㄌㄧㄣ ㄅㄨ ㄍㄛ ㄐㄧㄛ ㄅㄝ ㄏㄚ

臉皮皺皺的→面　皮　荼　荼
bin⁷　phe⁵　liap⁸　liap⁸
ㄅㄣ　ㄆㄝ　ㄌㄧㄚ　ㄌㄧㄚ

東西掉了找找看→物　件　拍　唔　見　搭　坎　噴
mi³　kiaⁿ²　pha²　m³　kiⁿ³　chui⁵khuaⁿ²mai⁷
ㄇㄧ　ㄍㄧㄚ　ㄅㄚ　ㄇ　ㄍㄨㄟ　ㄘㄨㄝ　ㄎㄨㄚ　ㄇㄞ

一天到晚都看到他在打瞌睡→一　工　到　昏　攏　徛　拄　龜
zit⁸　kang¹kau²　am²　long¹　deh⁸　du¹　ku¹
ㄐㄧㄅ　ㄍㄤ　ㄍㄠ　ㄚㄇ　ㄌㄤ　ㄉㄝㄅ　ㄉㄨ　ㄍㄨ

你中餐吃了嗎→汝　中　畫　頓　食　袂
li²　diong¹dau²　dan²　ziah⁸　be⁷
ㄌㄧ　ㄉㄧㄛㄥ　ㄉㄠ　ㄉㄢ　ㄐㄧㄚㄅ　ㄅㄝ

那個人身材屬於中等→邙　个　人　中　範　體　格
hi¹　e⁵　lang⁵diong¹　ban⁷　the¹　keh¹
ㄏㄧ　ㄝ　ㄌㄤ　ㄉㄧㄛㄥ　ㄅㄢ　ㄊㄝ　ㄍㄝ

他程度中等而已不要太勉強
→伊　兮　程　度　中　中　仔　嬡　甲　勉　強
i¹　e⁵　tng⁵　doo¹diong¹diong¹　a²　mai⁷khah¹bian¹kiong¹
ㄧ　ㄝ　ㄊㄥ　ㄉㄛ　ㄉㄧㄛㄥ　ㄉㄧㄛㄥ　ㄚ　ㄇㄞ　ㄎㄚ　ㄅㄧㄢ　ㄍㄧㄛㄥ

你的意見特別跟別人不一樣→獨　獨　汝　兮　見　解　倘　人　無　偦
dook⁴dook⁴　li²　e⁵　kong²　kai²　tang¹　lang⁵boo¹siang⁵
ㄉㄛ　ㄉㄛ　ㄌㄧ　ㄝ　ㄍㄛㄥ　ㄍㄞ　ㄊㄤ　ㄌㄤ　ㄅㄛ　ㄒㄧㄤ

我故意的不然你們要怎樣→我　勾　工　兮　無　恁　覅　按　怎
kuaⁿ²diau¹kan¹　e⁵　boo¹lin¹　beh¹　an¹　zua²
ㄍㄨㄚ　ㄉㄧㄠ　ㄍㄢ　ㄝ　ㄅㄛ　ㄌㄧㄣ　ㄅㄝ　ㄢ　ㄗㄨㄚ

什麼都把我停住→骹　檔　手　檔
kha¹　dong²ciu²dong²
ㄎㄚ　ㄉㄛㄥ　ㄑㄧㄨ　ㄉㄛㄥ

看汝「頦頭喪氣」→頭 時 常 煩 煩
thau⁵ si⁵ siong⁵ dam² dam²
ㄠ ㄒ ㄒㄥ ㄉㄢ ㄉㄢ

指甲「把對方劃一痕」→ 伊 對 方 陳 一 孔
kha¹ dui² hong¹ dan² zit⁸ khang¹
ㄎ ㄉ ㄈ ㄉㄢ ㄐ ㄎ

我不打算買→ 我 無 拍 算 欲 買
kua¹ boo⁵ pa² sng³ beh⁴ pe²
ㄍ �ㄛ ㄚ ㄙ ㄅ ㄝ

任由他去→ 放 據 在 伊
pan² ku² zai⁷ i¹
ㄅㄛ ㄍ ㄗ ㄞ

褲子邊邊要放長一點→ 褲 骹 倏 短 放 裇
kho² kha¹ siuⁿⁿ⁵ de² pan² boo⁷
ㄎ ㄎ ㄒㄧ ㄝ ㄅㄢ ㄅㄛ

撞到肩胛骨瘀青→ 挵 著 飯 匙 骨 黑 青
long² dioh⁴ bng¹ si⁵ kut⁴ oo¹ ciⁿ¹
ㄉ ㄉ ㄅㄥ ㄒ ㄍ ㄛ ㄑㄧ

眼鏡蛇的毒是循神經系統→ 飯 匙 銑 兮 毒 行 陰 癀
bng¹ si⁵ cing³ e⁵ doo² kiaⁿⁿ⁵ yim¹ hong⁵
ㄅㄥ ㄒ ㄑ ㄝ ㄉ ㄍㄧ ㄧ ㄏㄛㄥ

皮膚輕微浮腫粗糙→ 脝 脝
hau⁷ hau⁷
ㄏㄠ ㄏㄠ

假裝紳士模樣一般→ 革 甲 像 紳 士 足 無 範
khik⁴ khah⁴ciuⁿ⁷ sin¹ su¹ ziok⁴ boo⁵ ban⁷
ㄎ ㄎ ㄑ ㄒㄧㄣ ㄙ ㄐ ㄅㄛ ㄅㄢ

很巧老闆剛好不在→ 柱 好 頭 家 無 佇 咧
du¹ hoo² thau⁵ ke¹ boo² di¹ le³
ㄉ ㄏㄛ ㄠ ㄍㄝ ㄅㄛ ㄉ ㄝ

你所說的與我們講的不太一樣→ 恁 講 佮 阮 講 無 愒

lin² kong¹ kah⁴ kun³ kong² boo⁵ siang⁵

那個壞女人比破婊還壞→ 卲 个 賤 人 比 破 媌 卡 賤

hi¹ e⁵ zen³ zin⁵ bi¹ pah⁸ ba⁵ khah⁴ zan⁷

有話慢慢講不要激動→ 話 沓 沓 仔 講 嬡 激 動

we¹ dauh⁸ dauh⁸ a² kong³ mai⁵ kik⁴ dong²

為了健康「吃飯慢慢吃不要狼吞虎嚥」

→食 飯 沓 沓 仔 食 嬡 青 摿

ziah⁸ bng¹ dauh⁸ dauh⁸ a² ziah⁸ mai⁵ che⁷ zoh⁸

以前的生活很困苦豆醡配空心菜、甘藷干過活

→曏 時 兮 人 生 活 攏 是 豆 醡 佮 蕹 菜、 番 簽 干 過 頓

hiang⁵ si⁵ e⁵ lnng⁵ siu¹ wa² long¹ si¹ dau² boo⁵ kah⁴ ying² chai⁵ huan¹ ciam¹ kuaⁿ¹ ke² dng²

那個人心情很差想不開自殺→ 卲 个 人 想 獪 開 吊 脰

hi¹ e⁵ lang⁵ siu⁷ be⁷ khui¹ diau² dau⁷

這件事做起來很困難→即 个 代 誌 足 硬 篤 做

zit⁴ e⁵ dai³ zi² ziok⁴ kenⁿ⁷ dau² zo²

那個小孩頑皮又很亂來→卲 个 囡 仔 足 遭 牽

hi¹ e⁵ kiⁿ² a² ziok⁴ chau⁷ that⁸

最近「豬市價一落千丈」→ 豬 鋪 足 差

di¹ phoo²ziok⁴ cha¹

朋友幫助一下好嗎→閬 幫 贈 好 無
dau² ban⁷ zan⁷ hoo² boo²
ㄉㄠ ㄅㄤ ㄗㄢ ㄏㄛ ㄅㄛ

雞窩中很多跳蚤→雞 岫 足 濟 雞 蚮
ke⁷ siu⁷ ziok⁴ ze² ke⁷ dai⁵
ㄍㆤ ㄒㄧㄨ ㄐㄧㄛ ㄐㄝ ㄍㄝ ㄉㄞ

鯽魚一般說→鮘 仔 魚
dai⁵ a² hi⁵
ㄉㄞ ㄚ ㄏㄧ

我是與你父親的交情不錯不然…

→帶 念 恁 老 爸 倘 我 ㄥ 交 情 無…
dai³ niam² lin² lau³ be⁷ thng¹ kua^n³ e⁵ kau¹ zin⁵ boo⁵
ㄉㄞ ㄌㄧㄢ ㄌㄧㄣ ㄌㄠ ㄅㆤ ㄊㆭ ㄍㄨㆩ ㆤ ㄍㄠ ㄐㄧㄣ ㄅㄛ

幫忙「擺桌椅」→桌 仔 搗 牌 咧
doh⁴ a² dau² bai² le³
ㄉㄛ ㄚ ㄉㄠ ㄅㄞ ㄌㆤ

已經答應的事為什麼再反悔→頂 捌 答 應 為 啥 咪 推 辭
din¹ dau² da^n¹ ing² wi³ sia^n⁵ mih⁴ the⁷ si⁵
ㄉㄥ ㄉㄠ ㄉㄚ ㄧㄥ ㄨㄧ ㄒㄧㆩ ㄇㄚ ㄊㆤ ㄒㄧ

下一次工作要快一點→下 捌 做 代 誌 卡 快 咧
e³ dau² zo² dai⁷ zi² khah⁴ ki² le³
ㆤ ㄉㄠ ㄉㄛ ㄉㄞ ㄐㄧ ㄎㄚ ㄍㄧ ㄌㆤ

用鐵條把對方打得哀哀叫→鐵 條 鑷 著 哀 哀 叫
thi⁷ thiau⁵ diap⁸ doh⁴ ai⁷ ai⁷ kio²
ㄊㄧ ㄊㄧㄠ ㄉㄧㄚ ㄉㄛ ㄞ ㄞ ㄍㄧㄛ

閒著幫忙撕豆子的邊→閑 閑 閬 穑 豆 仔
ying⁵ ying⁵ dau² si⁵ dau² a²
ㄧㄥ ㄧㄥ ㄉㄠ ㄒㄧ ㄉㄠ ㄚ

用「木條打對方」→用 梱 仔 摵 伊
yong² khun¹ a² diap⁸ i¹
ㄩ² ㄎㄨ² ㄚ² ㄉ一ㄚ⁸ 一¹

寒冷氣候要「穿外套」→穿 大 裘
cing⁷ duah⁴ hiu⁵
ㄑ一ㄥ⁷ ㄉㄨㄚ⁴ ㄏㄧㄨ⁵

那個人「身材很高大」→身 軀 足 大 軀
sin¹ khu¹ ziok⁴ dua⁷ mau¹
ㄒ一ㄣ¹ ㄎㄨ¹ ㄐㄛ⁴ ㄉㄨㄚ⁷ ㄇㄠ¹

都已經大人了還像個小孩→人 母 人 大 囥 種 抑 佫 像 囡 仔
dua⁷ bu² lang⁷ dua⁷ hu² zng² yah⁴ koh⁴ ciu⁷ kinⁿ² a²
ㄉㄨㄚ⁷ ㄅㄨ² ㄌㄤ⁷ ㄉㄨㄚ⁷ ㄏㄨ² ㄐㄥ² 一ㄚ⁴ ㄍㄛ⁴ ㄑㄧㄨ⁷ ㄍㄧㄣ² ㄚ²

你真不知羞恥→大 面 神
dua⁷ bin⁷ sin⁵
ㄉㄨㄚ⁷ ㄅ一ㄣ⁷ ㄒ一ㄣ⁵

官位很大→大 官 虎
dua⁷ kuaⁿ¹ hoo⁷
ㄉㄨㄚ⁷ ㄍㄨㄚ¹ ㄏㄛ⁷

我對汝「很熟悉」→足 面 熟
ziok⁴ bin⁷ sik⁴
ㄐㄛ⁴ ㄅ一ㄣ⁷ ㄒ一⁴

那裡的東西看起來很多→邙 跡 兮 物 件 足 濟
hi¹ ziah⁸ e⁵ mih⁸ kiaⁿ² ziok⁴ ze²
ㄏ一¹ ㄐ一ㄚ⁸ ㄝ⁵ ㄇ一⁸ ㄍㄧㄚ² ㄐㄛ⁴ ㄗㄝ²

台語最近才較受重視→台 語 即 嗎 卡 有 受 逐 家 注 重
dai⁵ kiⁿ¹ zit⁴ ma¹ khah⁸ u⁷ ciu² dat⁸ ke³ zu² dong²
ㄉㄞ⁵ ㄍ一¹ ㄐㄧㄨ⁴ ㄇㄚ¹ ㄎㄚ⁸ ㄨ⁷ ㄒㄧㄨ² ㄉㄚ⁸ ㄍㄝ³ ㄗㄨ² ㄉㄥ²

下午三點半要注意納支票→下 晡 三 點 半 愛 納 票
c⁵ boo¹ san¹ diam¹ baⁿ² ai¹ 'lap⁸ phiau²
ㄝ⁵ ㄅㄛ¹ ㄙㄚ¹ ㄉ一ㄚ¹ ㄅㄨㄚ² ㄞ¹ ㄌㄚ⁸ ㄆㄧㄠ²

那塊田地已荒廢了→ 邙 坵 田 拋 荒 去
hi¹ khu¹ chan⁵ pha^{n7} hng khi²

跟我做對的終究你會吃到苦頭→ 伨 我 作 對 終 其 尾 足 穤
kha¹ kua² zo² dui² ziong¹ kin⁵ bue² ziok⁴ bai⁵

寒冷睡覺前地板先舖被→ 足 寒 被 舒 舒 咧
ziok⁴ kia^{n5} pheh⁴ chu¹ chu¹ le³

整桌菜被捊翻在地上→ 歸 桌 菜 攏 摤 落 塗 骹
kui¹ do² chai⁷ long¹ se² lo² tho⁵ kha¹

衣褲的接縫把處理好→ 衫 褲 敆 逤 車 恆 好
sa^{n3} khoo² kap⁸ zua⁷ cia⁷ hoo³ hoo²

小商店一般通稱→ 簝 仔 店
kam¹ a² diam²

很久很久以前→ 拙 久 拙 久 兮 時
zoo⁵ ku² zoo⁵ ku² e⁵ si⁵

東西掉了拜託大家幫忙找→ 物 件 拍 見 捙 揢
mih⁸ kiah⁴ pa² ki² dau² chue²

閒著變些花樣→ 閑 閑 摸 變 弄
ying⁵ ying⁵ bong¹ bi^{n3} lang⁷

放假你們都到處跑→ 歇 睏 恁 攏 趴 趴 走
ho⁷ khun² lin² long¹ pha² pha² zau²

這件衣服看起來很漂亮→即領衫足媠
zik⁴ nia¹ sa^n¹ ziok⁴ sui²

乘計程車單向多少錢→倩車單迵外濟錢
cia^n⁷ cia¹ dng¹ zua⁷ kua^n² ze² ci^n⁵

不要再亂誇獎了→嬡佫烏白襃
mai² koh⁴ oo¹ beh⁸ bo¹

那個年青人很帥，→彼个少年呧足緣投
hi¹ e⁵ siau² nen⁷ e⁵ ciok⁴ yin⁵ dau⁵

時間過的真快一年一瞬間又過去了
→誠快目一个瞬一冬佫過去仔
zin¹ kin¹ bak⁴ zit^ll e⁵ ni¹ zit^ll dang¹ koh⁴ ke² khi¹ a⁴

稀飯煮得太爛→糜煮共爛糊糊
be⁵ zu² kak⁴ nuah⁸ koo⁵ koo⁵

帶小孩回故鄉走走→扂囡仔轉庄踅踅咧
chua⁷ kin^n² a² dng¹ zng¹ seh⁸ seh⁸ le³

這個年青人手腳很敏捷→呰个少年兮骹手足俐落
zi¹ e⁵ siau¹ nen⁷ e⁵ kha¹ ciu² ziok⁴ liu³ lah⁴

這件事很複雜看得一頭霧水→代誌看甲霧嗦嗦
dai² zi² khua^n² khah⁴ bu² sah⁸ sah⁸

你真囉嗦每次都嘮叨那些→ 汝 足 番 卡 講 著 迁
li^2 $ziok^4$ $huan^1$ $khah^4$ $kong^1$ do^1 $hiah^4$

男人都是有一張油腔滑調的嘴→ 查 伬 人 攏 食 一 支 喙
za^7 boo^1 $lang^5$ $long^1$ $ziah^8$ zit^8 ki^1 $chui^2$

吃食物全身發癢→ 食 物 件 身 軀 攏 徛 癢
$ziah^8$ mih^8 $kiah^4$ sin^1 khu^1 $long^1$ deh^8 ziu^{n7}

想到青芒果都會流口水→ 想 到 檨 仔 青 攏 會 流 喙 汩
siu^{n7} do^2 $suai^2$ a^2 che^{n1} $long^1$ e^2 lau^5 $chui^2$ nua^2

那個人用傢伙把對方刺下去
→ 邝 个 人 用 傢 俬 頭 伬 剺 落 去
hi^1 e^5 $lang^5$ $ying^7$ ke^7 si^7 $thau^7$ kha^1 lak^4 lo^2 khi^1

東西已發爛把丟掉→ 物 件 餿 去 啦 伬 挍 捙
mih^8 $khah^4$ au^2 khi^2 lah^4 kha^1 hi^{n3} sat^8

臉部被「蛛蜘灑到尿」→ 蚕 蜈 旋 到 尿
la^1 kia^5 $suan^7$ do^2 zio^7

你這個「老古板跟不上時代了」→ 老 古 板 綴 時 代 獪 著
lau^7 koo^1 pan^2 due^2 si^5 dai^7 be^2 do^2

到處找工作→ 四 界 覓 頭 路
si^2 ke^2 bah^8 tau^5 lo^7

你煮的菜難道沒放鹽巴→ 汝 煮 兮 菜 白 賤 無 滋 味
li² zu² e⁵ chai² beh⁸ ziaⁿ¹ boo⁵ zu¹ bi⁷

那個年青人太木納才娶不到老汝

→ 邙 个 少 年 倗 秘 伺 共 會 焄 無 姆
hi¹ e⁵ siau² len⁷ siuⁿ⁵ bi² su⁵ kang⁷ e² chua⁷ boo⁵ boo²

你屁股有插木柄大家都叫你有錢人

→ 汝 尻 川 頓 揤 柄 大 家 攏 叫 汝 好 額 人
li² kha¹ chng¹ phei¹ dau³ peⁿ¹ dak⁴ ke² long¹ kio² li² ho² kiah⁸ lang⁵

保育類動物「老鷹漸漸絕種」→ 利 鴉 共 共 數 絕 種
lai⁷ hio² kiong⁷ kiong⁷ beh⁵ zuat⁸ zin²

把上衣抓緊不要讓他走掉→ 伊 搵 調 咧 嬡 恆 走
kha¹ ban²diau⁵ le² mai² hoo³ zau²

空心菜萎縮不能再煮了→ 蕹 菜 蔫 脯 脯 嬡 煮
ying² chai² len⁷ boo¹ boo¹ mai² zu²

兩顆眼睛一付兇惡狀→ 兩 蕊 目 睭 兇 兇 兇
nng¹ lui² bak⁴ ziu¹ hiong² hiong² hiong²

借一千元→ 壘 一 千 箍
lui² zit⁸ cing¹ khoo¹

那個人做事很乾脆→ 邙个人足阿揸里
（hi¹ e⁵ lang⁵ zioh⁴ a¹ sa² li²）
ㄏㄧ ㄝ ㄌㄤ ㄐㄧㄛ ㄚ ㄙㄚ ㄌㄧ

我們都逢你的福氣→ 阮攏傍汝兮福氣
（kun² long¹ bng⁷ li² e⁵ hoo² khi²）
ㄍㄨㄣ ㄌㄤ ㄅㄥ ㄌㄧ ㄝ ㄏㆦ ㄎㄧ

頭髮梳的很帥氣→ 海髻仔梳俹鮹鮹鮹
（hai⁷ kat⁸ a² luah⁸ kha¹ cio¹ cio¹ cio⁷）
ㄏㄞ ㄍㄚ ㄚ ㄌㄨㄚ ㄎㄚ ㄐㄧㄛ ㄐㄧㄛ ㄐㄧㄛ

領帶打扮的很帥→ 油食粿挏俹足漂撇
（yiu⁵ ziah⁸ kue² diau¹ kha¹ ziok⁴ phiau² phiat⁸）
ㄧㄨ ㄐㄧㄚ ㄍㄨㄟ ㄉㄧㄠ ㄎㄚ ㄐㄧㆦ ㄆㄧㄠ ㄆㄧㄚ

只不過這樣而已→ 按捺爾爾
（an¹ ni¹ nia¹ nia¹）
ㄅㄢ ㄋㄧ ㄋㄧㄚ ㄋㄧㄚ

心情非常的亂→ 心情亂操操
（sin¹ zin⁵ luan⁷ chau² chau¹）
ㄒㄧㄥ ㄐㄧㄥ ㄌㄨㄢ ㄘㄠ ㄘㄠ

那個男人看起來很帥→ 邙个查佲人足漂撇
（hi¹ e⁵ za⁷ bo¹ lang⁵ ziok⁴ phiau² phiat⁸）
ㄏㄧ ㄝ ㄗㄚ ㄅㆦ ㄌㄤ ㄐㄧㄥ ㄆㄠ ㄆㄧㄚ

家裡窮三餐都沒有菜可吃→ 厝散赤三頓攏白爍兮菜
（chu² san¹ ciah¹ sa^n¹ dng⁷ long¹ beh¹ sah⁸ e⁵ chai²）
ㄘㄨ ㄙㄢ ㄑㄧㄚ ㄙㄚ ㄉㄥ ㄌㄤ ㄅㆤ ㄙㄚ ㄝ ㄘㄞ

東西壞掉了都長霉了→ 物件白殕瘇去仔
（mih⁸ kiah⁴ beh¹ phu² au² khi² a²）
ㄇㄧ ㄍㄧㄚ ㄅㆤ ㄆㄨ ㄠ ㄎㄧ ㄚ

母親時常幫我們縫衣服→ 阿母時常俹阮紩衫褲
（a² boo² si⁵ siong⁵ kha¹ khua^n¹ thi^n³ sa^n¹ khoo²）
ㄚ ㆠㆦ ㄒㄧ ㄒㄧㄥ ㄎㄚ ㄎㄨㄚ ㄊㄧ ㄙㄚ ㄎㆦ

我閒著等你→ 我 食 清 飯 擋 汝
kua^{n2} ziah^8 cin^2 bng^1 dng^1 li^2

讓我休息一下→ 恆 歇 睏 一 下
hoo^3 ho^2 khun^2 zit^8 e^2

今天晚上「母親要燉補給我們吃」→ 阿 母 夐 炊 補 恆 咱 食
a^1 bu^2 beh^4 dim^7 boo^2 hoo^3 lan^1 ziah^8

靈精些「不要裝迷糊」→ 姆 僆 勒 濕 濕
m^3 thng^1 de^2 sip^8 sip^8

就把他「死纏活纏跟著」→ 麋 死 靡 爛 逭 恆 凋
mi^5 si^2 mi^5 nua^2 duc^2 hoo^3 diau^5

大學卒業目前是滿街都是→ 大 學 生 是 窒 倒 街
dai^7 hak^4 sing^1 si^7 that^8 do^1 ke^7

那個頑皮小孩真讓人有夠煩→ 邙 个 狡 怪 囡 仔 足 魯
hi^1 e^2 khau^1 kai^2 kin^{n2} a^2 ziok^4 loo^2

彼此不認識→ 恆 相 無 熟 似
hoo^3 siong^5 boo^5 sik^4 sai^7

要衡量自己的力量不要逞強→ 愛 節 氣 力 嬡 賭 強
ai^1 zat^8 khui^2 lat^8 mai^2 doo^1 kiong^5

我家的大人很嘮叨→ 阮 兜 兮 序 大 人 足 嘈 唸
kun^2 dau^1 e^2 si^7 duah^8 lang^5 ziok^4 zau^3 liam^7

大家都不用客氣→ 逐 家 攏 嘸 免 客 氣
dak⁴ ke³ long¹ m̄³ ben² khe³ khi²
ㄉㄚ⁴ ㄍㄝ³ ㄌㄥ¹ m³ ㄇㄢ⁷ ㄎㄝ³ ㄎㄧ²

那種模樣沒希望→ 邜 範 無 望
hi¹ ban⁷ bo⁵ bang⁷
ㄏㄧ¹ ㄅㄢ⁷ ㆠㄜ⁵ ㆠㄤ⁷

流浪是不長進的→ 迌 迌 是 無 了 時
ci² tho⁵ si⁷ bo⁵ liau³ si⁵
ㄑㄧ² ㄊㄜ⁵ ㄒㄧ⁷ ㆠㄜ⁵ ㄌㄧㄠ³ ㄒㄧ⁵

到處遊玩→四 界 佚 佗
si³ ke² ci² tho⁵
ㄒㄧ³ ㄍㄝ² ㄑㄧ² ㄊㄜ⁵

何必計較→ 赫 爾 勢 計 較
hia⁵ ni¹ kau⁵ ke³ khau²
ㄏㄧㄚ⁵ ㄋㄧ¹ ㄍㄠ⁵ ㄍㄝ³ ㄎㄠ²

不要再吹牛了→ 嬡 佫 胖 風 落 去
mai² koh⁴ pong² hong¹ lo² khi²
ㄇㄞ² ㄍㆤ⁴ ㄆㄥ² ㄏㄥ¹ ㄌㄜ² ㄎㄧ²

整台牛車都是人→ 歸 牛 車 攏 是 人
kui¹ khu⁵ cia¹ long¹ si⁷ lang⁵
ㄍㄨㄧ¹ ㄍㄨ⁵ ㄑㄧㄚ¹ ㄌㄥ¹ ㄒㄧ⁷ ㄌㄤ⁵

天雨路滑不小心跌倒→ 落 雨 足 滑 跙 一 倒
lo² hoo³ ziok⁴ kut⁸ chu¹ zit⁸ do²
ㄌㄜ² ㄏㄜ³ ㄐㄧㆦ⁴ ㄍㄨㆵ⁸ ㄘㄨ¹ ㄐㄧㆵ⁸ ㄉㄜ²

一張嘴嘀嘀咕咕講不停→ 一 支 喙 啁 啁 嘟 嘟 講 嬒 停
zit⁸ ki¹ chui² di¹ di¹ du¹ du² kong¹ be⁷ thinⁿ⁵
ㄐㄧㆵ⁸ ㄍㄧ¹ ㄘㄨㄧ² ㄉㄧ¹ ㄉㄧ¹ ㄉㄨ¹ ㄉㄨ² ㄍㄥ¹ ㄅㆤ⁷ ㄊㄧⁿ⁵

黃俊雄布袋戲什麼時候公演

ng⁷ zun³ hing⁵ hi² ang⁷ a² di² dang¹ si⁵ kong¹ yan²
→ 黃 俊 雄 戲 翁 仔 值 咚 時 公 演

男人服用威而剛硬起來→
za⁷ poo¹ lang⁵ ziah⁸ ue³ o¹ kng⁷ ding⁷khook⁴khook⁴
查 佮 人 食 威 而 剛 有 硞 硞

我寄你的「豬肉是放那裏」→
bah⁴ si² khng² di² do¹ ui¹
肉 是 园 佇 郎 位

吃母奶的嬰兒有奶薰味 →
ziah⁸ boo² ni¹ oau² ni¹ hian³
食 母 奶 臭 奶 臊

不聽你再胡扯→
boo⁵ thia⁸ⁿ li¹ deh⁸ zin³ am²
無 聽 汝 徑 腥 頷

天氣很悶熱→
ki² hau³ ziok⁴ hip⁸ zua²
氣 候 足 爁 熱

順便把鍋子蓋好→
sun³ suah⁸ ue² a² kham¹khap⁸ kah⁸
順 迻 鍋 仔 兼 闔 蓋

盪鞦韆手要握緊→
hai²ⁿ cian¹ ciu¹ hua⁷ⁿ hoo³diau²
挨 牽 鞦 援 恆 牢

豬腸子黏稠度高→
di¹ dng⁵ a² siu³ le³ le³
豬 腸 仔 滯 洌 洌

縫衣服的針已鈍去啦→ 紩 衫 兮 針 鏽 去 仔
thi^{n1} sa^{n1} e^5 zim^1 wi^1 khi^2 a^2
ㄊㄧ ㄉㄟˊ ㄙㄟˊ ㄐㄧㄚ ㄨˊ ㄎㄜˊ ㄚˊ

滿到溢出來→ 大 碗 兼 滿 墘
dua^3 ua^{n1} kiam^1 ban^1 ki^{n5}
ㄉㄨㄚˇ ㄨㄚˋ ㄍㄧㄚ ㄅㄢˊ ㄍㄧˊ

不要再耍皮氣了→ 嬒 佫 受 氣 受 起
mai^2 koh^4 siu^3 khi^2 siu^3 chua^2
ㄇㄞˋ ㄍㄜˋ ㄒㄧㄨˇ ㄎㄧˊ ㄒㄧㄨˇ ㄘㄜˋ

放東西的小盒子→ 囥 物 件 兮 篋 仔
khng^2 mih^8 kiah^8 e^2 keh^4 a^2
ㄎㄥˋ ㄇㄧˋ ㄍㄧㄚˋ ㄝˊ ㄍㄟˋ ㄚˊ

一代一代「傳宗下去」→ 一 直 生 湠
yit^8 di^1 se^{n1} thua^{n2}
ㄧˋ ㄉㄧ ㄙㄝˊ ㄊㄨㄚˋ

那個地方「窄又狹」→ 隘 佫 揳
e^2 koh^4 khe^2
ㄝˊ ㄍㄜˋ ㄎㄟˊ

到山上撿柴→ 抾 柴
kho^2 cha^5
ㄎㄜˋ ㄘㄚˊ

非常匆忙的走了→ 匆 匆 徬 徬 行 去
chong^1 chong^1 bon^2 bon^2 kia^{n5} khi^2
ㄘㄥ ㄘㄥ ㄎㄥˊ ㄎㄥˊ ㄍㄧㄚˊ ㄎㄧˊ

鄉下的地方→ 庄 骹 兮 所 在
zng^1 kha^1 e^2 so^1 zai^7
ㄗㄥ ㄎㄚ ㄝˊ ㄙㄜ ㄗㄞˇ

一陰一陽→ 一 匼 一 蛸
zit^8 khap^8 zit^8 cio^3
ㄐㄧˋ ㄎㄚˋ ㄐㄧˋ ㄑㄧㄜˇ

臺灣館 ②

逗陣學台語

台灣文化東山再起

T002

作　者：李榮武
出版者：文興出版事業有限公司
總公司：臺中市西屯區漢口路2段231號
電　話：(04)23160278　　傳　眞：(04)23124123
營業部：臺中市西屯區上安路9號2樓
電　話：(04)24521807　　傳　眞：(04)24513175
E-mail：79989887@lsc.net.tw
網　址：tlywings.com.tw
發行人：洪心容
總策劃：黃世勳
主　編：陳冠婷
執行監製：賀曉帆
封面設計：王思婷
繪　圖：王思婷
版面構成：臻美術編輯工作室　林玗玲
電　話：0932715235
總經銷：紅螞蟻圖書有限公司
地　址：臺北市內湖區舊宗路2段121巷28號4樓
電　話：(02)27953656　　傳　眞：(02)27954100
初　版：西元2007年5月
定　價：新臺幣260元整
ISBN：978-986-82920-7-9（平裝）

國家圖書館出版品預行編目資料

逗陣學臺語：臺灣文化東山再起 /
　李榮武編著. — 初版. —
臺中市：文興出版，2007〔民96〕
面；　　　公分. —（臺灣館；2）
ISBN 978 986-82920-7-9（平裝）
　　1.臺語 – 讀本
802.52328　　　　　　　96004377

郵政劃撥
戶名：文興出版事業有限公司
帳號：2 2 5 3 9 7 4 7

展讀文化出版集團
flywings.com.tw

展讀文化出版集團
flywings.com.tw